Afraid of the Light

Douglas Kennedy

빛을 두려워하는

더글라스 케네디 장편소설

조동섭 옮김

밝은세상

빛을 두려워하는

초판 1쇄 인쇄일 2021년 12월 1일 │ **초판 1쇄 발행일** 2021년 12월 14일
지은이 더글라스 케네디 │ **옮긴이** 조동섭 │ **펴낸이** 김석원
펴낸곳 도서출판 밝은세상 │ **출판등록** 1990. 10. 5 (제 10 – 427호)
주 소 (413-120) 경기도 파주시 문발로 119, 202호
전 화 031–955-8101 │ **팩 스** 031–955-8110 │ **메일** wsesang@hanmail.net
블로그 blog.naver.com/balgunsesang8101 │ **인스타그램** www.instagram.com/wsesang
ISBN 978-89-8437-436-2 03840 │ **값** 16,000원
잘못된 책은 구입한 곳에서 교환해 드립니다.

에이전시이자 친구로 지낸 지 겨우 28년 된

앤터니 하우드에게 이 책을 바칩니다.

일러두기

■■

각주는 모두 옮긴이의 주입니다.

어둠을 두려워하는 아이는 쉽게 용서할 수 있다.

어른들이 빛을 두려워하는 것이야말로 인생의 진짜 비극이다.

– 플라톤

1

"왜 이 길로 가는 거요?"

오후에 태운 첫 손님의 언짢아하는 기색의 목소리가 들려왔다. 무지막지하게 크기만 할 뿐 개성이라고는 전혀 없는 건물들이 줄지어 늘어선 웨스트우드 끄트머리 윌셔에서 태운 손님이었다. 5킬로미터 거리인 센트리 시티 건물까지 가야 하는 길이었다.

쉰 살쯤 되어 보이는 나이에 베이지색 슈트 차림이었고, 나처럼 몸에 살집이 많아서인지 땀을 뻘뻘 흘리고 있었다. 습도가 매우 높고, 30도를 웃도는 날씨라 땀을 흘리는 게 당연했다.

"내 말을 씹어 먹었어요? 왜 이 길로 가는지 물었잖아요?"

목소리가 점점 거칠어지고 있었다. 목소리가 커야 이긴다고 믿는 사람이 분명했다. '시간이 돈'이라고 생각하며 매사 서두르는 유형일 수도 있었다.

"처음에 입력한 주소로 가고 있는데요."

우버를 운전하다보면 종종 불만이 많은 고객을 태울 수밖에 없었다.

"금요일 이 시간에 윌셔에서 동쪽으로 가려면 길이 막힌다는 걸 몰라요?"

"GPS에서 웨스트 피코까지 길이 막히지 않는다고 나왔는데요."

나는 그렇게 말하고 나서 갑자기 교통사고가 발생해 길이 막히는 건 아닌지 우려스러웠다.

"GPS로 다른 길이 있는지 알아보겠습니다."

"그 빌어먹을 GPS 좀 그만 들먹거려요. 지리도 모르면서 억지로 운전질을 하니 이런 일이 벌어지는 거요."

마음 같아서는 나도 욕설로 맞받아치고 싶었지만 그랬다가는 항의 메일을 받게 될 테고, 결국 유일한 수입원인 우버 일을 그만두어야 할 수도 있었다. 나는 가까스로 화를 누르며 정중한 목소리로 말했다.

"저는 로스앤젤레스 토박이입니다. 이 도시에서 나고 자랐죠."

"그런 사람이 하필 꽉꽉 막히는 길로 들어와 개고생을 해요?"

"사고가 나면 길이 갑자기 막히기도 하니까요."

"결과적으로 당신이 길을 잘못 선택했잖아. 능력이 없어 운전질이라도 해처먹고 살려거든 지리라도 제대로 익혀둬야지. GPS만 눈이 빠져라 쳐다보고 있으니까 이런 일이 발생하는 거야."

나는 '운전질'이라는 말로 거듭 뺨을 맞고 나자 분노가 치밀었지만 그저 참는 수밖에 없었다. 뒷자리 남자는 '내가 이 세상에서 보잘것없는 존재인지 몰라도 너보다는 세 계단쯤 높아.' 하며 거들먹거리는 부류가 분명했다.

마음속으로 하나부터 열까지 세기 시작했다. 분노를 삭이는 나름의 방법이었다. 거의 매일이다시피 숫자 세기를 해야 하는 상황이 발생했다. 내가 일을 선택할 수 있는 범위는 지극히 한정적이었고, 우버 일이 그나마 최선이었다. 월마트에서 하차 작업을 하거나 아마존 창고에서 여덟 시간 동안 물품을 분류하는 일을 하는 것보다는 차라리 운전대를 잡고 달리는 편이 훨씬 적성에 맞았다. 비록 뒷자리 남자 같은 손님 때문에 기분을 잡치는 일이 있긴 해도.

"손님, 이제야 길이 막힌 이유를 알겠네요. 트라이엄프 오토바이가 체로키 지프에 깔렸어요. 오토바이 운전자가 사망한 것 같아요."

뒷자리 남자는 체로키 아래에 쓰러져있는 오토바이 운전자를 잠시 쳐다보고 나서 말했다.

"오토바이를 타고 어딜 가려고 했는지 모르지만 이제는 영원히 못 가게 되었군 그래."

"시간은 늘 우리 편이 아니죠."

"이제 보니 우버 기사가 아니라 철학자시네."

"무슨 일을 하십니까?"

"내가 무슨 일을 하든지 당신이 뭔 상관이지?"

"그냥 대화를 나누려고 물었을 뿐입니다."

"내가 군이 당신과 대화를 나눌 필요가 있을까요?"

사고 때문에 경찰차들이 사방에 몰려들어 있었다. 구급대원 두 사람이 오토바이 운전자의 시신을 흰 천으로 감싸고 있었고, 다른 대원이 들것을 가져왔다.

경관 하나가 스무 살쯤 되어 보이는 얼굴에 빼빼 마른 몸집인 체로키 운전자의 입 가까이 음주측정기를 댔다. 체로키 운전자가 이제 망했다는 듯 울상을 지었다.

뒷자리 남자가 말했다.

"아까 나에게 무슨 일을 하는지 물었죠?"

"네, 대답하지 않으셔도 괜찮습니다."

"나는 영업을 하고 있어요."

내 예상대로였다.

"어느 직종인데요?"

"광섬유."

"설마."

"설마라뇨?"

"광통신 쪽입니까?"

"네, 그런데 왜요?"

"혹시 〈아우어바흐〉라고 들어 보셨어요?"

"우리 경쟁사죠." 뒷자리 남자의 목소리에서 갑자기 얕잡아 보는 기색이 사라졌다. "그 회사를 어떻게 알아요?"

"그 회사에서 27년 동안 일했습니다. 캘리포니아 남부 지역 영업 디렉터였죠. 석유화학 제품군 영업이 제 분야였어요. 화염 감지기, 변환기, 전송기, 맞춤 열전대……."

"그것 참 신기하네요. 담당 지역만 다를 뿐 저랑 일을 한 분야가 똑같네요. 저는 네바다, 아이다호, 와이오밍, 몬태나 담당입니다."

"회사는 어딘데요?"

"〈크랜들 인더스트리〉."

"우리랑 치열하게 경쟁하던 회사네요."

"〈아우어바흐〉에서 27년이나 일을 하셨다고요?"

"네, 27년."

"그런데 어쩌다가……."

"불경기에 매출 하락이 이어지면서 삼진 아웃 당했어요."

"사람을 27년 동안이나 부려먹고 그런 식으로 쫓아내다니?"

나는 백미러를 흘깃 쳐다보았다. 덩치 큰 남자는 어금니를 꽉 깨물고 있었다. 나는 내심 묻고 싶었다. '좀 전에 사람을 함부로 대하던데 혹시 회사에서 쫓겨날까 봐 불안해서 그런 거요? 18개월 전에 내가 그랬듯이?'

나는 어린 시절에 신부님과 부모로부터 선을 넘어서는 안 된다고 배웠다. 그래서인지 상대가 누구든 예의를 지키고 온화한 표정을 유지했다. 내 크림색 프리우스에 태운 승객들을 상대할 때는 더욱 깍듯이 예의를 지켰다. 우버 업계에서는 승객으로부터 단 한 번이라도 불만 사항이 접수될 경우 회복하기 힘든 타격을 입었다. 따라서 손님이 기분을 거스르게 하더라도 꾹 눌러 참을 수밖에 없었다.

"억울했지만 그냥 쫓겨날 수밖에 없었어요."

"정말 안됐네요."

인간의 박애 정신이 발현되는 순간이었다. 덩치는 나에 대한 연민보다는 나처럼 회사에서 쫓겨나면 어쩌나 하는 걱정에 휩싸여 있는 눈치였다.

차들이 다시 움직이기 시작했다.

뒷자리 덩치가 물었다.

"제 시간에 도착할 수 있겠어요?"

"GPS에 뜬 시간을 보니 약속 시간 2분 전에 도착할 수 있겠네요."

"좀 전에는 4분 전이라고 해놓고."

"교통 상황은 늘 바뀌니까."

"그건 나도 알아요."

덩치는 더 이상 말이 없었다. 내릴 때에도 입을 열지 않았다. 나중에 혹시 팁을 남겼을까 기대했지만 앱을 열어보니 허탕이었다. 자기 자신의 생을 못마땅하게 여기는 사람은 절대로 팁을 주지 않는다. 우버를 운전하면서 깨달은 법칙이었다.

2

오후에 두 번째로 태운 손님은 말이 많은 여성이었다. 휴대
폰을 손에 들고 누군가와 통화하면서 차에 올랐다. 유난히 빠
른 말투에 거침이 없었다. 여자는 고개를 끄떡해 보이고 나서
계속 통화에 열중했고, 나는 차문을 닫고 운전을 시작했다.

차내에 여자의 따발총 같은 목소리가 울려 퍼졌다.

"내 사전에 '손해'라는 말은 없어."

통화 끝.

여자는 또다시 어딘가로 전화를 걸었다.

"그건 자살 행위야. 난 관심 없으니까 댁이나 해."

룸미러에 여자의 얼굴이 비쳤다. 40대 중반쯤으로 보이는

나이에 딱딱하게 굳은 표정, 검은 머리에 새치가 조금 섞여있었다. 대체로 온기가 느껴지지 않는 인상이었다. 인생에 지치고 실망했지만 여전히 가열하게 싸우고 있고, '안 돼.'라는 말을 거침없이 내뱉을 수 있는 여자.

내 아버지도 그랬다.

"얘야, 이런 일로 시간을 허비하면 안 돼."

내 아버지는 나를 부를 때 직접 지어준 '브렌던'이라는 이름 대신 늘 '얘야'라고 불렀다. 어머니를 부를 때에도 '브레니'라는 애칭 대신 '얘야'라고 불렀다.

아버지는 늘 그런 사람이었다. 가족 사이라도 언제나 감정적인 거리를 두었고, '나는 네 옆에 있지 않아.'라는 걸 주지시켰다. 아버지는 정규 교육을 받은 적이 없었지만 매일 《LA 타임스》지를 일면부터 마지막까지 빼놓지 않고 읽었다.

"대학에서 전기공학을 전공할 만큼 똑똑하지 않아서."

아버지는 자주 그렇게 자조적으로 말했지만 사실은 매우 똑똑한 사람이었다. 가방끈이 짧아 말을 할 때 간혹 어법에 맞지 않는 경우가 있긴 해도 똑똑했다. 가방끈이 긴 것과 똑똑한 건 서로 밀접한 연관성이 없으니까.

얼핏 보기에 뒷자리 여자는 고학력자이면서 똑똑해 보였다.

내 아버지처럼 '안 돼.'라는 말을 습관처럼 사용할 것 같기도 했다. 누구에게나 삶을 견디는 나름의 방식이 있기 마련이었다. 뒷자리 여자는 '안 돼.'라는 말을 연발해야만 살아갈 수 있는 유형이었다.

"불쌍하니까 한 번만 봐달라고? 고작 동정심을 바라는 거야? 등을 토닥이며 안아주기라도 할까? 미안하지만 나에게 자비를 바라지 마. 그럴 일은 절대로 일어나지 않으니까."

백미러에 살인자처럼 잔인한 미소를 짓는 여자의 얼굴이 살짝 비쳤다.

상대를 핍박하는 재미로 생의 외로움을 견디는 스타일인가?

베벌리힐스의 윌셔 교차로에 다다라 저명한 로펌들이 입주해 있는 대형 빌딩 앞에 차를 세웠다. 크롬과 유리로 된 빌딩의 정문이 눈에 들어왔다. 따발총 여자는 상대와 통화하느라 여념이 없었다.

"손님, 도착했습니다."

따발총 여자는 악다구니에 가까운 말을 계속 쏟아내며 차문을 열고 다리부터 밖으로 내밀었다. 여자는 나를 아예 거들떠보지도 않았다.

"안녕히 가……."

내 인사가 미처 끝나기도 전에 차문이 쾅 소리를 내며 닫혔다. 따발총은 건물 정문을 향해 걸어갔고, 내 삶에서도 사라졌다.

· · ·

세 번째 손님은 따발총이 들어간 건물 정문에서 나왔다. 언 뜻 보기에 책을 많이 읽고, 글을 여기저기에 기고하며 살아가 는 먹물 같았다. 30대 후반의 나이, 검은색 진, 검은색 티셔 츠, 검은색 아디다스 운동화, 검은색 선글라스, 어깨에 멘 검 은색 가죽 백팩, 겨드랑이에 끼고 있는 애플 맥북이 눈에 들어 왔다.

먹물이 말했다.

"안녕하세요, 일은 잘 되세요?"

앞의 두 승객과 달리 다정한 태도로 분위기를 편안하게 만들 어주는 스타일이었다.

"일 나온 지 한 시간쯤 되었는데 그럭저럭 괜찮은 편입니다."

"일이 끝나려면 앞으로 얼마나 더 남았어요?"

내가 미처 대답하기 전에 먹물의 휴대폰이 울렸다. 먹물은 나에게 '실례합니다.'하고 나서 통화를 시작했다.

우버 일을 하다보면 자연스레 손님들의 통화 내용을 엿듣게 된다. 귀에 들려오는 말, 표정, 숨결 같은 단서들을 종합해보면 한 사람의 인생이 어렴풋이 그려지기도 한다.

머릿속으로 나름 먹물이 살아온 스토리를 만들어봤다. 먹물은 무거운 짐을 짊어지고 있었다. 에이전시가 에피소드 네 개를 다시 쓰라고 했다. 먹물은 잠을 못 이룰 만큼 고민하고 있었다. 돈이 돌지 않아서 걱정이었다. 내 휴대폰 화면에 뜬 목적지의 주소는 나도 익히 알았다. 전에 승객들을 태우고 자주 가본 길이었다. 로스 펠리스 버몬트 바로 옆 길. 2,3백만 달러짜리 호화주택들이 모여 있는 곳.

먹물이 말했다.

"괜찮을 거야. 곧장 UTA에 전화할게. 루시가 도와줄 거야. 그래, 그래, 자동차 할부금이 밀린 건 나도 알고 있어."

빌어먹을 빚. 먹물도 빚에 시달리고 있었다. 대출을 받아 어렵사리 마련한 집, 부양해야 할 가족, 자동차 할부금, 신용카드 대금이 먹물의 일상을 옭아매는 짐이었다. 덫에 걸린 먹물은 감당하기 힘든 책임과 의무에 허덕이면서도 앞으로 잘 되어갈 거라고 자신을 다독거리며 힘겨운 나날들을 이어가고 있었다. 우리가 대출을 받아 집을 구입하고, 온갖 물건들을 사들이는 건 그렇게 하지 않으면 배운 대로 살 수 없기 때문이었다. '배운 대로'가 늘 문제의 진실이었다.

　나도 먹물과 크게 다르지 않았다. 나는 먹물이 마음에 들었다. 글을 써서 먹고산다는 건 나름 똑똑하다는 뜻이었다. 엿들은 바에 따르면 이 남자는 얼마 전에 아이 아빠가 되었다. 내 경험상 딸이 생기는 순간 아빠는 한없이 연약한 존재가 될 수밖에 없었다.

　먹물은 통화를 마치고 나서 길게 한숨을 쉬었다. 마음을 가라앉히는 소리. 그런 다음 누군가에게 다시 전화를 걸었다.

　"저는 잭 고프리라고 합니다. 루시 짐머만 씨를 부탁합니다. 네, 루시 짐머만 씨가 제 담당 에이전시입니다. 네, 기다리겠습니다."

　먹물의 표정이 일그러졌다. 상대가 전화해주길 기다려야 할 만큼 자신이 속한 세계에서 서열이 낮다는 뜻이었다. 이름을 말해도 상대가 몰라봐 자신이 누군지 한 번 더 설명해야 하는 존재. 먹물은 계속 휴대폰을 귀에 대고 있었다. 그가 눈을 감고 시트에 몸을 묻으며 나에게 말했다.

　"죄송하지만 음악을 틀 수 있을까요? 《KUSC》면 좋겠습니다."

"그러죠."

나는 라디오를 켰다. 《KUSC》는 내가 채널을 저장해둔 네 개의 방송국 가운데 하나로 클래식 음악을 전문으로 했다. 바이올린 소리가 흘러나왔다.

남자가 말했다.

"고맙습니다. 늘 그렇게 친절하세요?"

"친절하려고 애씁니다."

"일은 마음에 들어요?"

"그냥, 일은 일이죠."

"무슨 말씀인지 알겠습니다. 우버에서 일하는 건 결국 사람들에게 서비스하는 일이겠죠. 나쁘게 듣지는 마세요. 요즘 세상의 일이란 어떤 의미로 보자면 사람들에게 서비스하는 것이라고 할 수 있잖아요."

내가 말했다.

"대체로 옳은 말씀입니다만 저는 '우버에서 일하는' 게……."

그때 남자의 휴대폰 벨이 울렸다.

남자가 나에게 말했다.

"그 얘기는 조금 있다가 마저 들을게요."

그런 다음 남자는 통화를 시작했다.

"루시? ······그래요, 그래요······ 그래서 말인데요. ······벌써 다 알고 있는 일이었어요? 그럼 내가 어떻게 해야······."

남자의 통화에 더 귀를 기울이고 싶었지만 GPS에 빨간 줄이 나타났다. 멜로즈까지 가는 길이 막힌다는 표시였다.

뒷길로 들어가 베벌리힐스로 내려갔다가 S웨스턴 애비뉴까지 가서 다시 북쪽으로 방향을 틀까?

그 길을 택하면 차가 답답하게 길에 갇혀 있지 않고 달릴 수 있어 상쾌한 느낌이 들겠지만 이대로 천천히 달려 멜로즈로 가는 것과 도착 시간은 별 차이가 없을 듯했다. 남자의 태도를 보아하니 그다지 시간에 쫓기는 것 같지는 않았다. 그가 목적지에 도착하기 전에 통화를 끝낼 수 있기를 바랐다. 멜로즈 애비뉴 179번지 앞에서 내려주기 전에 그에게 말해주고 싶은 게 있었다.

우버 일을 하는 건 '우버에서 일하는' 게 아니었다.

우버에서 일하는 사람은 없었다.

우린 그냥 우버 일을 할 뿐 우버라는 회사에 고용된 게 아니었다. 다만 우버의 포로인 건 분명했다. 우버가 모든 키를 쥐고 있으니까. 우버 운전을 하려면 우버의 규칙을 따라야만 했다. 그나마 먹고 살 수 있는 돈을 받으려면 일주일에 70시간은

운전대를 잡아야 했다. 주당 권장 노동 시간이 40시간이었지만 30시간은 더 일해야 겨우 먹고 살 수 있었다. 매일 여섯 시간씩 초과 노동을 해야 한다는 뜻이었다.

다시 한번 말하지만 나는 우버에서 일하는 게 아니었다. 다만 우버의 규칙과 규제를 모두 받아들이면서 일하고 있었다. 내가 태우는 승객들에게 조금도 관심이 없거나 그들과 몇 분 동안 가벼운 탐정 놀이를 하지 않을 경우 우버 운전은 상상할 수 없을 만큼 괴로운 일이 될 수밖에 없었다. 나는 매일 아주 많은 시간을 휴대폰이 알려주는 길 안내를 받아가며 내가 고향이라 부르는 이 도시의 구불구불한 길들을 지나가야만 했다. 그나마 지루한 시간을 견디려면 내가 태운 승객이 하는 말이나 행동을 통해 진술서를 작성하고, 나름의 인생 스토리를 만들어야 했다.

먹물의 통화가 막바지에 다다른 듯했다.

"조금이라도 돈을 올리도록 설득해 봐요. 지금 제시한 금액은……. 네, 알아요. 현재 내 위치가 최고가 아니라는 걸 굳이 상기시키지 않아도 돼요. 그래도 내가 쓴 시리즈들을 보면…… 2014년이라면…… 네, 네, 알았어요. 통화를 기다리는 사람이 많겠죠. ……네, 그럼요. 알죠, 늘 최선을 다하신다는 거. 미안해요, 내가 혹시……. 네, 네…… 건강하세요.”

깊은 한숨 소리에 이어 혼자 불만을 토로하는 소리가 이어
졌다.

“젠장, 젠장, 젠장.”

멜로즈로 가는 길은 여전히 정체되고 있었다. 먹물을 태우고
나서 달린 거리가 고작 2킬로미터에 불과했다.

“죄송하지만 한참 동안 길에 갇혀 있어야 할 것 같습니다.”

“좀 늦는다고 집이 어디로 달아나지는 않잖아요.”

그 말에 ‘이제 나에게는 그런 집도 없어요.’라고 하고 싶었지
만 결국 아무 말도 하지 않았다.

3

내 형편이 늘 이리 궁색했던 건 아니었다. 나는 대학에서 전기공학을 전공했다. 영업직으로 27년이나 일했다. 일을 좋아했다기보다는 그저 생활의 방편으로 여겼다.

내가 과연 일을 진심으로 좋아한 적이 있었던가?

34년 전 여름, 캘리포니아 주립대학교 전기공학과를 졸업하고 석 달 동안 세쿼이아 국립공원 근처 해발 2,400미터 지역에서 전신주를 오르내리는 일을 한 적이 있었다. 5월에도 눈이 내렸고, 오염되지 않은 산소를 접할 수 있는 곳이었다. 수십만 대의 차들이 도로를 누비며 매연을 내뿜는 로스앤젤레스에서 22년을 보낸 뒤 처음으로 제대로 된 산소를 맛보게 된 셈이었다. 처음으로 도시와 가족들을 떠나 대자연에서 생활했다. 지난 30년 동안 내 가족들은 노스 할리우드의 구석에 위치한 작은 집에서 살았다. 아버지는 로스앤젤레스 남중부에서 자랐다. 아일랜드 이민자들의 거리였고, 바로 옆에는 히스패닉 이민자들과 흑인들이 사는 게토가 있었다. 백인들은 웬만하면 회피하는 동네.

아버지는 아일랜드 출신이라는 걸 늘 자랑스러워했다. 우리 가족은 민스트리트에서 살았지만 아무도 경찰의 습격을 받지 않았다. 고모가 셋이었는데 다들 '착한 여자들'이었다. 네바다에서 카르멜회의 수녀가 된 고모도 있었다. 라스베이거스 근처에 고모가 있는 수녀원이 있었다. 블루칼라란 '어두운 길로 자진해서 들어가지 않는 사람'의 약칭이었다. 내가 아는 한 지저분한 대로에서 거친 아일랜드 아이들과 히스패닉 갱들이 1950년대 하이틴 영화에 나오는 식으로 패싸움을 벌이는 경우는 없었다.

어머니와 아버지가 자란 집은 그리 멀리 떨어져 있지 않다. 플로렌스 리오단과 패트릭 시한은 고등학교에서 처음 만났다. 둘 다 이민 2세였다. 내 친가와 외가는 20세기 초에 아일랜드 리머릭과 라우스에서 왔다. 동부에서 미국 생활을 시작했지만 두 집안은 내 할아버지 대에 금광을 찾아 서부로 이주했다. 어머니와 아버지 모두 사우스 센트럴에 있는 굿사마리탄 병원에서 태어났다. 내 부모는 로스앤젤레스의 이 동네를 떠난 적이 없었다. 아버지는 전기기사 교육을 받고 파라마운트 영화사에서 전기 조명 기사로 일했다. 41년 동안 똑같은 일을 계속했다. 어머니는 집에서 세 자녀를 키웠다. 나는 막내였다. 우리 삼남매는 부모의 기대에 부응해 중산층으로 진입하기 위해 애썼다. 형은 회계사가 되었지만 10년 전에 암으로 세상을 떠났다. 조용하고 성실한 사람이었고, 좀처럼 감정을 드러내지 않았지만 우리 형제는 각별히 친했다. 다만 힘들 때에는 마음을 숨겼다. 누나 헬렌은 응급실 수간호사가 되었다. 직장 때문에 동부로 이사했고, 지금은 델러웨이 해변에 있는 실버타운에서 살고 있었다. 누나도 우리 집안의 사람답게 점잖고 조용한 성품이었다. 경찰이던 매형은 은퇴했고, 아이는 없었다. 누나와 나는 일 년에 서너 번 통화하며 지내고 있었다. 솔직히 서로 긴밀한 이야깃거리가 있는 게 아니어서 늘 적당히 안부 인사를 나누고 전화를 끊기 일쑤였다.

내가 대학에서 전기공학을 전공한 이유는 아버지가 옆에서 끊임없이 부추겼기 때문이었다. 파라마운트 영화사에서 스타들에게 조명을 비추는 일을 한 아버지는 가끔 나에게 말했다.

"아주 괜찮은 일이야. 대학 졸업장이 있으면 더욱 좋겠지."

은근한 제안이 아니라 명령에 가까웠다. 나는 어릴 때부터 수학에 약간의 재능이 있었고, 물건을 해체했다가 조립하길 좋아했다. 청소년 시절 나에게는 장래에 무엇이 되고 싶다는 희망이 아예 없었다. 그냥 1970년형 닷지 다트 스윙어를 운전하는 게 유일한 즐거움이었다. 집 근처에 있는 폐차장에서 일년 반 동안 아르바이트를 했다. 나는 폐차 직전의 낡은 자동차에서 재생 가능한 부품을 분리해내는 일을 해 725달러를 벌었고, 그 돈으로 중고차를 구입했다. 그 무렵 나는 그 고물차를 끌고 여기저기 돌아다니는 게 즐거웠다. 캘리포니아 주립대학교 전기공학과에 다닐 때에도 늘 그 고물차를 직접 운전하며 통학했다. 솔직히 전기공학에는 도무지 관심이 없었다. LA다저스 야구팀과 내 고물차 말고는 그 어디에도 흥미가 없었다.

아버지는 내가 맹탕이라며 자주 불만을 토로했다. 성적도 어중간하고, 세상사에 대한 관심도 어중간하고, 시사 문제에 대해서도 어중간한 태도를 보였으니까. 그래도 아버지가 나에게 '맹탕'이라는 별명을 붙여준 건 정말이지 기분이 나빴다. 내가 맹탕이라는 사실을 내 자신이 너무나 잘 알고 있었기 때문이다.

나는 야구를 보러 다니는 것 말고는 운동에도 관심이 없었다. 그나마 망가진 라디오를 고치는 데에는 소질이 있었다. 아버지 입장에서 보자면 삼남매 가운데 가장 뒤떨어지는 자식이었다. 그나마 아버지가 나를 조금이나마 괜찮은 아들이라고 느끼는 순간이 있었다. 영화사에서 함께 일하는 전기 조명 기사 동료들에게 세 아이들 중 가장 시원찮은 막내아들도 캘리포니아 주립대학교 전기공학과에 다니고 있다고 자랑할 때였다. 사실 캘리포니아 주립대학교는 나처럼 어중간한 실력이면 갈 수 있는 중간급 학교였다. 나는 더 좋은 학교에 입학할 실력이 되지 않았다. 어쨌든 아버지는 캘리포니아 주립대학교만으로도 만족했다.

아버지는 내가 집에서 통학하기를 바랐고, 자정 전에 반드시 귀가해야 하는 통금 시간도 정해두었다. 다만 주말에는 새벽 1시까지 귀가하면 되었다. 평균 학점이 B아래로 내려갈 경우 등록금을 대주지 않겠다고 못을 박았다. 1980년 당시 캘리포니아 주립대학교의 등록금은 일 년에 1,275달러였다. 나는 아버지가 원하는 대로 평균 B+를 유지했다. 학교에 다니는 4년 동안 귀가 시간을 어긴 적이 딱 두 번밖에 없었다.

나는 왜 내 주장을 펴지 못하고 아버지가 시키는 대로 따랐을까?

사실, 달리 뭘 해야 할지 몰랐기 때문이었다. 마지막 학기에 학교 취업 지원 센터에서 한 가지 일을 제안했다. 그 당시 캘리포니아 주정부에서는 시에라네바다에 안정적으로 전력을 공급할 수 있도록 기반 시설 확충 계획을 세워두고 있었다. 특히 세쿼이아 국립공원과 그 주변 지역에 전기를 원활하게 공급하려는 계획이었다. 캘리포니아 주정부에서는 한동안 산악지대에 머물며 지속적으로 일을 할 수 있는 전기기사를 구하고 있었다.

　나는 그 무엇에도 구애받지 않고 대자연에서 시간을 보낼 수 있는 절호의 기회로 생각해 기꺼이 받아들였다.

　취업 지원 센터 담당자는 나에게 한 가지 질문을 던졌다.

　"자주 높은 전봇대에 올라가야 할 텐데 혹시 고소공포증이 있는 건 아니지?"

　"네, 없는데요."

　다행히 고소공포증은 없었다. 문제는 아버지를 설득해야 한다는 것이었다. 예상대로 아버지는 화를 벌컥 내며 반대했다.

　"4년제 대학 전기공학과를 나왔는데 왜 블루칼라들이 하는 일을 자원하는지 알 수가 없네."

　"그냥 잠시 시에라네바다의 대자연에 묻혀 모험을 즐기고 싶어요."

내 말을 들은 아버지는 더욱 화를 냈다.

"그깟 모험은 부잣집 아이들이나 하는 거야. 너도 이제 책임감을 가져야 할 나이가 되었어. 너나 나 같은 인생은 하루하루 최선을 다해 일하면서 조금이나마 발전적인 생을 만들어가는 게 무엇보다 중요해."

그 당시 나는 도대체 무슨 책임감을 가져야 하는지 알 수 없었다. 난생처음 아버지의 반대를 무릅쓰고 시에라네바다로 떠났다.

내가 매일이다시피 오르내려야 하는 전신주의 높이가 12미터가 넘었다. 다행히 현기증 없이 오를 수 있었고, 높은 곳에서 무거운 장비를 들고도 용케 균형을 잡으면서 주어진 일을 해냈다. 현장 감독으로부터 높은 전신주에 올라 일을 하는 훈련을 제대로 받았기 때문이다.

현장 감독 쳇은 나를 '대학생'이라 불렀다. 쳇이 입가에 비웃음을 머금고 말했다.

"전신주 꼭대기에 오르는 걸 즐기는 아일랜드 놈은 처음 봤어. 지금껏 전신주 꼭대기에 올랐던 놈들은 죄다 시에라네바다 원주민이었거든."

"이유가 뭐죠?"

"우리 원주민들은 틈만 나면 높은 나무를 오르내리며 살았기 때문에 전신주에 오르는 것쯤은 일도 아니거든."

합숙소에서 전기 공사에 투입된 인부들과 함께 지내며 싸구려 보드카를 마실 줄 알게 되었다. 바이스로이 담배를 피우게되었고, 이후 33년 동안 끊지 못했다. 합숙소 근처에 있는 술집에서 여자를 만났다. 서른다섯 살인 버나뎃은 라스베이거스의 카지노에서 딜러로 일한 경력이 있었다. 버나뎃의 애인이었던 웨인이 카지노에서 돈을 빼돌리다가 발각되어 죽은 이후 라스베이거스를 떠났다.

"카지노의 딜러가 지켜야 하는 규칙 1번이 돈을 빼돌리지 말아야 한다는 것이지. 카지노의 돈은 마피아 조직에서 관리해. 딜러가 돈을 빼돌리다가 발각될 경우 받아야 하는 벌은 하나밖에 없어."

웨인은 결백을 주장했지만 끔찍한 고문을 당한 끝에 목숨을 잃었다. 버나뎃은 고문을 견디지 못해 웨인이 돈을 숨긴 창고 위치를 말해주고 겨우 목숨을 건졌다. 웨인의 창고는 라스베이거스에서 320킬로미터 떨어진 카슨시티에 있었다.

"마피아 조직원들이 창고를 뒤진 끝에 돈을 찾아냈어. 젖꼭지를 잘라 버리기 전에 라스베이거스를 떠나 다시는 돌아오지 말라고 하더군. 만약 떠나지 않고 있다가 눈에 띌 경우 가차 없이 죽여 버리겠다면서. 벌써 10년 전 일이야. 돈 한 푼 없이 쫓겨났으니까 당장 일자리가 필요했어. 사촌오빠가 세쿼이아에서 술집을 하고 있었는데 당장 오라고 하더군. 10년이 지났는데 나는 아직 술을 따르며 살고 있고, 여전히 처음 여기에 왔을 때 구한 트레일러에서 지내고 있어. 2주 전, 당신이 여기에 처음 왔을 때 나도 모르게 생각했지. 귀여운 남자야. 나를 다정하게 대해줄 남자야. 나를 바 뒤에서 공짜 섹스나 해주는 여자로 취급하지는 않을 거야. 나를 인간으로 대해주고, 술집 영업이 끝나는 새벽 1시까지 기다렸다가 트레일러로 와서 나를 안아줄 거야. 그렇게 생각했어."

세쿼이아는 좁은 동네였고, 버나뎃은 '도시에서 온 아이'를 독차지하게 된 것에 대해 겁을 냈다.

"사람들이 손가락질을 할지도 모르니까 가급적 조용히 만나야 해."

"난 아이가 아니라 성인이야."

버나뎃이 가볍게 입을 맞추고 나서 말했다.

"사람들은 그렇게 생각하지 않아. 내가 순진한 어린아이를 꼬드겼다고 손가락질 하겠지."

우리는 일주일에 세 번씩 버나뎃의 트레일러에서 만났다. 버나뎃에게 섹스를 배웠고, 그녀를 사랑한다고 확신했다. 반면 버나뎃은 우리가 함께 즐거운 시간을 보내고 있을 뿐이라며 다른 의미를 부여하길 원치 않았다.

버나뎃과 함께하는 시간이 좋았다. 매일이다시피 전신주에 오르는 일도 마음에 들었다. 3개월 계약으로 일을 시작했는데 두 번이나 연장했다. 주급이 180달러였고, 숙식이 제공되었다. 매일 담배와 술을 사느라 6달러를 쓰고 나머지는 모두 저축했다. 9개월 동안 일해 모은 돈이 5,400달러였다. 노스 할리우드에서 작은 집을 구하기에 충분한 액수였다. 아버지는 이제 시에라네바다 일을 정리하고 노스 할리우드에 집을 구하라고 했다. 전신주를 오르내리는 일을 그만두고 안정적인 경력을 쌓기를 바란 것이다.

"모험이 인생을 책임져주지는 않아. 이제 전신주 일을 그만두고 제대로 된 일자리를 찾아봐."

내가 왜 전신주에 오르는 일을 자원했을까? 늘 아버지의 권위에 눌리는 기분을 느꼈기 때문인지도 모른다.

새벽 4시에 거울 속에 들어있는 내 모습을 보며 왜 이렇게 되었는지 자책감이 들었다. 성인이 되어 자유를 찾을 수 있었던 순간에 나는 아버지의 잔소리를 피하기에 급급했다. 내가 원하는 길을 가기 위해 아버지와 분연히 맞선 적이 단 한 번도 없었다. 나는 일과 사랑, 삶 앞에서 한 번도 내 자신의 열정을 고집한 적이 없었다. 아버지가 늘 강조했듯이 안정적인 삶, 괜한 모험으로 위기를 만들지 않는 삶을 살고자 했기 때문이다. 아버지의 바람을 그대로 따르기로 한 사람은 그 누구도 아닌 나 자신이었다. 정말이지 그 당시에는 아버지의 말을 따르는 것 말고는 무엇을 해야 할지 몰랐다.

나는 왜 아버지의 바람 말고 내 자신이 원하는 길이 뭔지 찾으려고 하지 않았을까?

아버지는 늘 비판적인 시각으로 나를 바라보았다. 내가 어떤 처신을 하든지 아버지를 만족시킬 수 없다는 걸 잘 알고 있었다. 그럼에도 계속 아버지가 시키는 대로 따랐다. 우리 가정의 종교인 아일랜드 가톨릭도 내가 맹목적으로 아버지의 뜻을 따르는 데 한몫했다. 신부님들은 하나같이 하나님의 말을 무조건 따라야 한다고 가르쳤다. 어릴 때부터 그런 교육을 받다 보니 나는 아버지가 시키는 대로 따르는 걸 너무나 당연하다고 믿었다.

이제야 나도 깨달았다. 종교의 가르침은 내 인생을 진심으로 걱정해주는 마음에서 나온 게 아니었다. 신부님들이나 아버지나 좁고 한정된 경험에 매몰되어 있을 뿐 그 너머 세상에 대해 전혀 몰랐다. 예순 살이 다 되어가는 지금에야 나는 그런 사실을 깨닫게 되었다. 생각이 고루하면 몸을 사리게 된다는 것을.

어쨌든 나는 아버지가 시키는 대로 시에라네바다의 세쿼이아 생활을 청산했다. 무엇보다 버나뎃과의 이별이 고통스러웠다.

우리가 함께한 마지막 밤에 버나뎃이 말했다.

"우리가 마지막까지 열정을 유지할 수 있는 이유는 하루에 한 시간씩 일주일에 여섯 번 만났기 때문일 거야. 만약 우리가 매일 일상을 같이 하는 사이였다면 열정은 오래전에 잦아들었겠지."

"사람들은 누군가를 만나게 되면 다들 같이 살려고 애쓰잖아?"

"결국 같이 살아보면 금세 싫증나기 마련이야."

"그럼 왜 사람들은 사랑에 빠지면 결혼해 같이 살아야 한다고 생각할까?"

"다들 그렇게 살아가는데 자기 혼자만 예외일 수 없어서 그러겠지."

버스를 타고 로스앤젤레스로 돌아가는 길에 생각했다.

내가 또 내 자신을 속이고 원치 않는 삶 속으로 들어가려하네?

하지만 나는 다른 길로 가는 법을 알지 못했다.

새로운 호출이 왔다. 웨스트우드. 3시 33분. 로스앤젤레스 시내가 스텐트 삽입 시술을 받아야 하는 내 좌심실 동맥만큼 막히고 응고되는 시간이었다. 의료보험이 지원되는 회사에 다닐 때만 해도 동맥을 적절하게 관리할 수 있었는데 요즘은 걱정이 많았다. 이 시간에 실버레이크에서 웨스트우드까지 가려면 40분쯤 걸리기 마련이었다. 가까운 곳으로 가면 좋겠는데 웨스트우드 손님의 목적지는 밴나이즈였다. 남쪽으로 가야 했고, 요금이 31달러쯤 나올 듯했다. 막히는 길이었지만 나름 갈 만했다.

내 나이 56세이고, 일주일에 6,70시간씩 일하고, 시간당 평균 11달러를 벌었다. 나는 부양해야 할 가족이 있었고, 매달 빠짐없이 지불해야 할 고정 비용이 있었다. 시간당 11달러면 최저 시급보다 조금 많은 액수였다. 정확하게 말하자면 돈을 번다고 할 수 없었다. 어차피 고정 비용으로 다 나가야 할 돈이니까. 그나마 한 푼도 못 버는 것보다는 나았다.

4

선셋대로를 따라 내려가다가 실버레이크 스파에서 승객을 태웠다. '더 나우'라는 스파, IT와 영상 분야 돈 냄새를 물씬 풍기는 곳, 셔츠 한 장 가격이 250달러나 하는 부티크들, 1940~1960년대 가구가 턱없이 비싼 가격으로 팔리는 빈티지 가구점들, 몸에 지워지지 않는 이미지를 새기는 것 말고는 아무 생각 없는 힙스터들이 즐겨 찾는 문신 숍, 플랫화이트를 마시며 영화로 제작되지도 않을 시나리오를 쓰느라 맥북과 씨름하는 무명작가들이 덧없는 시간을 보내는 커피숍들이 즐비한 곳이었다. 온통 흰색으로 치장한 젠 스타일 스파는 100달러를 내면 45분 동안에 걸쳐 뭉친 근육을 시원하게 풀어 주는 곳이었다.

나는 평균적으로 한 시간에 한 개비씩 담배를 피웠다. 도보 중 흡연은 법으로 금지되어 있었기 때문에 담배를 피우기에 적절한 장소를 찾아야 했다. 사람들은 자동차 매연이 질펀한 도로를 걷고 있으면서도 누군가 담배를 피우면 여지없이 비난을 퍼부었다. 야외에 테이블을 비치해둔 카페나 식당에서도 담배를 피울 수 없었다. 놀이터 근처에서 담배를 피우다가 발각될 경우 파렴치한 취급을 받기 일쑤였다.

담배를 피우려면 뒷골목이나 공터를 찾아들어가야만 했다. 바이스로이가 단종된 이후 아메리칸 스피릿을 피우고 있었다. 유기농 담뱃잎을 쓰고, 첨가제를 넣지 않는다고 광고하는 만큼 적어도 다른 담배들보다는 건강을 해치지 않으리라 철석같이 믿었는데 나중에 거짓이라는 걸 알게 되었다. 얼마 전 내 딸 클라라가 문자메시지로 신문기사를 링크해 보내주었다. 아메리칸 스피릿도 다른 담배들처럼 건강에 좋지 않다는 기사였다.

'아빠, 담배를 끊는 게 어때? 아빠 없는 세상에서 살긴 싫어.'

클라라는 내게 더없이 소중한 딸이었다. 당차고 똑똑한 클라라가 어느새 스물네 살이 되었다. 언제나 당당하게 자기 의견을 말하는 아이로 중학생 때부터 주관이 확고했다. 무조건 규칙을 따르라고 하면 언제나 반기를 들었다. 늘 기존 질서와 체제에 의문을 제기해 선생님들을 곤혹스럽게 했다. 제 엄마는 선생님 말에 순응해야 한다고 가르쳤지만 클라라는 곧이곧대로 따르길 거부했다. 나는 클라라가 의문, 의심, 분노의 감정에 사로잡혀 말해도 귀담아 들어주는 편이었다. 내 앞에서 울분을 터뜨려도 나무라지 않았다. 나는 평생 갈등과 불화를 회피하며 살아왔기에 클라라가 자가 자신의 생각을 관철하기 위해 싸우는 모습, 옳고 그른 걸 당당하게 따지는 모습, '기존 체제'의 제도와 관습, 규칙들을 무조건 수용하기보다는 자주 이의를 제기하는 모습에 감탄했다. 클라라는 나와 달리 매우 자주적이고 독립적인 모습을 보였다.

더 나우 스파가 있는 선셋대로 3329번지 앞에서 30초 이상 차를 세우고 있으면 경찰이 다가왔다. 만약 딱지를 떼일 경우 범칙금으로 315달러를 내야만 했다. 일주일 내내 일해야 벌 수 있는 돈이었다. 범칙금을 내지 않으려면 경찰의 눈에 잘 띄지 않는 주택가 모퉁이에 차를 세워야만 했다. 내가 가끔 차를 세우는 장소 근처에는 향초 하나를 68달러에 파는 향초 가게와 초콜릿 가게가 있었다. 예술품처럼 꾸민 초콜릿 상자 옆에 놓인 카드에는 카카오가 몇 퍼센트 들어 있고, 어떤 생강을 재료로 썼고, 페루의 우림 지역에서 얼마나 공들여 카카오를 수확하는지 손글씨로 정성스레 쓴 글이 적혀 있었다.

내가 어떻게 이런 걸 다 알게 되었냐고?

처음 우버 일을 시작했을 때 클라라가 말했다.

"아빠, 고객을 태우고 가는 길에 마주치는 풍경과 사람들, 사물들을 관심 있게 살펴봐. 언제나 주위를 둘러보며 사람들이 무슨 이야기를 하는지 귀 기울여 들어봐. 이 세상에서 사연 없는 사람은 없으니까. 특히 로스앤젤레스 사람들은 저마다 자기만의 독특한 습관과 태도가 있어."

젊은 여자 목소리가 들려왔다.

"식당 근처에서 담배를 피우는 건 불법 아닌가요?"

짧은 가죽치마 차림의 20대 초반 여자로 얼굴에 레이밴 선글라스를 착용한데다 손에 산펠레그리노 병을 들고 있었다.

"미안합니다."

나는 담배를 바닥에 비벼끄며 생각했다.

초콜릿 가게도 식당에 해당하나?

여자가 말했다.

"방금 담배꽁초를 길에 버린 거예요?"

나는 허리를 굽혀 담배꽁초를 주워들며 물었다.

"혹시 우버를 호출하신 안젤리크 씨입니까?"

"맞긴 한데 담배 피우는 사람 차는 안 탈래요."

"차 안에서는 안 피웁니다."

"그래도 운전자가 담배를 피우면 냄새가 나요."

나는 웨스트우드에서 태울 손님을 생각하며 손목시계를 보았다.

"취소하시게요?"

"취소하고 싶지만 수업이 늦어 어쩔 수 없네요. 그대신 조건이 하나 있어요. 가는 동안 에어컨을 최대한 틀어 주세요. 담배 냄새를 맡기 싫으니까."

"네, 원하는 대로 해드리죠."

나는 차에 올랐고, 안젤리크도 뒷자리에 탔다. 시동을 걸자마자 에어컨을 최대한 틀고 선셋대로로 들어섰다. GPS를 살피며 막히는 길을 확인했다.

10번 고속도로 서쪽 101 사우스까지 간 다음 선셋블로바드에서 405 북쪽까지 예상 소요 시간이 40분이었다. 웨스트우드에서 다음 손님을 태우기로 한 시간까지 41분이 남아있었다. 백미러로 뒷자리 손님을 보았다. 아이폰을 손에 들고 빠른 속도로 문자메시지를 보내고 있었다.

여자가 딱딱거렸다.

"뭘 훔쳐봐요?"

"그저 후방을 확인했는데요."

"눈알이 움직이는 걸 봤어요."

"잘못 보셨습니다."

"아니, 틀림없이 봤어요. 한 번만 더 뒤를 힐끔거리면 고객센터에 신고할 테니까 그리 알아요."

내가 한마디라도 더 대꾸를 하면 폭발할 게 뻔했다. 이럴 때는 그저 입을 꾹 다무는 게 상책이었다. 앞으로 후방을 확인하려면 사이드 미러를 이용하는 수밖에 없었다. 그저 조용히 넘어가기를 바랐지만 여자는 또다시 힐난을 멈추지 않았다.

"여기 시트 밑에 빈 칙필레* 봉투가 있는 걸 몰랐어요?"

나는 백미러로 뒷자리 시트를 확인하려다가 얼른 멈췄다.

"미처 몰랐습니다. 바로 전 손님이 놓고 갔나 봐요."

"칙필레는 동성애자를 혐오하는 쓰레기 기업이에요."

"저는 칙필레를 먹지 않습니다."

"성 차별주의자들이 만드는 쓰레기 같은 치킨버거를 들고 탄 손님을 못 봤다는 거예요?"

---

* 미국 패스트푸드점으로 치킨버거를 주로 파는 곳

나는 바로 앞에 탔던 손님을 떠올려보았다. 세일즈 컨퍼런스 때문에 오하이오에서 로스앤젤레스에 왔고, 교회에서 사귀게 된 여자 때문에 부인과 이혼할 생각이라고 했던 남자. 생각해보니 그 손님이 손에 들고 있던 쇼핑백에서 치킨버거 냄새가 났던 것 같았다. 그렇지만 뒷자리에서 먹은 건 아니라서 아무 말도 하지 않았다. 그 남자는 나름 친절한 편이었다. 내가 멜로즈 셸 주유소에서 잠깐 차를 세우고 화장실에 다녀와도 괜찮은지 물었을 때 쾌히 그러라고 했다. 웬만해서는 고객에게 그런 부탁을 하지 않는데 그때는 너무 급해 어쩔 수 없었다. 내가 용변을 보는 동안 그 손님이 치킨버거를 먹고 조수석 바닥에 봉투를 버린 게 분명했다. 고객을 내려주고 나서 바닥을 살피지 않은 건 내 불찰이었다.

"바로 앞 고객이 음식을 드셨나 봐요. 제가 미처 알지 못했습니다."

"그냥 막 지어내시네. 내가 우버에 신고할까 봐 그러죠? 청결 상태 불량에 뒤쪽 범퍼는 찌그러져 있고……."

젠장! 범퍼도 봤나보네.

어제 애보키니 대로와 베니스 대로 사이에 위치한 카페에 승객을 내려주고 나서 나도 커피나 한잔 마시고 담배도 피울 겸

차를 주차장에 세워두었다. 주차장에서 불과 23미터밖에 벗어나지 않은 곳까지 걸었다. 다리에 피가 돌게 하면서 담배를 한 개비 피웠을 뿐이었다. 돌아와 보니 범퍼가 심하게 찌그러져 있었다.

빌어먹을!

범퍼를 수리하려면 적어도 500달러가 들었다. 보험회사에 청구하면 당장은 좋지만 보험료 할증을 피할 수 없었다. 일년 전에도 브로드웨이와 5번가 모퉁이에서 어떤 멍청이가 내 차를 들이받았다. 페덱스 트럭을 모는 운전자가 휴대폰 화면을 들여다보며 문자메시지를 보내다가 사고를 냈다. 분명 내 과실이 아니었는데 보험사는 내 등급을 깎았다.

범퍼를 수리해야 한다니?

정말이지 결코 일어나지 말았어야 할 일이었다. 작금의 내 경제 상황을 고려해보자면 '빠듯하다.'라는 말로는 부족했다. 판금과 도색을 하려면 최소 500달러가 들어야 할 텐데 내 수중에는 단돈 1달러밖에 없었다. 집에서 그리 멀지 않은 곳에 루번이 운영하는 자동차 정비센터가 있었다. 루번에게 부탁해 보험사를 거치지 않고 수리할 경우 150달러에 해결할 수 있었지만 지금은 그 정도 비용도 부담스러웠다. 지난 이주일 동안 주당 480달러를 지출했다. 우리 가족이 생활할 수 있는 비용을 맞추려면 적어도 주당 850달러를 벌어야 했다. 그 정도가 겨우 생활하는 데 필요한 돈이었다. 내가 우버에서 받는 돈은 1킬로미터에 50센트, 로스앤젤레스 카운티 경계 밖에서는 45센트였다. 손님을 태우러 가는 거리에 대해서는 돈이 나오지 않았다. 호출한 승객이 차에 오를 때까지 기다려야 하는 경우 10분 동안만 비용이 지급되었다. 한 시간 이상 운전하거나 공항에 손님을 태우러 가는 경우 보너스를 받을 수 있었다. 승객이 주는 팁은 전부 내 몫이었지만 받으면 좋고 못 받으면 그만이었다. 팁을 주는 건 어디까지나 승객의 마음에 달려 있었다. 우버 본사에서 마련한 운행 세칙에 보면 '운행 요금에는 운전자 팁이 포함되어 있지 않은 만큼 승객들은 요금의 15~20퍼센트를 팁으로 제공해야 한다.'라고 되어있었지만 강제 규정은 아니었다.

그 반면 운전자들이 반드시 지켜야 할 규정은 많았다. 자동차는 출고된 지 10년 이내여야 했고, 정비 상태는 최상이어야 했다. 물론 우버 본사에서 도로 곳곳에 감시관을 세워두고 운전자들이 규칙을 제대로 지키는지 일일이 확인할 수는 없었다. 다만 고객 가운데 누군가가 우버 본사에 전화해 '범퍼가 찌그러진 차로 손님을 받아요.'라고 신고할 경우 당장 해고당할 수밖에 없었다. 뒷자리에 타고 있는 버르장머리 없는 여자 손님에게 따끔하게 한마디 쏘아붙이고 싶었지만 만약 그랬다가는 수류탄의 안전핀을 뽑는 격이나 다름없었다.

우버 본사는 규칙을 어긴 운전자에게 자비를 베풀지 않았다. 운전 시간이 하루 열두 시간을 넘지 않도록 철저하게 관리했다. 무리한 운전으로 피로가 겹쳐 사고를 낼 경우 회사에 큰 손실을 초래할 수밖에 없으니까. 나름 열두 시간 규칙에 대응하는 방법이 있었다. 두 시간 동안 휴대폰을 오프라인 상태로 해두고, 잠깐 숨어서 눈을 붙인다. 그런 다음 휴대폰을 켜고 다시 일을 시작하면 되었다.

나는 하루에 열여섯 시간씩 일했다. 열여섯 시간을 일하는 동안 75분씩 세 번 쉬었다. 일이 잘 풀리는 주에는 790달러를 벌었지만 그런 경우는 드물었다. 장거리 손님이 많거나 팁을 많이 받아야 그 정도 액수를 채울 수 있었다.

일을 끝내고 집에 들어와 그날 벌어들인 수입을 정리하다 보면 짜증이 났다. 가령 로스앤젤레스 시내에서 국제공항까지 손님을 태우고 갈 경우 40달러를 받았다. 그중에서 내 몫은 32달러였고, 나머지는 우버 본사에서 가져갔다. 손님이 요금의

20퍼센트를 팁으로 주면 8달러를 더 벌게 되니까 우버 본사로 들어가는 액수를 보전할 수 있었다. 다만 우버를 이용하는 승객들은 대부분 팁을 주지 않았다. 어떤 주에는 일주일 동안 60시간을 일하고 겨우 465달러를 벌었다.

쇼핑몰에 들렀다가 집으로 돌아가는 사람, 헬스장에 가는 사람, 음주를 해 술집에 차를 세워두고 집으로 가는 사람, 늦은 시간의 취객, 슈퍼마켓에서 장을 보고 집으로 돌아가는 사람들이 내 고객들이었다. 고객들을 한 시간에 두 번 태우면 15달러의 수입이 생겼다. 실제로는 90분에 두 번 태웠다. 연료비는 내가 내야했고, 보험료와 유지비도 내 부담이었다. 열두 시간 운전하면 연료비로 40달러가 들었다. 보험료는 월 58달러였다. 시간당 수입이 12달러니까 열두 시간 일하면 144달러를 벌었다. 연료비 40달러를 빼면 하루에 104달러를 버는 셈이었고, 일주일에 6일을 일하니까 주당 624달러를 번다고 보면 되었다. 보험료 58달러를 빼면 매월 2천5백 달러가 안 되는 수입이었다. 주행 거리가 1만6천 킬로미터가 될 때마다 자동차 점검을 받아야 했다. 비용은 350달러였다. 일주일에 1천9백 킬로미터씩 달리니까 매월 7천6백 킬로미터를 달린다고 봐야 했다. 7천6백 킬로미터면 미 대륙을 횡단해 동부 해안까지 갔다가 차를 돌려 서부 산타페까지 오는 거리였다. 나는 한 달 내내 로스앤젤레스를 벗어나지 못하고 그 기나긴 거리를 달렸다. 내가 운전하는 차 프리우스는 8년 차가 되었다. 우버 본사의 규칙상 10년 미만의 차를 몰아야만 했다. 2년 후에는 차를 바꿔야 계속 우버에서 일할 수 있다는 뜻이었는데 현재로서는 가망이 없었다. 대출을 다 갚아 빚은 없었지만 생활비를 전적으로 내 수입에 의존하는 형편이라 돈을 모을 여력이 없었다. 아그네스카는 일을 하지 않은 지 15년이 넘었다.

나는 남자가 경제를 책임져야 한다는 교육을 받으며 자랐기에 아그네스카가 돈을 벌어오지 않는다고 불만을 품은 적은 없었다. 남자라면 돈을 벌어 가족들을 건사해야 할 책임이 있다고 배웠다.

클라라는 그런 내게 말했다.

"아빠가 자란 산페르난도밸리는 1960년대와 1970년대의 사회 변화를 다 비켜갔나 봐."

"우리 집안만 1950년대에 그대로 머물러 있었는지도 모르지."

"아빠가 다닌 아일랜드 가톨릭 성당도 단단히 한몫했을 거야."

나는 아일랜드 가톨릭 집안에서 자랐다. 내 부모는 숨을 거두는 날까지 가톨릭 성당의 가르침을 법으로 알고 살았다. 내 어머니가 그랬듯이 내 아내 아그네스카도 날마다 성당에 갔다. 아그네스카는 비극적인 사건을 겪은 뒤로 아예 종교 투사가 되었다.

나는 몇 년 전부터 더는 미사에 참석하지 않았다. 우리 부부 사이에 문제가 생긴 무렵부터 그랬다. 이 세상에서 아무리 힘들게 살아도 하나님 앞에서 열심히 기도하면 천국에 갈 수 있다는 말을 듣고 자랐는데 실제로는 종교적 이상일 뿐이라는 생각을 갖게 되었다. 내 친구 토더 신부는 성서의 시편을 인용해 지상에서의 삶은 '눈물의 골짜기'라고 했다. 그 당시 나는 삶이 송두리째 흔들릴 만큼 깊은 악몽에 빠져 허우적거리고 있었다. 토더 신부가 말하길 삶에서 큰 불행을 겪게 되면 믿음이 흔들려 하나님을 불신하고 화를 내게 된다고 했다. 그럴 때는 다시 믿음으로 가는 길을 열어 달라고 하나님께 기도해야 한다고.

토더 신부와 나는 50년 지기였다. 집 근처에 있는 공립초등학교 3학년 때 처음 만났다. 우리는 서로 보자마자 친구가 되었다. 둘 다 아일랜드 이민 가정 출신이라서인지 집안 분위기나 부모의 성향이 비슷했다. 엄격하고 책임감 있는 아버지, 집안 일을 혼자 도맡아하는 어머니. 우리는 성장기에 서로에게 힘이 되어 주었다. 성인이 되어 각자 다른 길을 걷게 되었지만 여전히 마음을 의지하는 친구 사이로 지내고 있었다.

토더 신부는 고교를 졸업할 무렵 성직자가 되겠다고 했다. 성령의 말씀을 들은 게 성직자가 되기로 결심한 계기였다고 했다. 내 아내 아그네스카도 성령의 말씀을 들었다고 했지만 나는 한 번도 들은 적이 없었다. 신앙의 힘이 절실히 필요할 만큼 힘든 날들을 보낼 때조차 성령의 말씀은 나를 비껴갔다.

쥐구멍에도 볕들 날이 있다. 내일은 내일의 태양이 뜬다. 역경과 고난을 이기고……

미국인들은 어려움이 밀어닥치더라도 분연히 떨쳐 일어나 다시 시작할 수 있어야 한다고 믿었다. 늦은 나이에 다시 시작하는 건 결코 쉽지 않았다. 누구나 어려운 일이라는 걸 알고 있으면서도 이 세상에서 불가능한 일은 없다고 자신을 다독였다. 미국인들의 자기기만일 수도 있지만 반드시 필요한 믿음이었다. 그런 믿음조차 없다면 아침에 침대에서 몸을 일으킬 수 없을 테니까.

회사에서 영업 이사로 일하다가 물러난 뒤 나는 여기저기에 취업 원서를 내밀었다. 로스앤젤레스에 있는 헤드헌터 회사를 빠짐없이 찾아가봤지만 끝내 일자리를 구하지 못했다.

어느 헤드헌터 회사의 젊은 직원이 말했다.

"내일 모레가 60세라 소개하기에 적합한 회사가 없습니다. 최저임금을 받아도 상관없다면 몇 군데 알아봐줄 수는 있습니다."

전기기사 직업 교육을 다시 받아볼까 생각해봤지만 여의치 않았다. 그 업계에 종사하고 있는 몇몇 친구들이 말하길 적어도 고객들과 2~3년 동안 좋은 유대관계를 쌓아야 적당한 수입을 얻을 수 있다고 했다. 35년 전 세쿼이아 국립공원에서 전신주에 올라간 이후 전기 관련 경력이 전무한 사람을 채용할 전기 회사는 없을 거라고 했다. 결국 우버 말고는 선택의 여지가 없었다. 우버 일은 일일이 직장 상사의 간섭을 받지 않아도 되는 일이라서 마음에 들었다.

우버 운전은 면접이 필요 없었다. 경영팀을 상대하지 않아도 되었다. 검사관이 자동차를 확인하러 오지도 않았다. 우버 앱을 다운로드하면 당장이라도 운전을 시작할 수 있었다. 먼저 우버 앱을 열고 온라인 지원서를 작성했다. 운전면허증을 찍어 우버에 보냈다. 자동차 검사 증명서도 찍어서 보냈다. 번호판이 보이게 찍은 자동차 사진도 찍어서 보냈다. 우버에서 안면인식에 쓸 얼굴 사진도 찍었다. 우버 영업을 할 때 쓰는 전용 휴대폰을 등록했다. 우버 본사에서는 그 휴대폰으로 안면 인식을 하고, 운행 시간도 확인했다. 우버에 등록된 휴대폰으로 승객 호출을 확인할 수 있었다. 매주 본사와 정산할 지불 방법도 정했다. 내 은행 계좌로 돈이 들어오게 해두었다. 우버 직불카드로도 받을 수 있었지만 그 경우 우버에서 수수료를 떼었다. 정산 대상 시간은 우버에서 정했다. 월요일 04시 01분부터 그다음 월요일 00시 40분까지였다. 월요일 03시 30분에 승객을 태워 04시 03분에 내려줄 경우 돈을 정산해주지 않았다. 일방적이고 불공평한 방식이었지만 일체의 불만을 제기할수 없었다. 우버 본사에는 창구가 없었다. 운전자를 위한 상담번호가 있었지만 상담사와 통화하려면 30분이 걸렸다. 상담사와 용케 통화를 한다고 해도 문제 해결에는 아무런 도움이 되지 않았다. 모르긴 해도 콜센터가 필리핀 같은 곳에 있을 것이다. 상담사들은 상냥한 편이었지만 전혀 도움이 되지 않았다.

그 반면 승객들에게 불만 사항이 생기게 하면 곤란했다. 가령 승객이 범퍼가 찌그러졌다고 신고할 경우 블랙리스트에 올라 퇴출되었다. 오늘날 많은 미국인들이 월마트에서 물품을 옮기며 극빈층에 가까운 삶을 살고 있는 배경이었다. 백미러로 흘끔거렸다고 시비를 걸고, 앞선 고객이 바닥에 버리고 간 패스트푸드 봉투에 대해 노골적으로 불만을 토로하는 젊은 여자 앞에서 나는 그저 할 말을 잃었다.

"정말 죄송합니다. 봉투를 그대로 놓아두시면 제가 버리겠습니다."

"그러게 진작 치웠어야지. 이제 와서 하는 척하는 태도가 영 마음에 들지 않아요. 그냥 우버 본사에 불만사항을 접수할 테니 그리 알아요."

"만약 그렇게 하시면 저는 유일한 수입원을 잃게 됩니다."

잠시 침묵이 이어졌다. 백미러로 손님의 반응을 확인하고 싶었지만 또 흘끔거린다고 지적당할까 봐 단념할 수밖에 없었다. 차선을 바꾸느라 어쩔 수 없이 백미러를 봐야 할 때 여자의 얼굴을 보니 커다란 보스 헤드폰을 쓰고 뾰로통한 얼굴로 시트에 등을 기대고 있었다.

막혔던 길이 뚫리기 시작했다. GPS를 보니 UCLA대학 정문 도착 예정 시각이 5시 27분으로 되어 있었다. 그나마 행운은 내 편이 되어 주었다. 목적지에 도착한 시각은 5시 26분이었다. 젊은 여자가 헤드폰을 벗고 휴대폰을 보았다.

"30분까지 와야 하는데 딱 4분 전에 도착했네요."

여자는 그 말을 남기고 차에서 내렸다. 나는 잠시 여자의 뒷모습을 바라보았다. 차에서 내린 여자는 손에 든 칙필레 봉투를 대학교 캠퍼스 쓰레기통에 버렸다.

수업에 늦지 않게 데려다 주어서 고맙다는 표시인가?

나는 손목시계를 보고 나서 다음 손님을 맞기 위해 GPS를 확인했다. 4분 거리에 손님이 있었다. 예약 시간까지는 8분이 남아있었다. 일단 시동을 끄고 차에서 내렸다. 잔뜩 위축된 기분 탓인지 몸이 저절로 떨렸다. 방금 전까지 무력감에 휩싸인 가운데 계속 운전석에 앉아 있었다. 잠시나마 휴식이 필요했다.

앞으로 줄곧 이렇게 살아야 하나? 날마다 정체되는 길과 씨름하고, 아예 사람을 대놓고 무시하는 손님들을 상대하면서? 사회적 약자를 함부로 취급하고, 무시하고, 팁도 생략하고, 수고에 대해 감사를 표할 줄 모르는 사람들을 계속 모시고 다녀야 하나?

아버지는 야근이 잦아 내가 리틀리그 야구 경기에 출전한 날 경기장에 올 수 없었다. 내가 왜 야구장에 오지 않았느냐고 물으면 아버지는 늘 '밥벌이를 해야 하니까.'라고 대답했다.

아버지가 말한 '밥벌이'가 나에게는 진리가 되었다. 일주일에 6,70시간을 일한 대가로 기본적인 의식주와 각종 청구서 금액을 해결하고 있으니까. 내 스스로 그야말로 가치 있는 일을 하고 있다고 생각하며 마음을 추슬렀다. 나에게 부여된 시간 중에 온전히 '내 삶'이라고 부를 만한 시간은 없었다. 매일 눈만 뜨면 열심히 일하고, 2주 동안 고작 하루를 쉬면서도 늘 안절부절못했다. 그 하루를 쉬지 않고 일하면 그나마 몇 백 달러를 더 벌 수 있으니까.

젊은 여성들이 뷰티 숍에서 60분 동안 마사지를 받느라 쓰는 비용을 벌려면 무려 아홉 시간 동안 일해야만 했다. 가끔 그런 생각이 들 때면 내 자신이 싫어졌다. 문득 내 자신이 형편없는 사람이 된 기분이었다.

나는 아메리칸 스피릿에 불을 붙이며 전신주를 오르내렸던 시절을 회상했다. 그때는 어느 누구도 책임질 필요 없이 오직 나 자신만 생각하면 그만이었다. 나무가 울창한 숲, 눈 덮인 산꼭대기들. 인간의 발자취는 거의 찾아볼 수 없는 풍경이었다. 내가 매일이다시피 정신을 집중해야 하는 일이라면 떨어져 다치지 않고 전신주를 오르내리는 것뿐이었다. 나는 그런 생활이 싫지 않았고, 아버지에게 계속 전신주 일을 하겠다고 말하고 싶었다.

'계속 세쿼이아 국립공원에 남아 있을래요. 이곳에서 새로운 삶을 개척하고 싶어요. 내가 하고 싶은 일을 하며 살래요.'

나는 끝내 그 말을 하지 못하고 아버지의 성화에 굴복했다.

"여기에 차를 세워두시면 안 됩니다."

UCLA대학교 교내 경관이었다. 아일랜드 출신으로 보이는 얼굴이었고, 명찰에 '오쇼그너시'라고 적혀 있었다. 오쇼그너시는 아일랜드 성이었다. 경관이 찌푸린 얼굴로 다가왔다. 나는 얼른 담배를 바닥에 버리고 신발로 비벼 껐다.

경관이 말했다.

"캠퍼스 전체가 금연입니다. 게다가 담배꽁초를 바닥에 버리면 벌금을 내야 하니까 얼른 다시 집어 드세요."

나는 재빨리 바닥에서 나뒹구는 담배꽁초를 집어 들었다.

"불법주차 딱지를 떼면 벌금이 280달러입니다. 규칙 위반을 하셨으니 앞으로 다시는 UCLA대학교 캠퍼스에 출입할 수 없게 할 수도 있습니다. 그렇지만 그런 일을 겪게 하면 안 될 분인 것 같네요. 앞으로 다시는 캠퍼스 내에서 불법주차를 하거나 담배를 피우지 않겠다고 약속할 수 있습니까?"

"네, 약속하겠습니다."

"좋습니다."

경관은 정중하게 고개 숙여 인사하고 나서 다른 곳으로 멀어져갔다.

"고맙습니다."

나는 경관의 등에 대고 고맙다고 소리쳤지만 경관은 돌아보지 않았다.

나는 다시 차를 끌고 캠퍼스를 나섰다. 핸들을 꽉 잡고 침착해지려고 애썼지만 계속 마음이 어수선했다. 그나마 마음이 착한 경관을 만나 다행이었다. GPS에 다음 승객을 태우기로 약속한 시간이 2분 남았다는 메시지가 떠올랐다.

5

다음 승객을 태우기로 한 곳은 산타모니카 대로 서쪽 말콤 애비뉴 1710번지였다. 대체로 호젓하고 아름다운 주택가였고, 1960년대에 지은 흰색 아파트 건물 앞에 작은 진입로가 있었다. 잠시 차를 세우고 손님이 나타나길 기다렸다. GPS를 확인해보니 행선지가 밴나이즈 대로로 되어 있었다. 405번 고속도로를 이용하면 되고, 거리는 20.6킬로미터였다. 하필이면 러시아워 때라서 35분은 족히 걸릴 듯했다.

'금방 갑니다.'

승객이 보낸 문자였다. 우버 어플은 승객이 운전자에게 자유롭게 문자를 보낼 수 있는 프로그램을 제공하고 있었다.

UCLA캠퍼스에서 불법주차를 해두고 담배를 피우다가 경관에게 적발된 순간이 떠오르면서 다시 한번 심장이 쿵쾅거리며 뛰었다. 손이 떨려오고 숨이 가빠왔다. 여태 한 번도 겪어본 적 없는 증상이었다.

공황 상태?

나는 두 번의 위기를 무사히 넘겨 다행이라며 마음을 추슬렀다. 앞선 승객은 우버 본사에 불만사항을 접수하지 않기로 했고, 마음이 너그러운 경관은 벌금을 부과하지 않았다.

우버 운전을 시작한 이후 하루에 다섯 시간씩 잠을 잤다. 잠이 부족해 짬짬이 눈을 붙이려고 애썼다. 아그네스카는 수면제 없이도 하루에 열 시간을 잤다. 나는 수면제 없이는 잠을 이루지 못했다. 오랜 세월 동안 혼신의 힘을 다한 회사에서 쫓겨난 이후 잠을 청하려면 수면제의 도움이 필요했다. 회사 인사부 직원은 이사회에서 영업 파트 인원을 42퍼센트 감축하기로 결정했다는 핑계를 댔다. 나도 이사회에서 결정한 해고 대상에 포함되어 있었다. 육개월분 임금을 받고, 퇴사 후 일년 동안 의료 보험을 유지해준다는 조건이었다. 인사부 직원은 그나마 나에게 특별히 더 많은 혜택을 주었다며 공치사를 했다.

퇴사 이후 지난 육개월 동안 새로운 회사를 찾아보려고 애썼지만 계속 실패했고, 스트레스가 가중되면서 불면증이 시작되었다.

조수석 차창을 두드리는 소리에 상념에서 벗어나며 창을 내렸다. 60대 후반쯤으로 보이는 여자가 서있었다. 은발, 윤곽이 뚜렷한 얼굴, 흰 피부의 소유자로 크림색 원피스 차림이었다. 로스앤젤레스 유행을 따르지 않는 여성으로 커다란 군청색 캔버스 가방을 메고 있었고, 손에는 《뉴욕 타임스》와 《LA 타임스》를 들고 있었다.

"브렌던 씨죠?"

나는 휴대폰 화면을 흘깃 보았다.

"엘리스 씨입니까?"

여자가 고개를 끄덕이고 나서 차에 올랐다.

"밴나이즈로 가시죠?"

"네, 맞습니다."

도로로 들어섰을 때 엘리스는 《NPR》 방송을 틀어달라고 했다.

"뉴스를 들어야죠."

나는 라디오를 틀고 나서 405번 고속도로로 들어섰다. GPS에 표시된 대로 405번 고속도로는 정체 중이었다.

나는 엘리스에게 물었다.

"급하십니까?"

엘리스는 손목시계를 흘깃 보았다.

"6시 30분에 약속이 있으니까 적어도 6시까지는 도착해야겠죠. 가급적 그보다 빨리 도착할 수 있으면 좋겠지만요."

나는 GPS를 흘깃 보았다. 도착 예정 시각이 오후 6시 1분으로 되어 있었다.

"아슬아슬하게 도착할 수 있을 것 같네요. 최선을 다하겠습니다."

"네, 부탁합니다."

엘리스는 살짝 미소를 지으며 대답한 다음 보고 있던 신문으로 눈길을 옮겼다. 라디오 뉴스에서는 멕시코 국경 근처에서 벌어진 반이민 집회와 텍사스 주 상원의원이 현장에서 즉석연설한 일부 내용이 흘러나왔다.

"우리가 함께하길 바라지 않는 사람들, 우리와 다른 언어를 사용하고, 우리 역사와 우리가 추구하는 가치를 이해하지 못하는 사람들이 우리의 일자리를 빼앗고, 우리의 공동체를 위협하고 있습니다. 우리는 '불법 이민자들'에게 조상대대로 물려받은 삶의 터전을 넘겨줄 수 없습니다."

엘리스가 더는 못 들어주겠다는 듯이 인상을 잔뜩 찌푸리며 신문을 내려놓았다.

"어쩌면 저토록 멍청한 말을 태연스럽게 할 수 있죠? 미국인들 가운데 이민자 아닌 사람이 있나요? 차라리 듣지 않는 편이 낫겠어요."

"때론 아무것도 듣지 않는 편이 나을 때도 있죠."

나는 라디오를 껐다.

엘리스가 내 말에 동의한다는 듯 고개를 끄덕였다. 나는 백미러로 뒷자리를 흘깃 보고 나서 재빨리 앞을 보려고 애썼다. 바로 직전 승객처럼 백미러로 훔쳐보았다고 따질까 봐 두려웠다.

신문을 읽던 엘리스가 고개를 들며 얼마나 왔는지 물었다. 백미러를 통해 시선이 마주치는 순간 엘리스가 살짝 미소를 지었다. 환한 미소는 아니었지만 어쨌든 긍정의 의미여서 마음이 놓였다.

나는 GPS를 보고 나서 말했다.

"800미터만 가면 정체 구간에서 벗어납니다."

GPS는 거짓말을 하지 않았다. 3분 뒤, 내 차는 더 이상 거북이처럼 엉금엉금 기어가지 않아도 되었다. 길이 뻥 뚫리는 순간 나는 즉시 가속페달을 밟았다. 차의 속도가 시속 110킬로미터까지 상승했다.

"6시까지 도착하겠습니다."

"정말 친절한 분이네요."

도로는 뻥 뚫렸고, 5시 54분에 밴나이즈에서 빅토리 대로로 이어지는 나들목에 도착했다. 4분 뒤에 차는 번화가로 접어들었다.

"손님, 어디에 내려드릴까요?"

"저기 보이는 건물 앞에 세워 주세요."

엘리스는 세탁소와 전당포 사이에 있는 건물을 가리켰다.

나는 건물 입구에 차를 세웠다. 두꺼운 철문에 비밀번호를 입력해 문을 여는 도어 록이 설비되어 있는 건물이었다.

"여기가 맞습니까?"

"네, 맞아요. 덕분에 잘 왔습니다. 제시간에 데려다주어서 감사합니다."

"제가 당연히 해야 할 일입니다."

엘리스는 차에서 내려 문 앞으로 걸어가더니 휴대폰 화면을 계속 주시하며 도어 록 번호를 눌렀다. 마침내 문이 열렸고, 엘리스는 안으로 사라졌다. 문은 이내 닫혔다.

나는 다음 승객을 태우러가기 위해 GPS를 확인했지만 아직 콜이 없었다. 어차피 이렇게 되었으니 30분쯤 쉬며 식사를 해결하기로 마음먹었다. 상점가 끝에 음식 값이 저렴해 보이는 식당이 있었다. 들어가 보니 예상대로 음식 값이 쌌다. 감자를 넣은 스페인식 오믈렛과 토스트, 감자튀김을 합해 3달러 99센트였다. 무한 리필 커피는 1달러, 팁이 20퍼센트니까 6달러를 내면 음식을 배불리 먹을 수 있는 식당이었다.

지금 음식을 먹어두면 집에 도착하는 새벽 1시까지 배고플 일이 없겠지?

음식을 먹는 동안 커피를 세 잔이나 마셨다.

땡.

아그네스카가 보낸 문자메시지가 들어왔다.

'오늘 모임이 있어 나가봐야 해. 냉장고에 닭고기 요리를 넣어둘 테니까 배고프면 먹어.'

아그네스카가 참여하는 모임에 대해 내 의심은 점점 더 커졌다. 물론 아그네스카 앞에서는 내 의심에 대해 말하지 않았다.

사람들이 모여 단체를 형성하면 왜 행동이 과격해질까?

휴대폰을 꺼내 우버 앱을 열고 다시 운전할 준비가 되었다고 알리는 버튼을 눌렀다. 곧장 콜이 들어왔다. 로스앤젤레스 국제공항까지 가는 손님이 태우러오길 기다리고 있었다. 42달러를 받을 수 있는 손님이었다. 오늘은 이래저래 운수가 좋은 날이었다.

테이블에 놓인 계산서 위에 6달러를 내려놓고 밖으로 나갔다. 오토바이 한 대가 엘리스를 내려준 건물의 철문 앞으로 다가가고 있는 모습이 눈에 들어왔다. 철문 바로 앞에서 오토바이를 멈춰 세운 남자는 헬멧을 쓰고 선바이저를 내리고 있어 얼굴이 보이지 않았다. 남자가 문 옆에 붙어 있는 인터폰에 대고 뭐라 말하자 문이 열렸다. 남자는 문이 닫히지 않게 발로 막아서더니 백팩에서 병을 꺼냈다. 주둥이에 헝겊이 씌워져 있는 화염병이었다. 남자가 병을 한 번 흔들더니 주머니에서 라이터를 꺼내 주둥이를 막고 있는 헝겊에 불을 붙였다. 남자는 불이 붙은 병을 철문 안으로 던지고 나서 재빨리 오토바이에 올랐다. 오토바이가 요란한 소리를 내며 골목으로 사라졌다. 그 모든 과정이 진행되는데 5초도 안 걸렸다.

나도 모르게 오토바이가 사라진 골목에 대고 소리쳤다.

"무슨 짓을 한 거야?"

내 목소리는 건물 입구에서 울려 퍼진 굉음에 묻혀 버렸다. 건물에서 큰 폭발 소리와 함께 불길이 치솟았다.

6

오토바이를 타고 온 남자가 화염병을 철문 안으로 던져 넣을 당시 건물 바로 앞에는 UPS 트럭이 서있었다. 유니폼을 입은 배송기사가 트럭으로 돌아와 운전석에 올랐다. 건물 안에서 무시무시한 굉음이 울려 퍼졌을 때 UPS의 배송기사는 잔뜩 겁먹은 얼굴로 운전석에 앉아있었다. 그러다가 트럭의 시동을 걸고 사라졌다.

나는 30분 전에 내려준 엘리스를 생각했다.

그 손님이 아직 건물 안에 있어.

나는 철문을 향해 달려갔다. 미처 문 앞에 다다르기도 전에 또다시 큰 폭발음이 울려 퍼졌다. 건물 안에 불길이 번지면서 가연성 물질이 터진 듯했다. 철문을 향해 뜨거운 불길이 확 밀려나와 건물 안으로 진입할 수 없었다. 어쩔 수 없이 뒤로 물러섰다. 맞은편 커피숍에 있던 손님들이 밖으로 나와 이쪽을 쳐다보고 있었다.

나는 그들을 향해 소리쳤다.

"빨리 911에 신고해 주세요. 어서요!"

그런 다음 건물 뒷문이 있는 골목으로 달려갔다. 철망으로 된 문이 골목 입구를 막고 있었다. 문에 자물쇠를 채워놓아 안으로 들어갈 수 없었다. 불길에 휩싸인 건물 안에서 사람들의 비명 소리가 흘러나왔다. 철망으로 된 문을 힘껏 흔들어 보았지만 소용없었다. 철망 안쪽에 있는 또 다른 건물의 뒷문이 열리더니 덩치 큰 남자가 전기 충격기와 열쇠 꾸러미를 들고 내 앞으로 다가왔다.

남자가 소리쳤다.

"꼼짝 마, 개자식아!"

나는 그를 향해 소리쳤다.

"건물 안에 사람들이 있어요. 어서 구해야 해요."

"입 닥치고 손들어."

남자가 열쇠 꾸러미를 어떤 여자에게 건네주며 자물쇠를 가리켰다. 여자가 허둥지둥 자물쇠를 여는 동안 불이 난 건물 뒷문에서 사람들이 쏟아져 나왔다. 환자복을 입은 여자 두 명과 의사와 간호사를 합쳐 대략 예닐곱 명쯤 되었다.

비로소 자물쇠를 푼 여자가 철망으로 된 문을 열었다. 사람들이 우르르 골목 밖으로 달려 나갔다.

전기 충격기를 손에 든 남자가 나에게 소리쳤다.

"네놈이 건물 안에 화염병을 던졌지?"

"나는 우버 운전자예요. 내가 내려준 손님이 화재가 난 건물 안으로 들어갔어요."

"거짓말이야."

자물쇠를 열었던 여자가 달려와 열쇠 꾸러미를 쥔 손으로 내 배를 강타했다.

나는 배를 잡고 허리를 굽혔다. 여자가 내 머리카락을 부여잡더니 뺨을 때리며 소리쳐 물었다.

"넌 테러리스트지?"

여자의 공격을 막아낼 기운이 없었다. 이번에는 수술복을 입은 남자가 내 팔을 잡고 뒤로 꺾으며 벽으로 밀어붙였다.

"네놈을 패 죽여 버리겠어."

그때 낯익은 여자의 목소리가 들려왔다.

"왜 그래요? 그분을 놓아줘요."

수술복을 입은 남자가 소리쳤다.

"이놈이 화염병을 던졌답니다."

"얼토당토않은 소리. 그분은 나를 태워다준 우버 운전자일 뿐이에요."

엘리스였다.

열쇠 꾸러미를 쥔 여자가 소리쳤다.

"그런데 왜 아직 여기에서 얼쩡거렸어?"

나는 숨을 헐떡이며 겨우 말했다.

"손님을 내려주고 건물 인근 식당에서 식사를 했어요. 식사를 하고 나오다가 오토바이를 타고 온 남자가 건물 안으로 화염병을 던지는 걸 발견했죠. 철문을 열고 건물 안으로 들어가려고 했는데 뜨거운 불길이 밀려나와 뒷문을 찾아 달려왔어요."

어떻게 된 일인지 설명하는 동안 다리에 조금 남아 있던 힘이 모두 풀릴 지경이었다.

엘리스가 말했다.

"그분을 당장 놓아줘요!"

전기 충격기를 든 남자가 그제야 나를 놓아주었다.

엘리스가 두 남녀에게 말했다.

"당신들도 정말 나빠요. 우릴 도우려고 애쓴 분을 덮어놓고 화염병을 던진 테러리스트로 몰아붙이면 어쩌자는 거예요?"

엘리스가 나를 부축했다.

"차는 어디에 세워두었죠?"

"건물 앞쪽에 있어요."

아직도 여자에게 뺨을 맞은 부위가 얼얼했다.

엘리스가 수술복 차림 남자에게 말했다.

"내가 이분을 차를 세워둔 곳까지 모시고 갈게요."

갑자기 건물에서 더욱 강력한 불길이 치솟았다.

환자복 남자가 소리쳤다.

"젠장! 젠장! 젠장!"

불길이 앞을 가로막아 골목 밖으로 나가기 쉽지 않았다. 자욱한 연기 탓에 앞이 보이지 않았고, 매캐한 냄새 탓에 질식할 듯 숨을 쉴 수 없었다. 가죽이 타는 냄새, 나무가 타는 냄새, 살이 타는 냄새가 뒤섞여 코로 스며들었다.

마침내 귀가 먹먹해질 만큼 요란한 사이렌 소리를 울리며 소방차와 경찰차가 가까이 다가오고 있었다. 우리는 다시 뒷문 쪽으로 피신했다. 전기 충격기를 든 남자가 뒷문 앞에서 아직 탈출하지 못한 사람들을 밖으로 빼내기 위해 애쓰고 있었다. 환자복 차림의 여자 몇몇이 충격에 휩싸인 얼굴로 이리저리 내

달렸다. 창문이 와장창 깨지며 밖으로 솟아나온 불길이 전기 충격기 남자를 덮쳤다. 수술복을 입은 남자가 동료를 향해 달려갔다. 전기 충격기 남자는 셔츠에 불이 붙어 고통스레 울부짖었다. 나를 부축하고 있던 엘리스도 남자를 향해 달려갔다. 나는 비틀거리며 걸어가다가 쓰레기통에 기대섰다. 벽에 붙어 있는 수도꼭지와 호스가 눈에 들어왔다. 호스를 잡고 수도꼭지를 틀자 강한 물줄기가 솟아나왔다. 나는 물이 뿜어져 나오는 호스를 셔츠에 불이 붙은 남자를 향해 쏘아댔다. 이내 셔츠에 붙은 불길이 잦아들었지만 남자는 그대로 바닥에 고꾸라졌다. 나도 다리에 맥이 풀리며 그 자리에 털썩 주저앉았다.

엘리스가 다가오며 나를 향해 물었다.

"괜찮아요?"

"네, 괜찮아요."

경찰차와 소방차의 요란한 사이렌 소리 때문에 다른 말은 일체 들리지 않았다. 또다시 병원 건물의 창문들이 폭발했다. 삽시간에 커다란 불길이 주변으로 번져갔다.

앰뷸런스가 골목 앞에 멈춰 섰다. 수술복 남자가 앰뷸런스를 향해 달려가더니 셔츠에 불이 붙어 바닥에 쓰러져 있는 남자를 가리켰다.

소방관들과 경찰이 사방에 깔려 있었지만 불길이 크게 번져가는 대혼란 속에서 갈피를 잡지 못하고 우왕좌왕했다.

우리와 마주친 경관이 엘리스와 나를 향해 소리쳤다.

"당장 골목에서 나가요! 어서!"

나는 아까 여자에게 얻어맞은 부위가 아파 여전히 숨을 쉬기 힘들었고, 뺨을 세게 맞아 얼굴이 화끈거렸다.

엘리스가 경관을 향해 소리쳤다.

"나는 여기에 남아 다친 사람들을 도와야 해요."

건물 꼭대기 층에서 다시 한번 거대한 폭발음이 일었다.

"여긴 위험하니까 어서 골목 밖으로 나가요!"

경관이 그렇게 소리치는 사이 건물 지붕이 다시 한번 폭발했다.

우리는 도로를 향해 뛰어가기 시작했다.

내가 말했다.

"건물 앞에 세워둔 차를 빼내와야 해요."

"그 몸으로 운전할 수 있겠어요?"

"차는 저의 생명 줄입니다. 차가 없으면 생활비를 벌 수 없어요. 불길이 더 번지기 전에 차를 빼야 해요."

"보험을 들어놓았잖아요. 지금 그 상태로 운전하는 건 위험해요."

나는 엘리스를 향해 소리쳤다.

"운전하는 데 전혀 문제가 없어요. 당신을 집에까지 태워줄게요!"

엘리스가 고개를 저으며 맞받아쳤다.

"다친 사람들을 내버려두고 갈 수는 없어요."

그 순간 폭발의 충격파가 엘리스를 덮쳤다. 나는 엘리스가 앞으로 고꾸라지기 직전에 가까스로 부축했다. 엘리스를 부축해 차로 데려갔다. 경찰은 건물 앞에 폴리스라인을 쳐두고 있었다. 다행히 내 차는 폴리스라인 밖에 세워져 있었다.

차 앞에 다다랐을 때 엘리스가 말했다.

"정말 운전할 수 있겠어요?"

"가능합니다. 어서 타세요."

엘리스가 조수석에 올랐다.

"뒤에 타세요."

"조수석은 왜 안 되죠?"

"우버의 규칙입니다. 뒷자리에 타세요."

엘리스가 조수석에서 나와 뒷자리에 올랐다. 나는 시동을 걸고 차를 출발시켰다. 사고 현장을 벗어나 405번 고속도로로 들어서자 엘리스가 운전석과 조수석 사이로 얼굴을 내밀었다.

"정말 괜찮아요?"

나는 못 들은 척하며 물었다.

"거긴 무슨 병원입니까?"

"임신 중절 수술을 해주는 병원이에요."

나는 잠시 아무 말도 하지 않고 있다가 다시 물었다.

"이전에도 괴한의 습격을 받은 적이 있습니까?"

"여러 번 말로 협박을 받은 적은 있지만 건물 안에 화염병을 던진 건 처음이에요."

나도 모르게 핸들을 꽉 잡았다. 분노와 공포의 감정이 한꺼번에 밀려들었다. 온몸이 부들부들 떨리고, 눈에 눈물이 고였다. 핸들을 더욱 꽉 잡았지만 눈의 초점이 흐려져 앞이 안 보였다. 나도 모르게 핸들을 옆으로 틀자 뒤차가 요란한 경적을 울렸다.

엘리스가 말했다.

"차를 세우고 좀 쉬었다가 가는 게 낫겠어요."

내가 말했다.

"괜찮아요."

나는 정신을 집중해 눈의 초점을 맞췄다. 늘 그렇듯 러시아워의 도로는 차량들로 혼잡했다. 운이 좋게도 12분 만에 405

고속도로를 빠져나왔다. 운전하는 동안 백미러를 열두 번쯤 쳐다보았다. 뒷자리의 엘리스도 심리적인 안정을 찾으려고 애쓰고 있었다.

"괜찮으십니까?"

"괜찮지 않네요. 그나저나 그렇게 깍듯이 말하지 않아도 돼요."

별안간 엘리스의 눈에 눈물이 고였다. 엘리스는 마음을 진정시키기 위해 심호흡을 하며 눈을 꼭 감았다. 차는 웨스트우드 뒷길로 들어섰고, 조금만 더 가면 엘리스의 아파트가 있는 동네였다.

나는 엘리스를 안심시키고 싶은 마음에 말했다.

"이제 거의 다 와가요."

엘리스가 눈을 떴다.

"브렌던 씨라고 했죠?"

나는 고개를 끄덕였다.

"646 555 9479가 휴대폰 번호 맞죠? 앞으로 이 번호로 연락하면 와줄 수 있어요?"

나는 고개를 끄덕이며 생각했다.

마음은 고맙지만 다시는 연락하지 마세요.

말콤 애비뉴 1710번지 앞에 차를 세웠다.

엘리스가 말했다.

"이런 식으로 승객을 태우고 오면 우버에서 대금을 못 받지 않아요?"

나는 공항으로 가는 손님을 태워주지 못했다. 그 손님이 우버에 신고하면 불이익을 받을 수밖에 없었다. 어쨌든 지금은 집으로 돌아가 휴식을 취하며 오늘 받았던 충격을 머리에서 지우고 싶을 따름이었다.

떨쳐버리기 쉽지 않은 기억이겠지?

지금 이대로 운전을 중단하고 집으로 돌아갈 경우 100달러쯤 손해를 감수해야 할 형편이었다. 다음 주에 내야 할 자동차 보험료가 58달러였다. 그 돈을 차질 없이 마련하려면 계속 운전할 수밖에 없었다.

나는 천천히 브레이크를 밟으며 차를 세운 다음 기어를 주차 모드로 바꿨다.

엘리스가 가방에서 돈을 꺼내 내 손에 쥐어주며 말했다.

"꼭 받으셔야 해요."

"제가 그냥 태워드리기로 했는데 요금을 받을 수야 없지요."

"저는 반드시 요금을 드려야 마음이 편하겠어요. 어차피 냈어야 할 요금이잖아요. 오늘, 정말 고마웠습니다."

엘리스는 차에서 내려 사라졌다. 나는 돈이 쥐어져있는 손을 물끄러미 바라보았다. 180달러였다.

맙소사! 너무 많잖아.

어릴 때 아버지는 자주 말했다.

"미국에서 살아가려면 남을 등쳐먹어야 한다지만 나는 그렇게 살고 싶지 않아. 너도 남에게 신세지며 살아서는 안 돼. 마음이 너그러운 사람에게는 더욱 신세지면 안 돼."

그 말은 내 머릿속에 깊이 박혀 결코 사라지지 않았다. 나는 당장 엘리스를 따라가 돈을 돌려주고 싶었지만 몸이 다시 으슬으슬 떨려왔다. 어쩔 수 없이 주머니에 돈을 집어넣고 차에서 내렸다. 담배에 불을 붙일 때 라이터를 쥔 손이 덜덜 떨렸다. 담배 연기를 깊숙이 들이마셨다. 오늘은 엘리스로부터 180달러를 받아 당장 일을 마쳐도 상관없었지만 힘든 일을 겪어 마음이 심란한 상태로 아그네스카와 얼굴을 마주하고 싶지 않았다.

나는 다시 우버 앱을 열고 주행 가능 상태로 바꾸었다. 우버가 이제 곧 나에게 콜을 보낼 것이다.

땡.

'웨스트우드 빌리지에서 산타모니카로 가는 승객 있음.'

나는 다시 운전을 시작하기 위해 차에 올랐다.

7

새벽 3시 47분까지 일했다. 우버에서 열두 시간 가까이 일하고 있다며 두 번이나 경고 문자를 보냈다. 열두 시간을 초과해 일할 경우 다음 날 하루는 콜을 받을 수 없었다. 아그네스카가 깊은 잠에 빠져들 시간이 되어서야 집으로 향했다. 머리가 복잡하고 기분이 스산한 일을 겪은 날에는 특히 더 아그네스카와 대면하고 싶지 않았다. 아그네스카를 대하면 위로가 되기는커녕 성가시고 불편하기 때문이었다.

집에 도착했다. 1950년대에 지은 단층집이었다. 주변에 비슷비슷하게 생긴 집들이 도로 옆으로 늘어서 있었다. 천편일률적으로 흰 벽돌과 콘크리트 계단이 있는 집들로 집집마다 낮은

철제 울타리가 둘러쳐져 있었다. 사실 마음만 먹으면 쉽게 침입할 수 있겠지만 정작 들어가 봐야 변변히 훔칠 물건이 없어 실망할 집들이었다.

집에서 쓰는 가구와 가재도구들은 대부분 처가에서 쓰던 걸 물려받았다. 1970년대에 장인 장모가 애너하임으로 이사할 때 우리 부부에게 쓰던 물건들과 가구들을 물려주고 떠났다. 그 당시에도 우리는 먹고살기 힘들었다. 그 이후 한 번도 가구를 바꾸지 않았다. 내 수입이 제법 괜찮았을 때에도 우리는 새 가구를 들여놓느라 돈을 쓸 정도로 넉넉하지는 않았다. 게다가 우리 부부는 멋스러운 치장과는 거리가 먼 환경에서 자랐다. 내 수입은 살림살이를 해나가기에 부족하지 않았지만 사치를 부릴 만큼 풍족하지도 않았다. 아그네스카도 한때 회사에 다니며 돈을 벌었지만 클라라의 대학 학자금 마련을 위해 저축을 하고 나면 남는 돈이 없었다. 언제나 집을 치장하는 건 뒷전이었다. 2년 전, 회벽이 갈라지기 시작해 어쩔 수 없이 인테리어 사업을 하는 친구에게 맡겨 틈을 메우고 크림색으로 칠했다. 주방에서 쓰는 가재도구들과 주방용품들은 17년쯤 되었고, 거실에 놓인 텔레비전도 10년이 넘었다. 거실 벽에는 클라라가 아홉 살 때 디즈니랜드에 놀러가 찍은 가족 사진이 걸려 있었다. 도널드 덕 옆에 서서 사진을 찍은 우리 가족들의 얼굴은 제법 행복해 보였다. 거실 벽에는 십자가와 세이크리드 하트 램프*도 걸려 있었다. 아그네스카는 성인들의 초상화를 거실 벽에 걸어두고 싶어 했지만 내가 공용 공간이라 안 된다며 반대하자 침실에 장식했다.

우리 부부는 몇 년 전부터 각방을 써왔다. 내 침실 벽에는 아무것도 걸려 있지 않았다. 가구도 단출해 더블베드 하나, 서랍장 하나, 지갑과 머니클립, 자동차 키를 올려두는 마호가니 탁자가 전부였다.

장시간 힘들게 운전한 만큼 어서 잠을 자야 하는데 낮에 겪은 일 때문에 신경이 곤두선 탓인지 정신이 말똥말똥했다. 잠옷으로 갈아입고 주방으로 가서 냉장고에 든 맥주 한 병을 꺼내들고 발코니로 나가 담배에 불을 붙였다. 맥주를 길게 한 모금 들이켰다. 머릿속에서 불길에 휩싸인 경비원의 모습이 떠올랐다. 그 경비원은 테러리스트가 던진 화염병 때문에 희생되었다. 화염병을 던진 오토바이 남자는 자신의 행위가 정당하다고 믿을 것이다. 그 병원에서 시행하는 모든 의료 행위들은 분명 합법적이었지만 많은 의사들과 병원 관계자들이 테러리스트가

---

* 아일랜드 가정에서 흔히 볼 수 있는 장식으로 벽에 걸린 성화 앞에 밝혀 놓는 촛불 모양의 전등

던진 화염병 때문에 목숨을 잃거나 크게 다치게 되었다. 임신 중절 반대론자들은 임신 중절 수술을 태아 살해라고 치부하며 화염병 테러도 불사하고 있었다.

담배를 금세 다 피우고 다시 한 개비를 물었다. 날이 춥지도 않은데 온몸이 으슬으슬 떨려왔다. 불길에 휩싸인 경비원의 모습이 머릿속에서 사라지지 않았다. 임신 중절 반대운동에 집착하고 있는 아그네스카가 걱정스러웠다. 아그네스카는 임신 중절을 '태아 살인 행위'로 규정하고 있었다. 그 일 때문에 우리 부부는 자주 말다툼을 벌여왔다.

나는 임신 중절 수술을 반대하지 않았다. 미국 사회에서 임신 중절은 엄연히 합법적인 행위이니까. 미국 시민이라면 마땅히 법을 준수해야 한다. 임신 중절 반대를 관철하기 위해 폭력적인 시위를 벌이거나 화염병을 던져 병원에 불을 지르는 행위는 결코 용인되어서는 안 될 일이었다. 아그네스카는 임신 중절 반대운동에 매진해왔다. 오늘, 눈앞에서 끔찍한 일을 겪고 나니 임신 중절 반대운동가 아내를 둔 내 마음이 유난히 편하지 않았다.

결혼 초기만 해도 아그네스카는 그리 극단적이지 않았다. 독실한 가톨릭 집안에서 자랐지만 종교의 가르침을 교조적으로 맹신하지 않고 유연하게 받아들였다. 오히려 신부와 수녀의 순결 서약이 '인간 본능'에 위배되는 건 아닌지 의심을 품기도 했다. 우리 부부는 결혼을 약속한 이후에야 함께 잠자리를 하기 시작했고, 기꺼이 피임약을 복용했다. 가톨릭에는 피임 금지 규정이 있었지만 우리는 따르지 않았다. 우리는 젊었고, 성욕이 왕성했으니까.

결혼한 이후 아그네스카는 일요일 아침에 내가 잠을 더 자고 싶다고 하면 굳이 성당에 가야 한다고 강요하지 않았다. 다만 성당 사람들이 내 얼굴을 잊어버리면 안 되니까 한 달에 한 번은 미사에 참석해달라고 했다.

우리는 어린 시절에 같은 동네에서 자랐다. 아그네스카가 나보다 두 살 어려 학교에서는 서로 만날 기회가 없었다. 처가는 폴란드 북부에 위치한 항구 도시 그단스크에서 온 이민 가정이었고, 폴란드어로 미사를 지내는 성당에 다녔다. 우리가 20대에 처음 만난 치과병원은 로맨스와는 거리가 먼 장소였다. 나는 입을 크게 벌리고 있었고, 아그네스카는 스케일링 기기를 내 입안에 넣고 일에 열중해 있었다. '안녕하세요?'와 '마지막으로 스케일링을 받은 게 언제죠?'를 빼면 아그네스카가 나에게 처음으로 했던 말은 '평소 치실을 사용 하지 않나 봐요?'였다.

아그네스카는 치위생사였다. 그 당시 나는 스물여덟 살이었고, 전기회사 영업부에서 일하고 있었다. 집에서 독립해 따로 살고 있었지만 부모가 사는 본가가 10분 거리에 있었다. 세쿼이아 국립공원의 전신주에서 내려온 지 한 달쯤 지나 전기회사에 이제 막 취직했을 무렵이었다. 내가 좋아서 선택한 직장은 아니었다. 그 무렵 아버지는 파라마운트 영화사 전기기사 가운데 자재 구매 결정권을 갖고 있는 관리자였다. 아버지가 파라마운트 영화사에서 전선을 구매하는 회사 영업부에 나를 소개시켜주는 바람에 어쩔 수 없이 다니게 되었다. 아버지는 그 회사의 영업부 총괄 책임자와 각별하게 가까운 사이였다. 나는 차라리 파라마운트 영화사의 전기기사로 일하겠다고 했지만 아버지는 고개를 절레절레 저으며 나를 그 회사에 반강제로 집어넣었다.

"내가 왜 너를 대학에 보냈다고 생각하니?"

아버지는 내 대답을 듣지도 않고 답했다.

"나처럼 살지 않게 하기 위해서야."

영업부 총괄 책임자는 나에게 자기 조수로 일하라며 연봉 2만 8천 달러를 주기로 했다. 1990년에는 결코 적지 않은 연봉이었다.

일 년 동안 월급을 착실히 모아 부모 집에서 그리 멀지 않은 곳에 자그마한 집을 얻었고, 1975년형 중고 머스탱을 구입했다. 2년 뒤에는 회사에서 부매니저로 승진했다.

아버지는 나에게 사귀는 여자가 있는지 계속 물었다. 나는 일이 바빠 연애할 틈이 없다고 둘러댔다. 사실 나는 매달 둘째 주말에 세쿼이아 국립공원으로 차를 몰아 버나뎃을 만나고 있었고, 그 정도로도 충분히 만족스러웠다. 굳이 다른 여자를 만날 필요가 없었다.

그러다가 버나뎃이 술집을 팔았다. 술집을 산 사람은 새크라멘토 출신의 50대 남자였다. 일찍이 부인과 사별한 돈 많은 남자.

버나뎃이 나를 만나 말했다.

"착한 사람이야. 옆에 있으면 마음이 안정돼. 이제 마흔 살이 눈앞인데 계속 바에서 손님을 받고 트레일러에서 자고 먹으며 살아갈 수는 없잖아. 솔직히 말해 착하긴 하지만 재미없는 남자야. 지루해도 상관없으니 이제 안정적인 생활을 하고 싶어. 그래, 거래인지도 모르지."

나는 버나뎃의 결정을 이해했지만 헤어져야 한다고 생각하니 마음이 서글펐다. 버나뎃이 앞으로 잘 살아가길 빌었다. 버나뎃과 헤어진 지 6주 뒤에 아그네스카를 처음 만났다.

나는 해마다 연례행사로 한 번씩 치아 검진을 받으러 치과병원을 방문했다. 그 당시 아그네스카는 치과병원에서 치위생사로 일하고 있었다. 스케일링이 끝나고 나서 아그네스카와 몇마디 대화를 나누었다. 그때 처음 우리가 같은 동네에서 자랐고, 같은 고교를 다녔다는 걸 알게 되었다.

대화를 마치고 병원을 나설 때 아그네스카와 서로 명함을 주고받았다. 그날따라 이전에 나를 담당했던 치위생사가 자리를 비우는 바람에 아그네스카를 만나게 된 것이었다. 그때만 해도 버나뎃과 헤어져 서글픈 감정이 남아 있을 때였다.

20대 후반이었고, 세상 사람들 대부분이 그러하듯 나도 가정을 이룰 나이가 되었다는 생각이 들었다. 그 당시 아그네스카는 현역 군인과 만나다가 헤어진 상태였다. 걸프전에 참전해 탱크를 몰던 중 폭격을 받아 겨우 살아남은 남자로 성마른 성격에 점점 더 괴팍한 모습을 보여 헤어졌다고 했다.

그 무렵 아그네스카와 나는 애인을 찾고 있었고, 세상사는 타이밍이 무엇보다 중요했다.

우리는 사랑했을까?

나는 '사랑한다.'고 생각했고, 아그네스카도 그랬다.

우린 겉으로 보기에는 정말 잘 어울리는 한 쌍이었다.

내가 아그네스카를 집에 데려가자 아버지는 싱글벙글하며 기쁨을 감추지 못했다.

"결혼 상대로 제격이야. 더는 미루지 말고 당장 결혼해."

나는 늘 그랬듯이 아버지의 말을 따랐다. 아버지는 당장 결혼하라고 성화를 부렸지만 우리는 만난 지 2년 만에 결혼했다. 결혼식은 처가 사람들이 다니는 성당에서 열렸고, 나의 오랜 친구이자 사제 서품을 받은 토더 신부가 주례를 맡았다.

결혼을 기념해 오랫동안 끌었던 머스탱을 처분하고, 1993년형 스바루 레거시 스테이션 웨건을 새로 구입했다. 1995년 여름에 아들이 태어났다. 아들을 낳기를 바랐던 아그네스카는 크게 기뻐하며 이름을 카롤이라고 지었다. 교황 존 바오로 2세의 본명을 딴 이름이었다. 아그네스카는 만사를 제쳐두고 카롤을 양육하는 데 전력을 쏟고 싶다며 일 년 동안 육아 휴직을 냈다. 나로서는 반대할 여지가 없었다.

카롤은 세 시간 이상 잠을 자지 않았다. 카롤이 툭하면 잠을 깨고 우는 바람에 아그네스카는 피곤하다는 말을 입에 달고 살았다. 나는 아그네스카의 육아 휴직으로 부족해진 수입을 채우기 위해 하루에 4시간씩 추가 근무를 자청했다. 나도 카롤의 잠투정 때문에 잠을 설치는 날들이 많아 피로가 쌓여갔다.

나는 점점 지쳐갔고, 우리의 결혼에 대해 심각하게 고민하기 시작했다.

오랜 친구인 토더 신부를 만나 내가 처한 상황을 하소연했다. 토더 신부는 내가 처해 있는 감정 상태를 이색적인 단어로 표현했다.

"넌 지금 '애증 병존' 상태를 겪고 있어. 아내와 아들을 사랑하면서도 미워하지."

우리는 일주일에 한 번씩 동네 선술집에서 만났다. 토더 신부는 산타클라리타 5번 고속도로 주변에 있는 교구 담당이었다. 토더 신부의 표현을 빌리자면 그 동네는 '아무것도 아닌 곳'이었고, '쳇바퀴 돌 듯 반복되는 일상에 지치거나 억울한 일이 많아 일찍 죽는 사람이 많은 곳'이라고 했다. 그야말로 '그 어떤 축복도 누리지 못하는 곳'이라는 뜻이었다.

토더 신부는 아무리 열악한 교구에 배정되더라도 성실하게 자리를 지켜야 마땅하지만 솔직히 하루하루 지쳐가고 있다고 털어놓았다. 그는 시내 중심가 교구나 브렌트우드처럼 부유하고 영향력 있는 사람들이 많이 사는 교구로 이동하고 싶다고 했다.

토더 신부는 제임슨 위스키를 마시며 '많은 희생을 치르고 나서 겨우 안정된 생활을 찾는 사제 신분'에 대해 종종 의구심을 느낀다고도 했다. 그런 한편 자신의 신앙심이 얼마나 대단한지 자랑을 늘어놓았다.

"마흔다섯 살이 되기 전에 반드시 주교가 될 거야."

나는 토더 신부의 말을 듣고 나서 불안감을 느꼈다. 입이 근질거렸지만 나는 토더 신부에게 충고의 말을 하지 않았다. 언젠가 토더 신부 스스로 자인한 적이 있었지만 충고를 받는 것보다는 해주는 걸 좋아한다고 했다.

토더 신부는 내 결혼 문제에 대해 훌륭한 카운슬러가 되어주었다. 어릴 때부터 같이 자라 나를 어느 누구보다 잘 이해하고 있었기 때문에 언제나 현명한 해답을 제시해 주었다.

"넌 결혼하기 전에는 계속 외롭다고 했어. 누군가를 만나 함께 인생을 만들어가고 싶다고도 했지. 결혼 초만 해도 넌 아그네스카와 잘 맞는다고 했어. 아그네스카가 너랑 비슷한 환경에서 자란 게 무엇보다 큰 도움이 된다고. 첫아이 때는 어느 부부나 다 힘들어. 결혼 이후 처음으로 큰 변화를 겪게 되었으니까. 게다가 부모로서 막중한 책임감을 느끼게 되지. 카롤이 평화롭게 잠을 이루기 시작하면 그런 문제들은 자연스럽게 해결될 거야. 그러니까 너무 조급해하지 말고 기다려."

그로부터 4주가 흘렀고, 카롤은 생후 9개월이 되었다. 우리 가족은 10시에 잠자리에 들었다. 카롤은 우리 부부의 침대 옆에 놓인 아기 침대에서 새근새근 잠들었다. 우리 부부는 몇 달 만에 처음으로 편안한 휴식을 취하며 섹스를 했다. 지난날 서로에게 품었던 열정이 되살아났다. 우리는 만족한 섹스를 마치고 나서 서로를 꼭 껴안고 잠이 들었다.

잠에서 깨어나 보니 아침 7시였다. 카롤이 밤새 한 번도 깨지 않고 잠을 잔 게 신기했다.

잠시 후 아그네스카가 카롤을 품에 안고 비명을 질렀다.

"카롤이 숨을 쉬지 않아. 우리 아들이 죽었어."

5분 뒤, 앰뷸런스와 경찰차가 우리 집에 도착했다. 아그네스카는 미쳐있다시피 했다. 구급대원들이 아그네스타를 정신병동으로 데려갔다.

나는 카롤의 사망 원인이 밝혀질 때까지 경찰서 조사실에서 대기했다. 여섯 시간이 지나 부검 결과가 나왔다.

유아 급사 증후군.

나는 부검을 담당한 의사와 잠시 통화했다.

"병명에서 알 수 있듯이 언제 어떻게 발현될지 모르는 병입니다. 왜 아기들이 그런 병으로 급사하는지 아직 의학적인 원인이 밝혀지지 않았습니다."

아그네스카가 이주일간 정신병동에 입원해 있는 동안 토더 신부가 매일 나와 함께했다. 나는 하루 종일 병상을 지키고 싶었지만 아침저녁으로 한 시간씩 면회가 허용되었다. 아그네스카가 자살 가능성이 농후한 환자로 분류된 탓이었다.

어느 날 토더 신부가 나에게 아그네스카와 단둘이 할 말이 있으니 30분 동안 자리를 비켜 달라고 했다. 토더 신부와 아그네스카는 그 이후로도 몇 번 단둘이 대화의 시간을 가졌다. 나는 두 사람이 무슨 이야기를 나누었는지 토더 신부에게 묻지 않았다.

아그네스카는 퇴원 이후 매일이다시피 성당에 나가기 시작했고, 나에게 여러 번 말했다.

"카롤의 죽음이 내 탓이라 여기며 벼랑 끝에 서있을 때 토더 신부가 나를 잡아주었어. 토더 신부가 말하길 카롤을 잃은 아픔은 평생 지워지지 않을 거래."

아그네스카는 일요일마다 나를 미사에 데려갔다. 나는 용감한 척하는 가면을 썼다. 아버지는 남자가 계집애처럼 슬픔을 밖으로 드러내서는 안 된다고 했다. 내 마음은 갈가리 찢어졌지만 겉으로는 의연한 척했다. 나는 슬픔을 잊기 위해 회사 일에 매달렸고, 6분기 연속으로 최대 실적 기록을 경신했다.

아그네스카는 다시 치과병원에서 일하기 시작했다. 나는 매일 저녁 일을 마치고 퇴근해 집으로 들어설 때마다 끔찍한 적막감을 느꼈다. 아그네스카는 몇 달 동안 간단한 포옹조차 거부했다.

어느 날 토더 신부와 술을 마시면서 내 심정을 털어놓았다.

"우리 부부 사이에서 친밀감이 사라졌어. 완전히 낯선 사람이 된 기분이야. 우리 부부는 서로에게 전혀 위안이 안 되고 있어."

아그네스카는 퇴원한 이후 줄곧 손님방에서 잤는데 내가 토더 신부와 상담한 이후 다시 우리 부부가 사용하는 침실로 돌아왔다. 우리는 다시 섹스를 시작했다. 아그네스카는 최대한 빨리 임신하고 싶어 했지만 우리 부부의 열정은 카롤의 죽음과 함께 사라졌다는 걸 깨달았다. 그 끔찍한 비극을 겪은 이후 몇 달 동안 너무 소원하게 지낸 탓이 큰 듯했다. 나는 네바다 주와 애리조나 주로 계속 출장을 다녔다.

이제 우리 부부 사이에 아이도 없으니 결혼생활을 정리하는 게 낫지 않을까?

출장을 다니는 동안 그런 생각을 한 적이 많았다. 내 생각을 눈치 챈 토더 신부는 내가 하나님 앞에서 맹세한 결혼 서약을 깨지 않기를 바란다고 충고했다.

"아그네스카는 여전히 카롤을 잃은 고통에서 헤어나지 못하고 있어. 만약 아그네스카를 버릴 경우 넌 평생 죄책감에 시달려야 할 거야."

나는 토더 신부의 충고를 받아들여 이혼하지 않았다. 그 당시 아그네스카는 나와 똑같이 외롭게 지냈다. 아그네스카의 외로움은 시간이 흐를수록 더욱 깊어졌다. 오랜 세월이 흐른 지금 돌이켜보면 우리 부부를 외롭게 만든 사람은 바로 나라는 생각이 들었다.

카롤이 죽은 지 2년 만에 아그네스카는 다시 임신을 하게 되었다. 클라라가 태어났을 때 우리 부부는 무척이나 기뻤다. 다만 우리 부부 사이의 애정은 더 이상 존재하지 않았다. 비극이 휩쓸고 지나간 이후 우리 부부 사이의 틈새는 점점 더 벌어지기만 했다.

아그네스카는 좋은 엄마였지만 클라라를 지나치게 제약했다. 클라라는 자라는 동안 엄마의 지나친 참견에 중압감을 느꼈다. 청소년기에 접어든 클라라는 여지없이 반감을 드러냈고, 엄마와 자주 충돌을 빚었다. 특히 종교관에 차이가 있어 툭하면 논쟁을 벌였다. 아그네스카는 클라라와 내가 친밀하게 지내는 것조차 탐탁찮게 여겼다.

"넌 아빠만 좋아하네? 네 아빠는 뭐든 네 마음대로 하게 내 버려두니까 좋지?"

나는 클라라가 뭐든 마음대로 하게 내버려둘 정도로 관대하지는 않았다. 클라라는 예의 바른 아이였고, 학교 공부도 열심히 했다. 나는 클라라에게 명확한 주관을 갖고 살아야 한다고 말해주었을 뿐이다. 클라라의 주관과 아그네스카의 신앙심은 충돌의 주요 원인이었다.

클라라가 태어난 지 3년 뒤에 아그네스카는 다시 임신했지만 10주 만에 유산했다. 아그네스카의 반응은 카롤을 잃었을 때와 사뭇 달랐다. 아그네스카는 비탄에 빠지는 대신 아이 유산의 원인을 내 부족한 신앙심에서 찾고자 했다.

아그네스카는 아이의 유산 소식을 듣고 크게 상심해 있는 나에게 말했다.

"하나님이 우리에게 벌을 내리신 거야. 하나님은 당신의 믿음이 부족하다는 걸 아시니까."

8

아그네스카가 슬픔을 견디기 힘들어 나를 원망했거니 여기며 이해하려고 애썼다. 다만 그 말을 들은 이후 우리 부부 사이의 유대감은 더욱 희미해졌다. 아이의 유산에 대해 내 책임이 없지 않았다. 출장을 핑계로 우리 부부 사이의 문제를 회피하려 들었고, 클라라에게 모든 애정을 쏟아 부으며 위안을 삼았으니까. 나는 죄책감을 느끼고 있었지만 아그네스카의 말을 들은 이후 우리 부부 사이의 틈새는 더욱 크게 벌어졌다.

어느 날, 아그네스카가 퇴근해 집으로 돌아오더니 말했다.

"스케일링을 해주다가 공황발작이 와서 환자를 다치게 했어. 치과병원에서 정직 처분을 받았는데 이제 더는 치위생사로 일하기 힘들 거야. 이제부터 치과병원 일을 그만두고 성당 일에 전념할 생각이야."

"내 수입으로는 생활비를 감당하기 힘들 수도 있어."

내 말에 아그네스카는 짧게 대꾸했다.

"건강할 때나 아플 때나 기쁠 때나 슬플 때나 하나님이 우리와 함께할 거야."

나는 달리 반박할 말이 없었다.

토더 신부는 나에게 아그네스카의 결정을 존중해야 한다고 충고했다.

"아그네스카가 전도 사역에 전념하기로 결정한 건 행복을 위한 선택이야."

토더 신부는 마침내 성공의 사다리에 올랐다. 물론 토더 신부의 야심이 아직 다 채워진 건 아니었다. 일찍이 로스앤젤레스 대주교는 소피아에서 태어나 미국으로 이민 온 토더 신부의 배경을 주목하며 그를 성공하려는 야심이 강한 성직자로 보았다. 반공정신이 투철했던 대주교는 교황 존 바오로 2세가 공산주의 국가 출신이라는 이유로 수상하게 여길 정도로 경직된 이념에 사로잡혀 있는 인물이었다. 대주교는 토더 신부처럼 야심이 많은 사제에게는 오히려 승진의 기회를 부여하지 않았다. 한동안 토더 신부가 성공의 계단을 오르지 못한 배경이었다.

토더 신부의 야심을 경계하던 대주교가 죽었다. 후임 대주교는 토더 신부가 밸리에서 펼친 임신 중절 반대운동에 깊은 감명을 받았고, 베벌리힐스 교구를 맡기기로 결정했다. 토더 신부가 오래전부터 맡길 바라던 교구였다.

토더 신부는 베벌리힐스 교구를 맡은 이후 그 지역 부자들과 두터운 친분을 쌓았고, 유능한 사제로서의 명성을 확고히 다지기 시작했다. 젊은이들의 취업을 지원하는 프로그램을 만들어 부자들의 지갑을 열게 했다. 토더 신부가 조직한 〈앤젤스 어시스트〉도 언론에 많이 노출됐다. 〈앤젤스 어시스트〉는 임신한 여성이 자식의 양육을 원하지 않을 경우 안전한 환경에서 출산할 수 있도록 돕는 한편 신앙심이 두터운 천주교 가정에 아이의 입양을 주선해주는 사업을 하는 단체였다.

토더 신부는 공개 토론회나 언론과의 인터뷰를 통해 이성적으로 생명의 존엄과 가치를 존중하고 앞장서서 지켜가는 인물로 자리매김하게 되었다. 시대착오적인 임신 중절 반대운동을 그럴싸하게 포장한 결과였다.

클라라는 토더 신부와 〈앤젤스 어시스트〉가 벌이는 임신 중절 반대운동의 본질을 날카롭게 꿰뚫어보았다. 클라라는 어린 시절에 토더 신부를 삼촌으로 여길 만큼 가까이 지냈지만 열일곱 살 이후로는 '여성의 적'으로 간주하며 맹비난했다. 클라라가 토더 신부를 미워하게 된 배경에는 개인적인 이유도 포함돼 있었다. 아그네스카를 〈앤젤스 어시스트〉의 일원으로 끌어들였기 때문이다.

아그네스카는 〈앤젤스 어시스트〉 활동을 하던 중 토더 신부의 소개로 테레사를 만나게 되었다. 40대 후반인 테레사는 한때 산부인과 간호사로 일한 경력이 있었다. 테레사는 세다르 시나이 메디컬센터에서 간호사로 일할 당시 임신 중절 수술을 받으러 온 젊은 여성을 협박해 커다란 사회적 파장을 불러일으켰다. 임신 중절 수술을 하기 직전에 테레사는 '아직 태어나기 전인 태아이지만 살인은 살인이다.'라고 윽박지르며 수술을 포기하도록 협박했다가 병원에서 즉시 해고되었다. 그 사건 이후 테레사는 캘리포니아의 모든 병원에서 블랙리스트에 올랐다. 다만 임신 중절 반대운동을 벌이는 단체들에서는 테레사를 잔다르크처럼 떠받들게 되었다.

아그네스카가 임신 중절 반대론자들의 모임에 나가고 있다는 걸 알고도 그냥 모른 체한 내 자신에게 화가 났다. 아그네스카가 임신 중절 수술을 해주는 병원에 무단 침입해 체포될 때마다 보석금을 내주고 데려온 것에 대해서도 후회했다. 무려 네 번이나 보석금을 내고 빼내왔다. 로스 펠리스에 있는 〈플랜 드 페어런트후드*〉에 들어가는 여자들에게 접근해 〈앤젤스 어시스트〉를 찾아가면 보다 만족스러운 선택을 할 수 있다는 선전 활동을 펼치기도 했다. 아그네스카는 레시다에 있는 어느 임신 중절 병원 앞에서 테레사와 함께 드러누워 시위를 벌이다가 체포되어 보석금을 내고 풀려난 날에도 나에게 매주 미사에 빠지지 말고 나가야 한다는 말을 잊지 않았다. 일요일에 미사에 갈 때마다 임신 중절을 반대하며 거리에 눕는 아그네스카의 모습이 떠올라 몸서리를 쳤다.

나는 아그네스카와 일요 미사에 참석했을 때 영성체를 받았다. 아그네스카가 고해성사를 하는 동안 나는 잠자코 기다렸다. 고해성사를 마친 아그네스카가 나에게 테레사네 집에 같이 가서 점심을 먹자고 했다.

"난 4시에 회사에서 중요한 약속이 있으니까 당신 혼자 다녀와."

"한 시간만 시간을 내면 되니까 같이 가줘."

아그네스카의 속셈이 뭔지 알 수 있었다. 최근에 시위를 하

* 미국의 비영리 단체로 임신 중절 수술을 하는 곳

던 중 경찰에 체포되었다가 풀려난 뒤 우리 부부 사이에 아무런 문제가 없다는 걸 친구들에게 과시하고 싶은 게 분명했다.

미사를 마치고 보일하이츠에 있는 테레사의 집으로 갔다. 테레사는 마치 재판정에 나선 변호사처럼 검정 슈트 차림이었다. 테레사의 남편은 5년 전에 암으로 사망했고, 그 당시 나이가 85세였다. 테레사는 아이를 출산한 적이 없었고, 양자를 들인 적도 없었다. 가톨릭 교리를 철저하게 따르는 테레사가 아이를 단 한 번도 입양하지 않았다는 사실이 그저 놀라울 따름이었다. 테레사는 마흔 살이 넘은 나이에 수십 년 연상인 남자를 만나 결혼했다. 초혼이자 만혼이었다.

아그네스카가 테레사를 대신해 아이를 입양하지 못한 이유를 말해준 적이 있었다.

"부모의 나이가 많으면 입양 자격에서 뒤로 밀려. 주정부나 입양 단체들이 부모의 나이를 중요한 판단 기준으로 삼으니까."

테레사는 중남미의 에이전시에서 아이를 입양하는 것도 거부했다.

"부모가 누군지도 모르는 아이를 입양할 수는 없잖아. 부모로부터 잔혹한 범죄 유전자를 물려받은 아이를 입양하게 되면 어쩌려고."

5년 전, 클라라의 열아홉 번째 생일에 우리 집에 왔을 때 테레사가 했던 말이었다. 그때만 해도 클라라는 진보적인 가치관을 갖고 있지 않았다. 테레사가 했던 말을 들은 클라라가 나중에 내게 물었다.

"가톨릭 신자라면서 어쩜 저리 형편없는 말을 할 수 있어?"

나는 '가톨릭 신자들 중에도 형편없는 사람이 많아.'라고 대답하고 싶었지만 아이에게 그렇게 말할 수는 없었다.

"성격이 좀 괴팍해서 그래."

"알지도 못하는 중남미 고아들에게 그따위 심한 말을 하다니?"

"이미 세상은 심한 말을 하는 사람들로 넘쳐나."

나는 테레사가 임신 중절 반대운동에 나서기 시작한 아그네스카의 멘토가 되어주고, '임신 중절에 가담하는 사람들은 모두 살인자다.'라고 말하는 걸 듣고도 반감을 표하지 않았다. 클라라가 나에게 '아빠는 싫어하는 감정을 너무 잘 숨겨.'라고 했던 말은 변명의 여지가 없는 사실이었다.

내 입장에서 볼 때 테레사는 분명 마음에 들지 않는 인물이었지만 나는 좋은 남편이라는 소리를 듣기 위해 그녀의 집에 갔다. 거실 바닥에 푹신한 카펫이 깔려 있었고, 크림색 가죽 소파가 놓여 있었다. 욕실 수전은 전부 금색이었다. 거실 벽면은 십자가와 사도들을 그린 그림 액자, 세이크리드 하트 램프로 장식되어 있었다. 미사 뒤풀이로 마련된 점심 모임에는 우리 부부 말고도 아홉 사람이 더 참석해 있었다.

남자 손님은 내가 유일했다. 식탁에 차려놓은 닭고기 요리, 파스타, 참치 샐러드, 깍지콩을 먹으며 대화가 오가고 나서 테레사가 연설을 시작했다.

"밤새 '십자가 자매'인 아그네스카와 경찰서 유치장에 '수감' 되어 있었지만 조금도 겁먹지 않았고, 오히려 믿음의 불길이 활활 타오르는 걸 느꼈습니다. 젊은 여성들의 마음속에 '내 몸은 나의 선택'이라는 진보주의자들의 불온한 생각이 깃들고 있습니다. 우리가 두려움 없이 싸워나갈 수 있는 이유는 오로지 하나님의 뜻을 따르고 있다는 믿음 때문입니다. 우리는 하나님의 힘으로 임신 중절을 합법화한 '로 대 웨이드' 판결을 역사의 쓰레기장으로 처박아야 합니다. 젊은 여성들의 삶을 망치는 〈플랜드 페어런트후드〉 같은 사악한 단체들도 미국 사회에서 더는 발붙이지 못하도록 멀리 쫓아내야 합니다."

테레사의 연설이 끝나자마자 뜨거운 박수갈채가 쏟아졌다. 뒤이어 아그네스카가 무릎을 꿇고 묵주 기도를 시작했다. 나는 얼른 그 집에서 벗어나야겠다고 생각하며 문을 향해 걸어갔다.

테레사가 소리 높여 외치기 시작했다.

"피임은 모든 여성에 대한 공격입니다. 피임약이나 피임 장치인 루프는 여성의 몸에 해로운 화학물질을 주입하는 한편 남자들의 무책임한 생식 활동을 장려하고 있습니다. 피임약에 함유된 화학물질의 독성이 여성의 건강을 해치고 있습니다. 앞으로 미국에서 피임약 사용을 불법화해야 합니다. 생리 주기 피임법은 자연스럽고, 성서의 가르침에도 위배되지 않습니다. 그 반면 시중에 나와 있는 다양한 피임약들은 여성의 생리 주기를 엉망으로 만들뿐만 아니라 암을 유발합니다. 피임약으로부터 여성들의 몸을 지켜야 합니다. 이제 고등학교에서도 여성들이 피임약을 남용하거나 루프를 자궁에 끼울 경우 이른 나이에 암으로 사망할 수 있다는 사실을 가르쳐야 합니다."

나는 그 집을 나와 담배에 불을 붙였다. 아그네스카가 무릎을 꿇고 앉아 검은 묵주를 돌리고, 테레사가 목에 핏대를 세우며 피임약 사용에 대한 저주의 말을 쏟아내는 광경을 머릿속에서 지우려고 애썼다.

아그네스카가 어쩌다가 탈레반 같은 광신도가 됐지?

휴대폰을 꺼내 아그네스카에게 문자메시지를 보냈다.

'회사에 가봐야 해.'

아그네스카의 십자군 동료들 중에 우리 집까지 태워다줄 사람이 있을 거야. 계속 그 집에 남아 테레사의 연설을 듣다보면 분노를 다스리기 힘들 거야. 결코 동의할 수 없는 주장들이니까.

정말이지 테레사를 비롯한 참석자들 모두가 하나같이 상식에 위배되고, 불공정하고, 현실과 동떨어진 사람들로 보였다. 일찍이 내가 테레사 같은 임신 중절 반대운동가들을 접해보고 내린 결론에 따르자면 그들과는 아예 대화 자체가 성립되지 않는다는 것이었다. 그들은 자기들과 조금이라도 다른 관점을 가진 사람들의 말을 받아들일 준비가 되어 있지 않았다. 그들의 생각에 조금이라도 의문을 제기하면 가차 없이 비난을 쏟아 부었다.

언젠가 한번 아그네스카에게 어머니의 자궁 속에 들어있던 때를 기억하는지 물어보았다. 내 질문을 받은 아그네스카는 불 같은 반응을 보였다.

"당신도 임신 중절을 옹호하는 자들의 편이야?"

"엄마 배 속에 들어 있던 아홉 달 동안 기억나는 게 있는지 물어본 것뿐이야."

"사람은 네 살이 되기 전의 기억들은 모두 잊어버린대. 어차피 어른이 되면 기억하지 못할 테니까 네 살이 되기 전 아이들을 모두 죽여도 괜찮다는 뜻은 아니지?"

나는 이렇게 반론을 제기하고 싶었다.

'엄마 배 속에 들어있는 태아는 이름도 없고, 아직 인격이 형성되지 않은 미완의 존재야. 네 살이 되기 전 아이와 비교하는 건 말도 안 돼.'

만약 그랬다가는 고래고래 소리를 지르며 나를 비난할 게 뻔했다.

"셋째 아들이 유산되었을 때 당신은……."

"셋째 아들? 셋째는 아들인지 딸인지 알 수 없는 임신 초기에 유산했어."

아그네스카가 분노에 찬 목소리로 말했다.

"당신은 우리 사이가 왜 이리 멀어졌는지 아직도 모르겠어? 우리는 첫째 아이 카롤을 잃었고, 셋째 아들은 죽은 몸으로 세상에 나왔어. 당신은 셋째를 사람 취급도 하지 않고 무시했지."

"그런 말이 어디 있어? 내가 언제 셋째를 무시했다고 그래?"

"당신은 지금 손에 태아의 피를 묻히는 사람들을 옹호하고 있는 거야."

그런 대화를 나눈 지 반년이 지났다. 그 이후 아그네스카는 토더 신부를 만나게 되었다. 아그네스카는 토더 신부에게 내가 임신 중절에 반대하지 않는 사람이라고 말해주었다. 그 말을 들은 토더 신부가 나에게 만나서 맥주나 한잔 하자고 했다. 토더 신부는 시종 얼굴에 미소를 지으며 나에게 죄책감을 안겼다.

내가 말했다.

"나는 어느 편도 아니야. 내가 임신 중절을 지지하는 사람들 편이라고 비난하는 건 옳지 않아."

토더 신부가 신중하게 말했다.

"가령 우리가 1920년대에 독일에서 태어났다고 치자. 우리가 자란 곳은 다하우로 뮌헨 중심가에서 전철로 갈 수 있는 동네야. 우리는 1942년부터 그 동네에 유대인 강제수용소가 있었다는 걸 알고 있었어. 그저 유대인이라는 이유로 수많은 사람들을 가두었던 곳이지. 우리는 나치가 무서워 차마 홀로코스트에 반대한다는 입장을 표명하지 못했어. 히틀러가 죽고, 나치가 해산되고 나서 강제수용소에 갇혀 있던 유대인들이 풀려난 뒤 우리는 그 모든 사실을 알면서도 아무런 말도 하지 못한 것에 대해 죄책감을 느끼지 않을 수 있을까?"

토더 신부가 그 말을 하는 동안 나는 맥주병을 잡은 손에 힘을 꽉 주었다. 토더 신부의 허무맹랑한 비유에 화가 치밀었다. 임신 중절 수술은 합법적인 의료 행위인 만큼 나치의 홀로코스트와 비교한다는 것 자체가 억지였다.

나치가 자행한 살인을 어떻게 임신 중절과 비교할 수 있지?

임신 중절 반대운동을 하는 아그네스카와 마찬가지로 어린 시절 친구인 토더 신부와도 이성적인 토론이 불가능하다는 사실을 깨달았다. 내가 임신 중절을 주제로 이야기하며 깨달은 사실은 오직 하나뿐이었다.

'조용히 살고 싶으면 임신 중절 문제를 화제로 꺼내지 않는 게 최선이다.'

나는 조용히 살고 싶었다. 임신 중절을 다하우에 있던 유대인 강제수용소에 비유한 토더 신부의 말을 터무니없다고 생각했지만 논쟁을 하고 싶지는 않았다.

"그 말에도 일리가 있네."

"임신 중절 반대는 우리 시대의 중요한 사명이야. 나는 그 사실을 제대로 인식하고 생각을 바꿀 수 있는 사람을 존경해."

토더 신부는 그 말과 함께 만족스러운 웃음을 지었다.

몇 달 전에 주고받았던 토더 신부와의 대화가 머릿속에서 떠올랐다. 토더 신부는 이제 저명한 사제가 되었다. 베벌리힐스 교구의 유명한 임신 중절 반대운동가.

토더 신부가 조직한 〈앤젤스 어시스트〉는 가톨릭 재단으로

부터 든든한 지원을 받고 있었다. 내 오랜 친구인 토더 신부는 점점 만나기 힘든 사람이 되었다. 아그네스카가 〈앤젤스 어시스트〉에서 풀타임으로 자원봉사를 하게 되면서 토더 신부와 나 사이의 틈은 더욱 크게 벌어졌다.

아그네스카가 〈앤젤스 어시스트〉에서 일하기 시작한 초기에 토더 신부에게 내 걱정을 솔직하게 털어놓은 적이 있었다.

"아그네스카가 점점 더 광신도가 되어 가는 것 같아 걱정이야."

그러자 토더 신부가 말했다.

"아그네스카는 지금 하나님의 일을 하고 있어. 넌 걱정하기보다는 기뻐해야 마땅해. 태어나지 않은 아이를 살해하는 행위에 맞서는 '시민 불복종 운동'은 지극히 정당하니까."

시민 불복종 운동?

오토바이를 타고 와 다짜고짜 병원에 화염병을 던지고 사라진 남자의 모습이 떠올랐다. 전기 충격기를 든 남자가 불길에 휩싸였던 모습도 떠올랐다. 온몸이 덜덜 떨렸고, 일 분쯤 지나고 나서야 조금 진정되었다.

나는 눈을 문지르고 나서 심호흡을 하려고 애썼다. 집 안으로 들어가 빈 맥주병을 재활용품 수거함에 넣었다. 욕실에 들어가 5분 동안 변기에 앉아 있다가 침실로 가서 침대에 누웠다. 피로감이 밀려와 이내 잠들었다.

눈을 떠보니 11시가 되기 직전이었다. 여섯 시간 가까이 깨지 않고 잠을 잤다는 뜻이었다. 최근에 이토록 길게 숙면을 취한 적이 없었다.

욕실에 들어가 샤워를 하고 나서 옷을 갈아입고 거실로 나왔다. 아그네스카는 성당으로 출근하기 직전이었다. 아침마다 가는 헬스장에도 벌써 다녀온 눈치였다. 나는 거실로 들어서며 아그네스카를 향해 미소를 지었다.

"헬스장에서 열심히 운동했나 봐?"

아그네스카는 점점 더 몸이 날씬해지고 있었다.

"당신도 나랑 같이 헬스장에 가서 운동하는 게 어때?"

나는 점점 더 군살이 늘어나는 배에 손을 얹었다. 아그네스카가 내 손을 툭 쳤다.

"당신도 알다시피 얼마 전까지 내 뱃살도 만만치 않았잖아. 헬스장에서 트레이너가 짜준 프로그램에 따라 운동하면 뱃살 정도는 금세 뺄 수 있어."

"나도 알지만 헬스장에 가려면 결심이 필요하잖아."

나는 그렇게 말하며 형편없이 늘어지는 내 몸을 둘러보았다.

아그네스카는 손목시계를 보고 나서 커피 잔을 잡고 리모컨을 집어 들었다. 텔레비전 화면에서 뉴스가 흘러나왔다.

밴나이즈 임신 중절 병원 방화 사건이 톱뉴스였다.

앵커가 말했다.

"병원 경비원이 사망한 만큼 방화 사건은 이제 살인 사건이 됐습니다."

나는 절벽에서 떨어진 느낌이었다. 전기 충격기를 들고 있던 남자가 살아남기 힘들 거라 짐작하고 있었지만 텔레비전 뉴스로 그 사실을 확인하고 나자 끔찍하다는 표현으로는 부족할 만큼 큰 충격을 받았다. 물이 나오는 호스를 들고 남자의 몸에 붙은 불을 끄던 내 모습이 선연하게 떠올랐다.

이 충격적인 기억이 머릿속에서 지워질 날이 있을까? 앞으로도 계속 떠올라 나를 괴롭힐까?

나는 식탁 의자에 앉아 마음을 진정시키려 애썼다. 아그네스카에게 말하고 싶었다.

나도 화재 현장에 있었고, 경비원 남자의 몸에 불이 붙는 걸 보았어.

결국 아무 말도 하지 않았다. 뉴스를 진행하는 앵커의 목소리를 통해 몸에 불이 붙어 사망한 경비원의 이름을 알게 되었다.

호세 페르난데즈.

부인과 두 자녀가 있는 사람이었다. 경찰은 병원 입구에 화염병을 던지고 사라진 오토바이 배달부를 찾고 있다고 했다. 텔레비전 화면에서 웰 우먼 클리닉 원장 매리 모건스턴 박사의 인터뷰가 흘러나왔다. 큰 충격을 받았지만 단호한 표정이었다.

"생명은 존엄하기에 임신 중절 반대운동을 한다고 목청 높여 외치던 사람들이 테러를 저지르는 바람에 병원 경비원이 아까운 목숨을 잃었습니다. 고인은 평소 병원을 방문한 환자들과 의료진의 생명과 안전을 지키기 위해 최선을 다했지만 끝내 허망하게 목숨을 잃었습니다. 한 여인의 남편이자 두 아이의 아버지인 경비원을 죽음으로 내몬 테러리스트와 배후에서 테러를 사주한 자들을 찾아내 반드시 엄중한 책임을 물어야 합니다."

나도 모르게 어제 일이 떠올랐다.

어제 경찰에게 오토바이 배달부를 봤다고 말했어야 할까? 오토바이 번호판은 확인하지 못했어. 헬멧과 선바이저를 착용하고 있어 얼굴도 볼 수 없었지.

텔레비전 화면에서는 커피숍 매니저의 인터뷰가 흘러나오고 있었다.

"오토바이를 탄 남자가 병원 인터컴에 대고 뭔가 말을 하는 듯했어요. 아마도 퀵서비스인데 물건을 가져왔다고 했겠죠. 문이 열리자 남자는 화염병에 불을 붙여 병원 안으로 던져 넣었어요. 그다음에 병원 안에서 쾅 소리가 나더니 불길이 치솟았죠. 그토록 끔찍한 광경은 난생처음 봤어요."

경찰은 굳이 내가 아니더라도 여러 목격자들의 진술을 청취했을 것이라는 생각이 들었다. 커피숍 매니저의 목격담 정도만으로도 내가 더 보탤 말이 없었다. 그 당시 현장에 출동했던 경찰이 나에게 위험하니까 어서 피하라고 했던 기억이 났다.

아무튼 경찰을 찾아가 내가 보고 느낀 사실들을 있는 그대로 말해주지 않은 게 찜찜했다.

아그네스카가 텔레비전 화면을 보며 말했다.

"죽은 사람이 안됐긴 하지만 일할 데가 그렇게 없나? 왜 하필 저 따위 병원에서 경비원을 했을까?"

우리 부부 사이를 아예 끝장내게 할 지뢰밭이 눈앞에 있었다. 어제 현장에서 그 모든 일들을 생생하게 목격한 입장이라 아그네스카의 말을 그냥 넘길 수 없었다.

"무슨 말을 그렇게 해? 경비원이 임신 중절 병원에서 일했기 때문에 불에 타 목숨을 잃었다는 거야?"

날선 목소리를 들은 아그네스카가 놀란 눈으로 나를 보았다. 그러다가 눈을 가느다랗게 뜨고 나를 째려보았다. 마치 좋은 먹잇감을 발견한 고양이 같았다.

"태아를 살해하는 병원에서 일했으니 다른 일자리보다는 돈을 많이 받았겠네."

나는 무심결에 식탁에 놓인 스푼을 집어 들고 양손으로 비틀었다. 분노를 잠재우기 위한 나름의 방책이었다. 아그네스카가 내 행동을 유심히 바라보았다. 방금 전 자기가 한 말이 나에게 어떤 영향을 미쳤는지 확인했다는 듯 피식 웃었다.

"미국에서 임신 중절 수술은 합법이야. 임신 중절 수술을 하는 병원이라고 해서 경비원에게 돈을 더 주지는 않아."

"제대로 알고 얘기해야지. 임신 중절을 옹호하는 단체들이 태아를 살해하는 병원들에 얼마나 많은 지원금을 주는지 모르지?"

"저 병원에서 경비원이 필요한 건 임신 중절 반대운동을 하는 단체들로부터 수시로 협박을 받기 때문이야. 그 반면 임신 중절을 옹호하는 사람들이 임신 중절 반대운동 단체들에 협박을 가한다는 얘긴 못 들어봤어."

"임신 중절 반대운동 단체들은 아무런 죄도 없는 사람을 죽이지 않아."

"저 경비원에게 무슨 죄가 있지?"

"임신 중절 수술을 하는 병원에서 일한 게 잘못이지."

"뭐? 그런 병원에서 일하는 사람은 죽어도 싸다는 거야? 네 브래스카에서 임신 중절 반대운동을 하는 당신 친구들이 의사를 총으로 쐈듯이?"

"그들은 내 친구들이 아니야."

"당신과 똑같은 주장을 펴는 사람들이잖아."

"나는 폭력을 용인하지 않아. 폭력 행위에 가담한 적도 없어. 우리와 생각이 다르다고 임신 중절 수술을 하는 의사들을 죽이는 건 명백히 잘못된 짓이야. 다만 임신 중절 병원에서 일하는 건 위험하니까 아예 그런 선택을 하지 않는 게 좋다고 봐. 그나저나 스푼은 왜 망가뜨려?"

나는 스푼을 내려다보았다. 스푼이 타원형으로 휘어져 부러지기 직전이었다.

"나는 당신 생각에 동의할 수 없어."

"그래서 스푼에 화풀이를 한 거야?"

"스푼은 고통을 못 느끼니까."

나는 스푼을 식탁에 내려놓고 나서 재킷과 휴대폰, 자동차 키를 집어 들었다.

"내 말이 듣기 싫어 나가려는 거야?"

아그네스카는 내가 화를 낸 직후 밖으로 나가려고 하자 깜짝 놀란 눈치였다.

"그래, 당신의 그 극단적인 생각을 대하는 데 신물이 나."

"내가 극단적이라고? 나는 그냥 있는 그대로의 진실을 말할 뿐이야."

"빌어먹을! 당신이 무슨 말을 하고 싶어 하는지 알아. 그건 당신 생각일 뿐이야."

"당신도 작년에 나랑 같이 임신 중절 반대운동 단체가 주관한 시위에 참석했었잖아?"

"당신이 보채는 바람에 따라 갔을 뿐이야. 난 당신이 말하는 임신 중절 옹호론자들을 살인자로 보지 않아. 단지 당신들과 생각이 다를 뿐이야. 그들의 선택도 존중해야 마땅하다고 생각해. 여성의 자기결정권 역시 존중해야 마땅해."

아그네스카의 눈이 휘둥그레졌다. 마치 내가 갑자기 부도덕한 어둠의 세계로 점프해 날아간 것처럼 충격을 받은 눈치였다.

"정말로 그렇게 생각해?"

나는 재킷을 걸친 다음 아무 말도 하지 않고 출입문을 향해 걸어갔다.

아그네스카가 소리쳤다.

"애기를 나누다가 갑자기 그냥 나가는 게 어디 있어? 못 가!"

나는 뒤를 돌아보지 않고 그대로 소리쳤다.

"아니, 갈 거야."

"당장 그 자리에 서! 아직 얘기 안 끝났어!"

나는 그냥 밖으로 나왔다.

동네 식당에 아침을 먹으러 갔다. 달걀과 소시지, 식빵 두 조각과 커피를 시켰다. 부실한 식사였다. 지금보다는 잘 먹고 일주일에 다섯 번은 헬스장에 가겠다고 결심한 적이 있는데 끝내 지키지 못했다.

마음이 허해서인지 갑자기 클라라에게 전화하고 싶었다. 어제 내가 무슨 일을 겪었고, 어떻게 현장을 빠져나왔는지 모두 이야기해주고 싶었다.

내가 제 엄마와 논쟁을 벌인 이야기를 하면 클라라가 걱정하겠지?

이미 모녀 사이의 골이 너무 깊은데 내가 더 깊게 만들 수는 없었다.

클라라는 학대받는 여성들을 위한 쉼터에서 하루 열 시간씩 복지사로 일하고 있었다.

내가 지난밤에 목격한 사실들을 모두 말해주면 클라라는 몹시 분개하겠지?

클라라가 왜 그런 생각을 갖게 되었는지 충분히 이해하고 공감했지만 제 엄마와 생각의 차이가 너무 커 걱정이었다.

간단한 식사를 마치고 나서 열두 시간 동안 계속 일했다. 팁을 포함해 163달러를 벌었다. 일하는 동안 계속 엘리스가 떠올랐다.

엘리스 씨는 병원에서 무슨 일을 하는 사람일까? 의사? 간호사? 복지사? 나는 현장에서 목도한 충격적인 장면 때문에 계속 트라우마에 시달리고 있는데 엘리스는 어떻게 감당하고 있을까?

주말까지 하루에 열여섯 시간씩 일하는 동안 간간이 두 시간쯤 휴식을 취했다. 엿새 동안 계속 미친 듯이 일에 매달린 결과 1천1백 달러를 벌었다. 하루 종일 일했고, 늦은 밤에 집에 들어왔다가 몇 시간 눈을 붙이고 다시 나갔다. 아그네스카와 마주치고 싶지 않았다. 죽어가던 경비원의 모습이 머릿속에서 사라지지 않는 한 아그네스카와 마주칠 때마다 분노가 치밀 테니까.

엿새 동안 아흔두 시간을 일하고 났더니 어찌나 지쳤던지 스무 시간을 편히 쉬기로 마음먹었다. 잠에 빠져들었다가 정오가 지나 눈을 떴다. 식탁 위에 아그네스카가 남겨 놓은 메모가 놓여 있었다.

'성당 일 때문에 나가봐야 해.'

나는 커피를 만들어 마시면서 휴대폰을 켰다. 미처 확인하지 못한 문자메시지를 보다가 나도 모르게 입술이 굳었다.

'안녕하세요, 브렌던 씨. 통화할 수 있을까요? 전화주세요.'

본능이 말했다.

'전화하지 마.'

전화하지 않는 대신 문자메시지를 보냈다.

'안녕하세요, 엘리스 씨. 무슨 일입니까?'

곧바로 답신이 왔다.

'3시 30분까지 집에 와주실 수 있어요? 버뱅크에 갔다가 8시에 다시 저를 픽업해 집에 데려다 주시면 됩니다. 가능할까요?'

나는 답신을 보냈다.

'네, 가능합니다. 목적지 주소를 문자메시지로 넣어 주세요.'

일 분쯤 뒤에 주소가 들어왔다.

버뱅크 대로 916.

그 주소를 검색해보니 또 다른 임신 중절 병원이었다.

9

나는 위험한 상황이 초래되는 걸 경계했다. 법과 규칙을 지키며 신중하게 살아가는 사람이라면, 정해진 궤도에서 벗어나 불확실한 길에 들어섰을 때 혹시라도 무슨 일이 일어날지 몰라 두려워하는 사람이라면, 위험한 상황이 발생할 수도 있는 일에 뛰어드는 걸 경계하기 마련이었다.

그럼에도 나는 엘리스가 기다리는 웨스트우드로 가고 있었다. 지난주에 밴나이즈에서 발생한 위험한 일이 또다시 일어날 수도 있다는 걸 알고 있었지만 회피할 수 없었다. 불에 타 숨진 경비원이 계속 나에게 말을 걸어오고 있었다. 그 사람에 대해 조금 더 알 수 있는 기회가 생긴다면 회피하지 않고 일을 하고 싶었다. 그 경비원은 나를 폭파범으로 오인하는 바람에 아까운 시간을 허비했다. 만약 그가 화염병을 던진 테러리스트를 찾아내느라 허망한 시간을 보내지 않았다면 살 수도 있었을 텐데.

설마 똑같은 방식의 테러를 저지르지는 않겠지? 엘리스가 또다시 위험천만한 임신 중절 병원으로 갈까?

라디오에서 밴나이즈 사건 이후 로스앤젤레스 전역의 임신 중절 병원들이 보안을 강화했다는 소식이 흘러나왔다. 나는 뉴스를 듣고 나서 차분하게 마음을 가라앉혔다.

'젠장! 내가 겁낼 게 뭐 있어?'

엘리스의 집이 가까워지면서 또 다른 의문이 나를 괴롭혔다.

엘리스는 왜 나에게 곧장 전화했을까? 왜 우버 본사로 연락하지 않았을까?

말콤 애비뉴 1710번지에서 엘리스를 태우자마자 왜 그랬는지 물었다.

"밴나이즈의 병원에서 발생한 화염병 테러 사건 이후 제가 브렌던 씨를 위험한 상황에 끌어들였다는 자책감을 떨쳐버릴 수 없었어요. 어때요? 잘 지내고 있어요?"

"보시다시피 저는 잘 지냈어요. 경비원의 죽음이 안타까울 뿐이죠. 혹시 그분과 친하셨어요?"

"호세를 잘 알긴 했지만 그다지 친한 사이는 아니었어요. 정말 좋은 사람이었죠. 며칠 전에 호세의 부인을 만났어요. 이제 겨우 스물여덟 살인데 앞으로 두 아이를 혼자서 키우며 살아가야 한다더군요. 큰아이는 아들인데 일곱 살, 작은 아이는 딸인데 다섯 살이랍니다. 아이들은 아빠가 왜 죽었는지 이유를 모른대요. 호세는 생활비를 벌기 위해 일을 세 가지나 했답니다. 생명보험도 들지 않았고, 저축해 놓은 돈도 없나 봐요. 호세의 부인은 입에 거미줄을 칠 수 없어 바텐더 일을 시작했는데 아직 아이들이 어려 하루에 몇 시간밖에 못 나간대요. 레이크뷰 테라스의 자그마한 집에 사는데 당장 이번 달 월세를 낼 방법이 없다고 하더군요. 너무 가련하게 느껴져 제가 이번 달 월세를 내주고 왔어요. 생활비를 모아주지 않을 경우 호세의 부인과 아이들은 다음 달부터 당장 거리에 나앉을 수밖에 없는 형편이에요. 얼마나 막막하겠어요. 호세의 부인이 일 년분 월세라도 낼 수 있게 돈을 모아 주려고요."

"정말 그랬으면 좋겠네요."

"브렌던 씨는 역시 마음이 너그러운 분이네요. 언제부터 우버 운전을 하셨어요?"

나는 우선 광섬유 케이블을 팔던 내 과거 직업에 대해 이야기해주었다.

"당신 이야기를 듣다보니 그 일을 좋아서 했다기보다는 그냥 의무적으로 한 것처럼 들려요."

"그래요, 그냥 의무적으로 일했다고 하는 편이 옳을 듯해요."

"좋아하는 일이 있었을 텐데요?"

"엘리스 씨는 현재 하는 일을 좋아하세요?"

엘리스가 나에게 되물었다.

"제가 무슨 일을 하는지 말한 적 있었나요?"

"오늘도 임신 중절 병원에 가고 있으니까요."

"임신 중절 병원에 가는 건 어떻게 알았죠?"

"주소를 검색해보면 다 나와요."

백미러로 엘리스가 웃는 모습이 보였다.

"주소를 검색해 임신 중절 병원이라는 사실을 알고도 저를 태우고 갈 생각을 하신 거네요?"

나는 그 말에 대꾸하는 대신 다른 질문을 던졌다.

"혹시 직업이 의사 아닌가요?"

"아뇨. 저는 은퇴한 교수입니다."

"대학에서 뭘 가르치셨는데요?"

"프랑스어."

"로스앤젤레스에서 프랑스어를 가르치는 교수라……."

"UCLA대학교에 프랑스어과가 있어요. 40년 동안 그 대학에서 학생들을 가르쳤죠."

"프랑스어를 전공하셨습니까?"

"20대 때 프랑스에서 5년 정도 살며 대학에 다녔어요. 지금과는 완전히 다른 시대였죠. 박사 학위는 미국에서 받았어요."

"왜 프랑스에서 더 살지 않으셨어요?"

"미국 남자랑 사랑에 빠졌죠. 그와 함께 지내고 싶어 그의 고향인 로스앤젤레스에 왔어요. UCLA대학교에서 교수 자리를 구한 건 행운이었죠. 어느새 40년이나 지난 일이네요."

"부군께서는 어디에 계시는데요?"

"저 높은 곳에. 2년 전 세상을 떠났어요."

"유감입니다."

"저도 유감이에요."

정적.

"병원에서 프랑스어를 가르치세요?"

엘리스가 피식 웃었다.

"대단한 발상이네요. 병원에서 자원봉사자로 일하고 있어요."

"무슨 일을 하는데요?"

"임신 중절 수술을 받길 원하는데 도와줄 사람이 없는 여성들과 함께하는 일이에요. 그런 일을 하는 사람을 '둘라'라고 불러요."

"돈을 받지는 않아요?"

"말 그대로 자원봉사니까 돈을 받지는 않지만 솔직히 '자원봉사' 같은 말은 듣기 싫어요."

엘리스의 표정이 살짝 굳어 있었다.

"그냥 궁금해서 물어봤습니다. 너무 괘념치 말아요."

내 목소리 톤이 나도 모르게 살짝 올라가 있었다.

"UCLA대학교에서 지낼 때는 어땠어요?"

"일주일에 여섯 시간씩 강의를 했어요. 일 년에 방학이 넉 달이라 그리 힘들지는 않았죠."

"보수는 얼마나 받았죠?"

"보수 얘기를 하는 건 좀 그런데요."

"굳이 못 할 건 없잖아요. 교수님과 얘기해본 적이 없어 궁금해서 그래요. 교수님들은 대체로 얼마나 버는지 전혀 몰라서요."

"교수들이 얼마나 버는지가 왜 궁금하죠?"

"특별한 이유는 없지만 그냥 궁금하네요. 하루 종일 운전이나 하는 사람이 달리 뭘 할 수 있겠어요. 어쩌다가 대화를 받아주는 손님들이 계시면 갑자기 호기심이 많아져요."

"저는 호기심을 느낄 만한 인물이 못 돼요."

"저는 호기심을 느껴요."

"왜죠?"

"일주일 전에 벌어진 사건을 머릿속에서 떨쳐버리지 못했는데 오늘 또다시 엘리스 씨를 임신 중절 병원으로 모시고 가고 있으니까요. 엘리스 씨가 혹시 저를 어떤 일에 끌어들이고 있는 건 아닌지, 아니면 제가 스스로 말려들고 있는 건 아닌지 궁금할 수밖에요."

엘리스가 말했다.

"무슨 뜻인지 알겠어요. 다만 그 얘긴 그쯤 해두기로 해요."

넘어서는 안 될 선을 넘었다는 느낌이 들었다.

나는 즉시 잘못을 깨닫고 말했다.

"미안합니다."

"오히려 제가 미안하죠. 사과해야 할 사람은 오히려 저예요."

나는 점점 어색해지는 분위기를 전환하기 위해 화제를 돌렸다.

"저는 캘리포니아 주립대를 다녔어요."

"전공이 뭐죠?"

"전기공학과를 졸업했어요."

"그 학교 프랑스어과에 아는 교수가 두 명 있어요."

"저는 그분들을 모르겠네요. 저는 프랑스어를 배우지 않았으니까."

나도 모르게 다시 목소리가 낮아졌다. 머릿속에서 호세의 모습이 떠올랐다. 내 얼굴에 전기 충격기를 대려는 순간 호세의 몸에 불길이 옮겨 붙었다.

엘리스가 백미러에 비친 내 얼굴을 보고 심상찮은 느낌을 받은 듯했다.

"당장 차를 세워요."

"저는 괜찮아요."

"제 말대로 하세요. 저는 괜찮지 않으니까."

"목적지까지 모셔다드릴게요. 임신 중절 병원까지."

"병원에 가지 않아도 괜찮아요. 그냥 집으로 돌아가고 싶어요."

"저의 얼굴 표정을 보고 이상한 느낌을 받아서 그러죠?"

"브렌던 씨는 지난주에 목격한 사건 때문에 트라우마를 겪고 있어요."

"저의 몸 상태를 마음대로 판단하시네요. 제가 운전을 할 수 있는지 없는지 여부는 스스로 판단합니다. 저는 지금 운전을 할 수 있어요. 아시겠어요? 저는 운전을 할 수 있고, 할 겁니다."

나는 말을 마치기 무섭게 액셀러레이터를 밟았다. 차는 이제 막 405번 고속도로 진입로로 들어섰다. 길은 전혀 막히지 않았다.

좋아.

재빨리 추월 차선으로 들어서 가속페달을 지그시 밟았다. 그런 다음 클래식 음악이 나오는 라디오를 틀었다. 볼륨을 크게 높였다. 라디오에 출연한 남자가 베토벤의 곡을 들려주겠다고 했다. 베토벤이라면 〈운명 교향곡〉 말고는 아는 곡이 없었다.

베토벤의 음악 소리가 흘러나왔다.

좋아.

나는 볼륨을 크게 올리면서 백미러를 힐끗 쳐다보았다. 엘리스는 눈을 부릅뜨고, 입을 꽉 다물고 있었다.

엘리스는 내가 백미러로 훔쳐보는 걸 알면서도 아무 말도 하지 않았다. 차의 속도를 늦추라거나 음악 소리를 줄이라고도 하지 않았다. 내가 101번 고속도로로 빠지려고 타이어 소리를 요란하게 내며 차선 세 개를 바꾸는 동안에도 엘리스는 입을 꾹 다물고 있었다. 시속 100킬로미터 구간에서 교통 법규를 어기고 시속 140킬로미터로 달렸지만 아무런 제제도 하지 않

있다. 나는 가진 돈도 변변히 없는 주제에 객기를 부리고 있었다.

교통경찰에게 적발될 경우 범칙금을 크게 물고 면허 점수도 확 깎이겠지? 교통경찰이 우버에 알리면 한동안 운전 자격이 정지되겠지?

나는 언제나 조심스럽고 책임감 있는 사람, 청구서가 날아오면 이의를 달지 않고 다 내는 사람, 아버지가 무슨 말을 해도 웬만해서는 거역하지 못하고 따르는 사람이었다.

매사에 착해빠졌던 내가 갑자기 고속도로에서 차선을 마구 바꾸며 지그재그로 운전하고 있었다. 게다가 GPS에 나와 있는 규정 속도보다 8분이나 더 빨리 달리고 있었다. 그럼에도 아무도 경적을 울리거나 손가락 욕을 하지 않았다. 고물 프리우스를 가미카제 조종사처럼 운전하고 있었는데 나무라는 사람이 없다는 게 신기할 지경이었다.

차는 이제 101번 고속도로를 빠져나와 커윙거 스트리트로 쏜살같이 돌진하고 있었다. 베토벤의 음악 소리가 점점 더 커져갔다.

나는 무적이야. 아무도 나를 건드리지 못해. 매일매일 지긋지긋한 의무감에 시달려온 내 인생을 끝장내고 싶어. 지금 이 순간만큼은 그런 답답한 인생을 벗어던지고 싶어.

버뱅크 상점가와 대로를 지났다. 로스앤젤레스는 거대한 상점가라고 해도 과언이 아니었다. 〈헬스 센트럴〉이라는 간판이 붙은 건물이 보였다. 나는 건물 철문 앞에 끼익 소리를 내며 차를 멈춰 세웠다. 백미러를 힐끗 쳐다보니 엘리스는 모든 상황이 충돌로 끝나기를 기다리는 듯 눈을 감고 있었다. 베토벤의 음악 소리가 여전히 쿵쾅거리며 흘러나왔다.

브레이크를 밟고 차의 엔진을 껐다. 엔진음과 음악 소리가 한꺼번에 멎으면서 정적이 찾아왔다. 엘리스는 심호흡을 몇 번 하고 나서 눈을 떴다. 마치 긴 악몽에서 깨어난 표정이었다.

엘리스가 지갑을 열어 돈뭉치를 꺼냈다.

"오늘은 요금을 받지 않을래요."

엘리스는 내 말을 무시하고 조수석에 돈을 내려놓았다.

"덕분에 빨리 오게 되었어요. 고마워요. 오늘은 기다리지 말고 그냥 돌아가세요."

엘리스는 차에서 내리자마자 건물을 향해 쏜살같이 달려갔다.

나는 죄책감을 느끼며 내 자신을 향해 욕설을 내뱉었다.

"좆같은 새끼."

핸들을 움켜쥐고 울음을 터뜨렸다. 한동안 주체할 수 없을 만큼 눈물을 펑펑 쏟았다. 몇 분 동안 울고 나서야 눈앞의 세상을 뚜렷이 볼 수 있을 만큼 평정심을 회복했다.

요구르트 가게, 도넛 가게, 중고품 상점 그리고 병원 건물이 눈에 들어왔다. 그냥 평범해 보이는 병원이었지만 창문에 철창이 있었고, 정문이 두꺼운 철문으로 되어 있었다.

넓은 가슴에 권총을 차고 있는 남자가 정문을 지키고 서있었다. 엘리스는 정문 가까이 다다라 있었다. 병원에서 폭발이 일어나지 않을까 두려운 듯 조금 주저하는 걸음걸이였다.

엘리스는 잠시 걸음을 멈추고 가슴을 활짝 폈다. 그러다가 이내 뒤를 돌아보았다. 나를 바라보는 엘리스의 눈빛에는 분노나 원망 대신 걱정만이 한가득 들어 있었다.

나도 모르게 고개를 끄덕였다. 무슨 뜻으로 고개를 끄덕였는지 나 자신도 알 수 없었다. 엘리스는 병원 정문을 향해 걸어가더니 키패드에 숫자를 입력했다. 이내 문이 열렸고, 엘리스는 건물 안으로 들어갔다. 두꺼운 철문이 닫혔고, 나는 조수석에 놓인 돈을 집어 들었다.

80달러? 미쳤어.

나는 휴대폰으로 문자메시지를 보냈다.

'요금은 절반만 받겠습니다. 다시 나와서 받아 가세요.'

무응답.

나는 핸들에 머리를 대고 다시 울기 시작했다. 나도 모르게 울음이 터져 나왔다. 몇 분 지나지 않아 울음을 멈추고 다시 정신을 수습했다.

나는 차의 시동을 걸고 그곳에서 벗어났다.

땡.

엘리스가 보낸 문자메시지였다.

'밤 8시에 픽업 부탁합니다. 저를 내려주신 곳에서 만나요.'

나는 문자메시지를 한참 동안 바라보며 생각했다.

엘리스는 나보다 훨씬 큰 충격을 받았구나.

나는 답신을 보냈다.

'오케이.'

엘리스의 답신이 들어왔다.

'힘내세요.'

10

엘리스 다음으로 단거리 손님 다섯 명이 있었다. 그다음에 베벌리힐스의 힐튼호텔에서 콜이 왔다. 로데오 드라이브에 있는 아르마니 부티크까지 가야 하는 코스로 제법 긴 거리였다. 차에 탄 손님은 나에게 여러 부티크에 들러야 하는데 계속 태워 줄 수 있는지 물었다.

"이 동네 부티크들은 오히려 도보로 이동하기에 적당합니다."

"그래도 차로 이동하고 싶어요."

"로데오 드라이브에 차를 세우고 있으면 교통경찰이 가만있지 않습니다."

경찰은 차량의 흐름이 막히지 않도록 수시로 주정차를 단속했다. 물론 정장 차림의 리무진 기사에게는 가끔 특혜를 주기도 했지만 우버 기사는 쓰레기로 보기 일쑤였다.

다행히 지난 일 년 동안 로데오 드라이브에 자주 와본 경험이 있어 뒷골목을 잘 알고 있었다. 뒷골목이라면 잠시 경관의 눈을 피해 차를 세워둘 수 있었다.

뒷자리 승객은 서른다섯 살쯤 된 아시아계 여성으로 깡마른 몸집에 디자이너 라벨 옷차림이었다. 커다란 선글라스가 찡그린 얼굴을 가리고 있었다.

"주변에 차를 세우고 기다리세요. 쇼핑을 마치면 휴대폰으로 문자를 넣을게요. 쇼핑을 마칠 때마다 저를 곧장 픽업해 다음 부티크로 이동해 주시면 시간당 100달러를 드리겠습니다."

승객이 부티크에서 나오기 이분 전에 문자메시지를 보내기로 했다.

"문자를 받는 즉시 올 수 있도록 차를 대기시켜두고 있어야 해요. 늦으면 곤란해요."

"차를 근처에 세워두고 기다리겠습니다."

"일분 이상 기다릴 경우 10달러를 뺄 테니까 명심하세요."

사람들은 돈이 많으면 권력을 쥐고 있다는 환상에 빠져 천박하고 잔인해진다. 일방적으로 주장해서는 안 되는 일에 대해서도 자신만은 예외라는 듯 밀어붙인다. 때로는 승객의 허영심이 나에게 300달러를 벌 수 있는 기회를 제공한다. 우버에 나눠 줄 필요 없이 전부 내 몫으로 가져갈 수 있는 수입이었다.

나는 승객의 일방적인 태도에 은근히 화가 치솟았지만 300 달러를 벌 수 있는 기회를 차버릴 수 없어 꾹 눌러 참았다.

"염려마세요. 약속은 반드시 지킵니다."

아르마니 부티크에 도착하자마자 우버 앱을 껐다.

승객을 내려준 다음 뒷골목으로 이동했다. 눈을 감고 잠시 잠을 청했다.

땡.

22분 뒤에 문자메시지가 들어왔다. 여자 옆에 커다란 쇼핑백을 세 개나 든 남자가 서있었다. 검정색 셔츠 단추를 가슴까지 풀어 헤친 남자는 군살 하나 없이 호리호리한 몸집의 소유자였다. 남자는 트렁크에 쇼핑백들을 싣고 나서 내 싸구려 자동차를 비웃 듯 흘깃 쳐다본 다음 부티크로 돌아갔다.

여자가 말했다.

"베라 왕으로 가요."

땡.

이번에는 12분을 대기했다.

여자는 88초면 이동하기에 충분한 거리의 부티크에서 쇼핑백 하나를 들고 나왔다.

다음은 랄프 로렌.

땡.

거기서는 6분.

하필이면 쓰레기차가 골목을 막고 있었다. 경적을 네 번 울렸지만 환경미화원은 차를 뺄 생각은 하지 않고 쓰레기통을 비우는 데 열중해 있었다.

다시 경적을 울리자 환경미화원이 손가락 욕을 보냈다.

나는 차에서 내려 소리쳤다.

"댁이 길을 막고 있어 큰돈을 잃게 생겼어요. 제발 좀 도와 줘요."

환경미화원이 고개를 갸웃거리더니 쓰레기차에 올라 내 차가 간신히 빠져나갈 수 있을 만큼 길을 터주었다.

나는 고갯짓으로 감사를 표했다. 휴대폰을 보니 34초 안에 도착해야 10달러를 잃지 않을 수 있었다. 모퉁이를 돌아 다시 로데오 드라이브로 들어섰다.

겨우 31초 안에 도착했다. 여자는 쇼핑백 두 개를 들고 있었다.

"이번에는 아슬아슬했네요."

나는 얼굴 가득 미소를 지으며 말했다.

"다음은 어디로 갈까요?"

루이비통, 티파니, 지스타 로우 데님으로 갔다. 저녁이 되자 내 차 트렁크에는 쇼핑백이 열일곱 개나 들어 있었다. 베벌리힐 스 힐튼호텔로 돌아왔을 때에는 어느새 오후 6시 32분이었다. 도어맨이 카트를 가져와 쇼핑백들을 실었다. 여자 손님이 지갑 을 꺼내더니 100달러짜리 빳빳한 지폐 세 장을 꺼내 나에게 건 네주었다.

"고맙습니다."

여자 손님은 대꾸도 없이 호텔로 들어갔다. 호텔 경비원이 차창을 톡톡 두드렸다.

"얼른 차를 빼세요."

나는 호텔을 빠져나와 갓길에 차를 세웠다. 내 주머니에 380달러가 들어있었다. 버뱅크의 병원으로 가기로 한 시간까 지 아직 80분이 남아 있었다. 우버 앱을 켰다. 도로는 꽉 막혀 있었다. 평소 요금보다 1.5배 비싼 할증 시간이었다. 운이 좋 게도 노스 하이랜드에 있는 홀리데이인 익스프레스 호텔에서 버뱅크 공항까지 가는 콜이 있었다. 할증이 붙으니까 요금은

46달러.

손님을 공항에 내려주고 8시까지 병원으로 갈 수 있을 거야.

7시 42분에 버뱅크 공항에 도착했다. 엘리스에게 가는 중이라고 문자를 보냈다. 8시 정각에 병원 앞에 도착해 다시 문자를 보냈다. 병원 문이 열리더니 엘리스가 나왔다.

뒷자리에 탄 엘리스의 얼굴이 유난히 지쳐 보였다.

"댁으로 바로 갈 거죠?"

엘리스가 고개를 끄덕였다.

나는 셔츠 주머니에서 80달러를 꺼내 엘리스에게 건넸다.

엘리스가 물었다.

"왜 이 돈을 저에게 줘요?"

"오전에 요금을 너무 많이 받았어요. 게다가 제가 이상하게 굴기도 했으니까요."

"그냥 넣어두세요."

"싫어요."

"자, 어서 다시 받아요."

교장선생님 같은 엘리스의 말투에 더럭 짜증이 났다.

"브렌던 씨, 어서 받으라니까요."

나는 어쩔 수 없이 돈을 받았다.

"그럼 지금부터 이동하는 곳까지 요금은 받은 것으로 하겠습니다."

"정 원하신다면 그렇게 하세요."

"네, 그러겠습니다."

나는 차를 출발시켰다. 엘리스가 고속도로에 들어선 직후에 물었다.

"기분이 좀 나아졌어요?"

"하루 종일 일을 많이 했어요."

"다행이네요."

"오전에 저 때문에 커다란 위협을 느꼈을 텐데 왜 다시 문자를 보냈어요?"

"그냥 모른 체할 수 없었어요. 저 때문에 그런 일을 겪었으니까."

"누가 시켜서가 아니라 제가 스스로 했던 일입니다."

"그래서 더욱 무심하게 넘길 수 없었어요. 당신은 좋은 일을 하고도 극심한 트라우마를 겪고 있으니까. 오전에 심하게 가속 페달을 밟은 건 분명한 사실이지만 저를 죽일 생각은 아니었다는 걸 알아요. 운전을 정말 잘 하시던데요. 지나치게 빨리 달리긴 했지만."

"저를 좀 말리지 그랬어요?"

"제가 또 다른 병원에 가자고 한 게 나쁜 기억을 떠올리게 만든 계기가 된 건 아닌지 생각했어요."

"잠시 무엇에 홀린 듯 인생의 끝장을 보고 싶다는 생각이 들긴 했어요."

"어떻게 다시 정신을 수습했어요?"

"어둠이 무서웠어요."

나는 그 말을 하고 나서 백미러를 힐끗 쳐다보았다.

엘리스는 괴로운 듯 얼굴을 찌푸리고 있었다.

"제 말이 이해하기 어렵나요?"

엘리스가 피식 웃었다. 그 웃음에는 야릇한 슬픔이 깃들어 있었다.

엘리스는 가방에서 휴지를 꺼내 눈가를 톡톡 두드렸다.

"요즘 살아가는 게 너무 힘들어요. 아니, 더 정확하게 말하자면 너무 끔찍해요. 호세가 죽은 사건 때문만은 아니죠. 세상이 끔찍해요."

나는 씩 웃고 나서 말했다.

"오늘도 많이 힘들었어요?"

"네, 아주 많이. 오늘 함께한 여학생은 스물네 살이에요.

USC대학원생이죠. 같은 대학교 남학생과 일 년 동안 가까이 지냈는데 그놈이 약을 먹이고 강간을 했나 봐요. 경찰에 신고 했지만 남학생은 간단한 조사만 받고 풀려났대요. 경찰의 주장은 여학생이 자기 혼자 사는 집에 남학생을 초대한 책임이 반쯤 된다는 거예요."

클라라도 스물네 살이야.

나는 끔찍한 생각을 떨쳐버리며 엘리스에게 물었다.

"그놈이 원할 때 분명하게 '싫다'고 했답니까? 성교육을 받을 때 흔히 거부의사를 분명하게 표하라고 하잖아요."

"그놈을 진정한 친구로 생각해 믿어왔대요. 그놈과 술을 마시고 싶어 집으로 초대했고요. 여학생이 화장실에 가느라 잠시 자리를 비운 사이 그놈이 몰래 술잔에 약을 탄 거예요. 술을 두 모금쯤 마셨는데 의식을 잃었나 봐요. 깨어나 보니 몇 시간이 흘러있었고, 옷이 벗겨져 있었답니다. 그제야 강제로 당했다는 걸 깨달았죠. 어찌나 괴롭던지 며칠 동안 혼자 집에 틀어박혀 자살을 생각했나 봐요. 마음의 상처가 얼마나 컸던지 사후 피임약을 먹어야 한다는 생각을 못했대요. 이틀이 지나고 나서야 사후 피임약 생각이 났지만 그때는 이미 늦었던 거예요."

"임신한 지 얼마나 되었는데요?"

"벌써 10주나 지났답니다. 부모님이 애리조나 주 스코츠데일에 살고 있는데 보수적인 분들이라 임신 중절을 극력 반대해 이야기를 할 수 없었나 봐요."

"당사자도 임신 중절 수술을 받아야 할지 망설이던가요?"

"아뇨. 임신 중절 수술을 받길 원했어요. 아이를 좋아하지만 너무 이른 나이에 강간으로 생긴 아이를 낳아 키울 수는 없다고 생각했답니다. 여학생은 임신 중절 수술을 받은 뒤 회복실에서 쉬다가 갑자기 괴로워하며 울기 시작했어요. 임신 중절 때문이 아니라 그동안 겪은 일들이 떠올라 설움이 북받친 거예요. 심리적으로 괴롭고 힘든데 옆에서 위로해줄 가족이나 친구도 없으니 얼마나 서러웠겠어요. 옆에서 보고 있자니 정말 안쓰럽더군요."

"그 여학생은 지금 어디에 있어요?"

아직 병원에 있다면 당장 되돌아가 여학생을 집에까지 데려다주고 싶었다.

"저보다 5분 일찍 병원을 나왔어요. 제가 집에까지 같이 가주겠다고 했는데 혼자 가고 싶다고 하더군요. 몹시 상심해 있는 여학생 혼자 집으로 돌려보내는 게 내키지 않았지만 저에게는 이래라저래라 할 권리가 없잖아요. 지금은 힘든 때니까 누군가 옆에 있어주어야 한다고 거듭 말했지만 한사코 혼자 가겠다고 고집을 부리더군요. 그러더니……."

엘리스가 시트에 몸을 기대며 눈을 감더니 나지막이 흐느끼는 소리가 들려왔다.

"미안해요, 저도 모르게 감정이 격해졌나 봐요. 게다가 이런 자리에서 하기에는 부적절한 얘긴데……."

"괜찮아요. 이야기를 들어서 정말 좋았습니다. 그나저나 그런 봉사활동을 하다보면 감정 노동이 무척이나 심하겠어요."

"어떤 면에서는 그렇죠."

"일주일에 몇 번이나 병원에 가요?"

"두세 번 가는데 시간이 많이 남아돌아 일주일에 네다섯 번으로 늘릴까 생각 중입니다. 임신 중절 수술을 받은 여성들에게는 저처럼 옆에 있어 주는 사람이 있으면 큰 도움이 되니까. 저도 좋은 일을 한다는 생각에 기분이 좋기도 하고요."

"일주일에 네다섯 번씩 가려면 우버에 지불해야 하는 교통비도 만만찮을 텐데요? 일주일에 3,4백 달러쯤 나가겠네요. 은퇴한 교수님이 받는 연금으로 감당하기에는 무리 아닌가요?"

"사별한 남편이 로펌을 했어요. 돈이 많진 않지만 생활하기 불편하지 않을 만큼은 저축해두었죠. 검소하게 살면 빈곤층으로 떨어질 염려는 없어요."

"적어도 노숙자가 될 걱정은 없겠네요."

"맞아요."

"다행이네요."

"그래요, 다행이죠. 브렌던 씨는 어때요? 여차하면 노숙자가 될지도 모른다고 생각해요?"

"우버 일을 계속하는 한 지붕 아래에서 잠을 잘 수는 있겠죠."

나는 내심 그 주제에서 빨리 벗어나고 싶어 하며 물었다.

"혹시 우버 요금은 자원봉사 단체에서 지급됩니까?"

"자원봉사자들에게 교통비가 지급됩니다. 우버 요금도 지급되고, 직접 운전을 할 경우 연료비가 제공되죠. 전에는 직접 차를 운전해 다녔는데 요즘은 시력도 좋지 않을뿐더러 남편이 운전하다가 사망한 이후로는 하지 않게 되었죠. 지금은 아시다시피 주로 우버를 이용해요. 그나저나 배가 출출한데 뭘 좀 먹어야 할 것 같지 않아요?"

"20분만 더 가면 댁에 도착합니다."

"제가 저녁을 사고 싶어요."

"저는 일을 계속해야 합니다."

"그래도 저녁은 드셔야죠."

엘리스의 말은 틀리지 않았다. 나는 아침 식사 이후로 아무것도 먹지 않았다. 저녁 8시 반이 다 됐고, 웨스트우드에 거의 다 왔다. 게다가 오늘은 평소에 비해 훨씬 많은 돈을 벌었다.

"제가 사는 조건이라면 같이 저녁을 먹겠습니다."

"먼저 먹자고 한 사람이 사야죠. 기회 되면 다음에 사세요."

우리가 식사를 같이 할 기회가 또 있을까?

나는 피곤한 데다 배가 몹시 고팠다.

엘리스는 웨스트우드 중심가에 있는 해머뮤지엄 근처 이탈리아 식당으로 나를 데려갔다. 로스앤젤레스 기준으로 보자면 저녁을 먹기에는 늦은 시간이었다. 석재와 포도나무를 활용해 인테리어를 한 이탈리아 식당에는 손님이 그리 많지 않았다. 지중해 근처에 있는 저택이 이렇게 생기지 않았을까 생각했지만 나는 유럽에 가본 적이 없었다. 아니, 외국에는 아예 나가보지 않았다.

분위기가 아늑한 식당이었다. 우버 승객들을 내려주면서 베니스나 산타모니카, 웨스트 할리우드에 있는 고급 레스토랑을 본 적이 있었다. 아낌없이 돈을 퍼부었다는 느낌이 드는 식당들이었다. 엘리스가 데려간 이탈리아 식당은 그런 곳들과는 달리 특유의 분위기가 있었다. 편안하고 따스한 분위기. 고급 레스토랑이라서인지 내가 입고 있는 옷이 자꾸만 초라하게 느껴졌다. 얼굴에 혹시 지저분한 땟국이 묻은 건 아닌지 걱정돼 화장실에 가서 손과 얼굴을 깨끗이 씻었다. 그 식당의 다른 손님들과 가급적 비슷해 보이고 싶었다.

테이블로 돌아와 메뉴판을 펼쳤다. 파스타 한 접시 가격이 최저 18달러에서 최고 26달러나 되었다.

내 얼굴에 너무 비싸다는 생각이 드러났는지 엘리스가 말했다.

"우린 오늘 이 식당 음식을 맛있게 먹을 자격이 있습니다. 브렌던 씨, 걱정하지 말고 어서 원하는 음식을 시켜요."

엘리스는 마음을 읽는 눈이라도 있나?

나는 미트소스를 넣은 파스타를 주문했다. 엘리스가 와인도 주문하라고 했다. 메뉴판 가장 위쪽에 있는 와인을 시켰다. 하루 종일 아무것도 먹지 않고 열네 시간을 버텼더니 눈이 어질어질할 만큼 배가 고팠다. 엘리스가 이 식당을 좋아하는 이유는 고급 식당이라서가 아니라 편안하고 아늑한 분위기 때문인 듯했다. 내가 보기에도 엘리스는 이런 고급 식당에서 음식을 먹는 모습이 너무나 자연스럽게 잘 어울렸다.

"대부분 저녁을 직접 해먹어요. 더러 친구들을 만나 함께 식사를 할 때도 있고요. 저녁을 먹고 나서 로이스 홀에 갈 때도 있죠. 한 달에 한 번은 로스앤젤레스 필하모닉 연주회에 가요. 적어도 일주일에 한 번은 영화관에 가기도 하죠. 제가 누리는 일상입니다."

"자제분은?"

"딸이 하나 있는데 뉴욕에 살아요. 그리 자주 만나지는 않아요. 딸이 만나길 꺼려하죠. 딸은 제가 생각을 바꾸길 강요한다고 믿고 있으니까."

"엘리스 씨는 전혀 뭔가를 강요할 분이 아닌데요."

"그야 모르죠. 브렌던 씨와 제 딸은 다르니까. 두 번이나 유산한 끝에 기적적으로 앨리슨을 낳았어요."

"저도 딸이 하나 있는데 기적적으로 낳았죠."

나는 첫째 아들 카롤이 생후 9개월에 숨을 거둔 이야기, 그 뒤로 다시 아내가 임신하기까지 2년이 걸렸다는 이야기를 했다.

"아이를 먼저 보내는 심정이 어떤지 알 것 같아요. 아마 하늘이 무너진 것처럼 끔찍할 거예요. 두 분은 충격을 어떻게 극복했어요?"

나는 테이블보만 내려다보았다.

"아직 극복하지 못한 것 같아요."

우리는 말없이 와인 잔을 들고 건배했다.

"아내는 가톨릭 성지인 루르드에 다녀온 덕분에 다시 아이를 갖게 되었다고 믿고 있죠."

"브렌던 씨도 그렇게 생각해요?"

"저는 그냥 반신반의해요. 아내처럼 신앙심이 두텁지 않거든요. 그저 클라라가 잘 자라준 것에 대해 감사할 따름이죠."

"딸은 몇 살이에요?"

"스물네 살입니다. 여기 로스앤젤레스에서 복지사로 일해요. 학대받은 여성들을 돕는 쉼터가 딸의 직장이죠."

"매우 값진 일을 하네요."

"이제 보니 클라라가 하는 일이 엘리스 씨와 비슷하네요. 아마 딸도 몹시 힘들 거예요."

엘리스가 어깨를 으쓱하고 나서 나에게 물었다.

"딸과 가깝게 지내요?"

"아주 가깝게 지냅니다."

"좋은 아빠인가 봐요."

"그건 클라라에게 물어봐야죠. 아내가 말하길 프랑스 루르드를 방문해 기적의 장소에서 성인들의 조각상을 매만지며 기도문을 읊은 게 딸이 건강하게 자라는 데 도움이 되었다고 하더군요. 그 말이 우스꽝스럽게 생각되긴 했지만 아니라고 단정

할 수 없었어요."

엘리스는 잠시 생각에 잠긴 얼굴로 와인을 한 모금 마셨다.

"그 말을 들으니 기회와 우연이 주제인 어떤 영화 대사가 생각나네요. 그 영화에서 누군가 믿음에 대해 말했어요. '믿음은 증명의 안티테제다.'라고요. 믿음이란 그런 거죠. 많은 사람들이 열심히 기도하면 효과가 있다고 믿어요."

"엘리스 씨에게는 효과가 없었나요?"

"저는 동부에서 자랐어요. 영국 성공회를 믿는 전형적인 와스프 집안 출신이죠. 영국 국교회의 미국 지부. 여왕의 교회. 저는 기도의 효과를 경험한 적은 없는 것 같아요."

"영국 성공회는 영국 여왕과 가톨릭의 교황을 동급으로 치부하지 않나요?"

"여왕이 성공회 주교를 임명하죠. 영국 성공회를 믿는 사람들은 신앙심이 깊어도 기도하면 즉시 응답을 받을 수 있을 거라 믿지는 않아요. 천상에도 모호한 일이 많을 거라 여기죠. 물론 사람들이 열심히 기도하면서 응답을 바라는 마음을 이해해요. 신앙심을 갖는 이유가 뭐겠어요. 뭔가를 바라기 때문이죠. 다만 저는 이 세상에서 확실한 건 아무것도 없다고 봐요. 과연 이 세상에 해답이 있을까요? 종교의 근본주의자들은 해답이 있다고 믿죠. 임신 중절 병원에 화염병을 던지고 도망친 사람도 해답이 있다고 믿을 겁니다. 그 남자를 배후에서 조종한 사람들도 그러겠죠. 분명 그 남자 뒤에는 근본주의자들로 이루어진 배후 조직이 있어요."

엘리스는 와인을 한 모금 마시고 나서 말했다.

"괜찮다면 제가 우리 집안 얘기를 하나 들려줄게요."

"저야 뭐 대환영입니다."

"동부에 수잔이라는 사촌이 살고 있어요. 늘 기독교 전도에 열심이죠. 수잔의 남편은 수입이 제법 괜찮은 변호사였어요. 나름 일을 열심히 한 결과 교외 주택가에 아내와 두 아이가 안락하게 지낼 수 있는 주택을 마련하고 겉으로 보기에는 아주 단란한 가정을 이루며 살고 있었죠. 실상은 아주 달랐어요. 수잔의 남편은 변호사 생활을 견딜 수 없을 만큼 증오해 늘 분노에 사로잡혀 있었죠. 그러다보니 부부 싸움이 잦았어요. 그날도 수잔은 남편과 대판 싸움을 벌였나 봐요. 두 아이들은 보이스카우트 활동을 하고 있었고, 그날 대판 싸움을 벌인 끝에 남편은 수잔에게 아이들을 픽업해 오겠다고 하더랍니다. 수잔은 어차피 아이들을 데려와야 하는 만큼 잘된 일이라 생각해 다녀오라고 했대요. 남편이 아이들을 픽업하러 가서 다 함께 즐거운 이야기를 나누며 돌아오다 보면 자기도 모르게 화가 가라앉을 수도 있겠다고 기대하면서요. 찰리와 잭을 차에 태운 남편은 코네티컷 페어필드와 웨스트포트 사이 95번 고속도로를 타고 집을 향해 달리기 시작했어요. 볼보의 가속 페달을 끝까지 밟아 시속 177킬로미터까지 속도를 높였죠. 결국 남편은 주유소와 고속도로를 나누는 분리 벽을 들이받고, 그 자리에서 아이들과 함께 즉사했어요. 수잔은 감당하기 힘들 만큼 큰 충격을 받았고, 수면제를 복용하고 자살을 시도했지만 실패해 스텐퍼드에 있는 정신병원에 입원했죠. 수잔이 나중에 병원으로 찾아간 저에게 말했어요. 그날 부부 싸움이 최고조로 격화되었을 때 남편에게 마지막으로 했던 말이 '차라리 자살이나 해버려!'였답니다. 그런 말을 하고 나서 남편이 실제로 끔찍하게 죽었으니 얼마나 큰 충격을 받았겠어요. 수잔은 회계 사무실을 운영하고 있었는데 작지만 수입이 제법 짭짤한 편이었죠. 끔찍한 사고가 벌어진 이후 모든 게 엉망이 되었어요. 수잔은 고통을 벗어던지지 못하고 하루하루 술과 약물에 의존해 살았죠. 툭하면 음주운전이나 약물 복용으로 체포되기도 했어요. 남편과 아이들이 그렇게 되고 나서 4년이 지났을 때 수잔은 경제적으로 파산 상태에 다다랐죠. 그때 예전의 동료 회계사가 수잔을 페어필드에 있는 교회에 데려갔어요. 그 교회를 처음 방문한 사람은 예배가 끝난 뒤 일어서서 자기소개를 해야 하는 전통이 있대요. 수잔은 자신의 차례가 되자 그동안 겪었던 끔찍한 일들을 모두 털어놓았답니다. 그 교회 사람들 모두가 한마디라도 놓칠세라 귀를 기울이더래요. 엄청난 비극 뒤에 죄책감을 떨쳐버리지 못하고 깊은 어둠의 심연에서 도움을 청하는 수잔의 울부짖음이 한동안 이어졌대요. 수잔은 차마 눈동자를 돌리지 못하고 이야기를 듣고 있는 2백 명의 사람들에게 둘러싸이게 되었답니다. 하나님의 구원을 믿는 사람들이었대요. 수잔은 히스테릭한 상태로 무릎을 꿇고 예수를 주님이자 구원자로 받아들였답니다. 나름 '행복한 삶'을 이어갈 신앙의 공동체를 찾아낸 거예요."

엘리스는 얼굴을 찌푸리며 한동안 말을 멈췄다가 다시 이야기를 시작했다.

"내 사촌 수잔은 독실한 기독교 신자로 거듭난 덕분에 죽지 않고 살아가고 있다고 믿고 있어요. 요즘은 알코올 의존증 치료 모임에도 나가고, 성서 공부 모임에도 열심히 나가고 있죠. 수잔은 요즘 우리의 인생에서 발생할 수 있는 최악의 상황에 처했을 때 어떻게 극복해야 하는지 알려주는 강연 사업을 시작했어요. 역시 자신처럼 예수를 주님으로 받아들이고 구원받은 남자를 만나 교제도 하고 있죠. 글로벌 제약회사에서 일하는 남자인데 겉보기로는 착하고 배려심이 많은 사람처럼 보이기도 하더군요. 그 남자는 예배를 보다가 졸리면 불면증 약을 먹는답니다. 아, 또 제가 냉소적이 되었네요."

내가 말했다.

"충격적인 이야기네요."

내 목소리는 초조하게 갈라져 있었다.

엘리스가 내 기분을 알아채고 말했다.

"오늘 오전에 브렌던 씨가 차를 급하게 운전한 걸 탓하려고 꺼낸 이야기는 아니니까 오해하지 마세요. 속도를 많이 높이긴 했지만 브렌던 씨는 시종 앞을 주시하면서 운전했으니까요. 브렌던 씨의 심리 상태를 보건대 전형적인 외상 후 스트레스 증후군이었어요. 죽으려던 건 아니었죠."

"핸들을 조금만 잘못 틀거나 한 번이라도 갑작스럽게 차선을 바꿔도 끔찍한 사고로 이어질 수 있습니다. 엘리스 씨도 그런 위험에 노출돼 있었다는 걸 알고 있었잖아요."

엘리스는 와인을 한 모금 더 마셨다.

"호세가 죽은 뒤 나도 모르게 한 가지 생각이 떠올랐어요.

'지금 죽어도 괜찮지 않을까?'하는 생각. 오늘 브렌던 씨가 운전하는 차에서도 그런 생각을 했죠."

나는 와인글라스를 가만히 내려다보았다. 방금 전 엘리스가 한 말은 나도 요즘 자주 하는 생각이었다.

파스타가 나왔다.

엘리스가 말했다.

"식전 기도 대신 할 말이 있어요. 보나페티*."

"보나페티."

나도 엘리스를 따라 했다.

"발음이 좋아요."

"그럴 리가요?"

미트소스가 들어간 파스타가 정말 맛있었다. 웨이터가 치즈를 직접 갈아주는 게 특이했다. 나는 파스타에 치즈를 많이 올리도록 내버려두었다. 파스타에 치즈를 많이 첨가하자 맛이 훨씬 더 좋았다. 다만 양이 많지 않다는 게 불만이었다. 아그네스카가 만드는 음식은 양이 많았고, 나는 거기에 길들여져 있었다. 그래도 내가 평생 맛본 파스타 중에서 가장 맛있었다.

엘리스가 물었다.

---

* '맛있게 드세요.'라는 뜻의 프랑스어

"맛이 어때요?"

"맛있습니다."

파스타를 거듭 몇 번 먹고 나서 물었다.

"수잔은 믿음의 힘으로 고통을 극복하게 될까요? 어떻게 생각하세요?"

"수잔이 저에게 말하길 이제 지난 일은 잊었대요. 저는 그저 자기 위로이겠거니 생각해요. 수잔과 통화하는 일은 매우 드물어요. 언젠가 죽은 남편이 그랬죠. 멀찍이 떨어져 지내는 게 다행인 사람들이 있다고요. 아무리 가까운 사이라도 주변 사람을 불편하게 만드는 사람들이 있으니까요. 비록 사촌 사이지만 저에게는 수잔이 멀리 떨어져 있어 다행이죠."

"엘리스 씨의 남편은 현명한 분이셨네요."

"제가 짜증을 내도 묵묵히 받아들이는 사람이었죠. 멍청한 사람들을 보면 제가 짜증을 잘 부리거든요. 멍청이들을 보더라도 참아야 하는데 그걸 잘 못해요."

"남편이랑 서로 존경했나요?"

"늘 그렇지는 않았어요."

"그럼 부군께서는 엘리스 씨를 한심한 사람으로 봤어요?"

엘리스가 미소를 지었다.

"분명 그럴 때도 있었겠죠. 제가 세상에 대한 불만을 표출할 때마다 남편이 저를 많이 다독였어요. 남편은 웬만해서는 화를 내거나 짜증을 내지 않을 만큼 진득한 사람이었죠."

"엘리스 씨는 어때요? 자기 자신이 진득하다고 생각해요?"

"늘 질문을 그렇게 많이 해요?"

"사람들을 태우고 운전하다 보면 궁금한 게 많아져요."

"남편은 이름이 월버였어요. 촌스러운 이름인데 남편은 개의치 않았죠. 몹시 가부장적이었던 남편의 부친 이름도 월버였어요. 남편은 나름 복잡한 사람이었죠. 하버드대학교에 다닐 때 남편을 만났어요."

"하버드 출신이에요?"

"그 당시 하버드에는 여학생만 다닐 수 있는 단과대가 있었는데 '래드클리프'라고 불렀죠. 2학년 때 남편을 만났어요. 첫사랑이었죠. 우린 3년 동안 계속 만났고, 월버는 로스쿨에 들어갔어요. 그때 저에게 청혼했죠. 그 당시 저는 파리의 소르본 대학교에서 박사 과정을 이수하고 있었어요. 월버의 청혼을 받아들이고, 하버드에서 박사 과정을 이수할 수도 있었지만 저는 결혼보다는 파리를 선택했죠. 월버는 크게 상심한 게 분명했지만 그다지 티를 내지는 않았어요. 저에게는 자유가 필요했고, 지금 생각해봐도 옳은 선택이었죠. 잠시나마 틀에 박힌 미국 생활에서 벗어날 필요가 있었어요. 그때는 한 남자와 평생을 같이 할 마음의 준비가 돼 있지 않았으니까. 저는 파리를 선택했고, 결과적으로 다양한 경험을 쌓을 수 있었죠."

"결국 윌버 씨와 결혼했네요."

"파리에서 보낸 5년 동안 남자를 예닐곱 명쯤 만났어요. 파리 생활 6년차에 접어들었을 때 윌버에게서 편지가 왔죠. 2년 전에 로스쿨을 졸업했고, 진보 정치에 뜻이 있다고 하더군요. 아버지가 상류층 출신인 보스턴 여자와 약혼하라고 했지만 뜻을 거스르고 로스앤젤레스의 로펌에서 일하고 있다면서요. 프랑스에 가면 만날 수 있는지 묻기에 좋다고 했어요. 그리고……."

엘리스의 눈에 눈물이 그렁그렁했다. 죽은 남편에 대해 이야기하는 동안 감정이 북받친 듯했다.

"남편이 많이 보고 싶겠군요."

엘리스는 이를 꽉 물고 눈을 감았다. 그러다가 핸드백에서 휴지를 꺼내 눈물을 훔쳤다.

"남편이 자주 보고 싶어요. 부부 사이가 다 그렇듯 우리도 서로 화내며 싸울 때도 있었지만 윌버는 기본적으로 좋은 사람이었죠. 저는 사실 뼛속까지 동부 출신이고, 로스앤젤레스 사람이 됐다고 느낀 적이 거의 없어요. 다만 저는 로스앤젤레스 생활에 적응하기 위해 무던히 애썼죠. 결국 로스앤젤레스의 푸른 하늘 아래에서 살아가는 걸 점점 좋아하게 됐어요. 아, 이런! 이제 보니 저만 너무 많은 얘기를 했나 봐요."

"재미있었으니 된 거죠."

"브렌던 씨는 늘 너무 좋은 말만 하세요."

"나쁜 말을 하는 것보다는 좋잖아요. 딸은 어때요? 이름이 앨리슨이라고 했던가요?"

"앨리슨도 하버드대를 나왔어요. 하버드대 졸업 이후 월스트리트의 뮤추얼펀드 회사에 들어갔죠. 지금은 돈을 많이 벌어 우주의 지배자 행세를 하고 있어요. 사회 진화론 신봉자이고, 공화당에 정치기금을 내고, 대선 당시 트럼프를 찍었죠. 자주 만나지는 않아요. 남편이 죽기 일 년 전쯤에 딸과 정치 문제로 크게 다투었어요. 정말이지 안타까운 일이었죠. 남편이 췌장암에 걸려 살 날이 겨우 몇 주밖에 남지 않았을 때 앨리슨이 로스앤젤레스에 와서 우리랑 함께 지냈어요. 조용하고 소박한 우리 집 거실에서 거액의 돈이 오고가는 투자 업무를 하면서요."

"딸이 어릴 때 그 집에서 자랐어요?"

"현재 살고 있는 아파트에서 그리 멀지 않은 곳에 집이 있었어요. 앨리슨이 동부로 돌아간 뒤로 그 집을 처분하고 아파트로 옮겼죠. 벌써 15년 전 일이네요, 앨리슨이 로스앤젤레스에 오면 머물다 갈 방을 마련해 두었어요. 제 아버지와 사이가 좋지 않았는데 그나마 말년에 병상을 지켜준 게 너무 고맙고 대견할 따름이죠."

"일 년에 딸을 몇 번 만나요?"

"우리 모녀는 자주 시소게임을 해요. 우리 사이에는 굉장히 복잡한 역학관계가 존재하죠. 앨리슨은 저를 광적인 사회주의자라고 생각하고, 저는 딸을 피도 눈물도 없는 금권주의자로 규정하고 있죠. 물론 그런 이유 때문만은 아닐 텐데 정말이지 우리 모녀는 서로 안 맞아요. 인정하기 싫지만 정말 그래요."

"저도 모녀 사이에 대해 조금은 알고 있어요. 클라라와 아내 사이도 끔찍하다는 말로는 부족할 만큼 안 맞아요. 딸은 오히려 저랑 잘 통하죠. 클라라는 제 남은 인생의 중심이라고 할 수 있어요."

"브렌던 씨는 좋은 아버지잖아요. 사랑하는 딸과 부인이 옆에 있으니 얼마나 좋아요."

"아내와 저는 끔찍해요. 부부 사이지만 전혀 가깝지 않아요. 무슨 뜻인지 아시죠? 물론 아내 탓이라고 할 수는 없습니다.

우리 부부는 한집에서 같이 살지만 뭐랄까 함께하는 방법을 몰라요."

땡.

휴대폰으로 문자메시지가 들어왔다는 신호가 울렸지만 그냥 내버려두었다. 식사하는 자리에서 문자메시지를 보는 건 좋은 매너가 아니니까.

땡.

문자메시지 신호가 또 울렸다.

엘리스가 말했다.

"저는 괜찮으니까 확인해 보세요."

주머니에서 휴대폰을 꺼내 문자메시지를 보았다. 클라라가 보낸 메시지.

'방금 전 퇴근해 집에 왔어. 가는 길에 들렀다 갈 수 있어?'

나는 즉시 답신을 보냈다.

'한 시간 뒤에. 별일 없지?'

'사는 게 늘 별일이지. 그냥 아빠랑 맥주 한잔하고 싶은데, 괜찮아?'

나도 모르게 빙긋 웃음이 나왔다.

엘리스가 물었다.

"좋은 일인가 봐요?"

"딸아이가 저랑 맥주를 마시고 싶다고 하네요."

엘리스는 얼굴 표정을 숨기려 고개를 돌렸다. 그래도 나는 엘리스의 눈에 담긴 슬픔을 보았다.

엘리스가 나지막이 말했다.

"브렌던 씨는 행운아시네요."

11

클라라는 에코 파크에 있는 작은 아파트에 살았다. 현대적인 주택들이 모여 있는 곳이었다. 방 세 개짜리 아파트를 다섯 명이 공동으로 사용하면서 월세 600달러를 나눠서 내고 있었다. 15년 전만 해도 에코 파크는 갱들이 수시로 전쟁을 벌이는 위험 지역이었다. 요즘은 전문직에 종사하거나 예술을 하는 젊은 이들이 공동으로 집을 임대해 살면서 월세를 나눠 내는 곳으로 변모했다.

클라라는 일 년 전 UC산타크루즈를 졸업하고 나서 에코 파크로 이사했다. 캘리포니아 주립대학 가운데 톱클래스인 UC산타크루즈를 우수한 성적으로 졸업하고 나서 복지사의 길을 택한 클라라가 자랑스러웠다. 나는 은근히 클라라가 로스쿨에 진학하길 바랐지만 내 바람을 노골적으로 털어놓지는 않았다. 아마도 슬쩍 의사를 내비치기만 해도 클라라는 펄쩍 뛰며 화를 낼 게 뻔했다. 예전에 나도 아버지를 보며 그렇게 생각했으니까. 안전하게 먹고 살아갈 수 있는 길을 선택하기 위해 원하는 걸 모두 포기하라고 종용하는 건 결코 옳지 않으니까.

클라라의 목소리가 귀에 들리는 듯했다.

'아빠, 난 그저 안전하게 먹고 살 수 있는 직업을 원하지 않아. 아빠도 그런 삶에서 도망치고 싶었다고 했잖아.'

클라라는 주관이 강해 웬만해서는 의견을 바꾸려 하지 않았다. 2년 전, 클라라는 장래에 타투 숍을 내는 게 꿈인 '예술가 바이커'를 만났다. 나는 보자마자 나쁜 놈이라는 인상을 받았다. 클라라는 그 녀석에게 단단히 빠져있는 눈치였다. 아그네스카는 녀석을 만나보고 나서 클라라에게 남자 보는 눈이 없다며 당장 헤어지라고 호통을 쳤다. 엄마가 반대하자 클라라는 더욱 열렬히 녀석을 옹호했다. 그 후로도 8개월 동안 녀석과 어울려 다녔다. 그러다가 녀석이 몰래 바람피우는 걸 알게되었다. 녀석의 한심한 짓이 오히려 나에게는 고마울 지경이었다. 그 일이 있은 이후 클라라는 녀석에 대한 감정을 깨끗이 정리했으니까.

나는 아그네스카에게 말했다.

"그러게 내가 뭐랬어? 그냥 지켜보고 있으면 클라라가 알아서 잘 정리할 거라고 했잖아. 그 아이 앞에서 뭔가 하지 말라고 반대하면 오히려 역효과를 내게 되니까 조심해."

아그네스카는 자신이 반대하던 일이 잘못될 경우 '내가 뭐랬어?' 같은 말을 질리도록 해대는 사람이었다. 클라라는 현명하고 성숙한 자세로 녀석을 정리했고, 나는 무엇보다 그런 태도를 보고 안심했다. 클라라가 롤러코스터 같은 사춘기를 보낸 끝에 지극히 이성적이고 중심이 확고하게 잡힌 사람이 되었다는 뜻이니까.

여전히 클라라에 대해 우려스러운 점이 있었다. 몇 달 전, 클라라는 자신이 일하는 여성 쉼터에 안전상 문제가 있다고 털어놓았다. 뒷문을 지키는 보안요원이 화장실에 가느라 잠시 자리를 비운 순간 쉼터로 난입한 사람이 있었다. 쉼터에서 보호하고 있는 여성의 남편이었다. 대단히 폭력적인 남자로 권총을 휘두르며 쉼터 직원들을 죽이겠다고 협박했다. 다행히 정문에 있던 보안요원이 달려와 가까스로 남자를 제압했다.

클라라는 나를 안심시키기 위해 말했다.

"그 사건이 발생한 뒤로 보안을 한층 더 강화했어."

나는 그 이야기를 들은 이후 도저히 안심할 수 없었다.

"여성을 학대하는 남자들이 쉼터를 적대적으로 보고 있어. 우리가 자기 여자를 빼앗았다고 생각하는 거야. 그런 자들일수록 약한 여자에게 수시로 폭력을 일삼으면서 자기가 폭력적이라는 사실을 결코 인정하지 않으려고 하지."

클라라의 집 앞에 차를 세울 때 그 말이 떠올랐다.

클라라와 나는 언제나 같은 편이었고, 어려움이 있으면 늘 서로 도왔다. 서로 떨어져 살기 시작하면서 각자 생활하는 동안 벌어진 모든 일을 일일이 다 말해줄 수는 없었다. 우린 서로 각자의 생활을 존중해야 하니까. 딸이 어떻게 생활하는지 알지 못한다는 건 사실 아빠에게는 매우 답답한 일이 아닐 수 없었다. 그렇다고 늘 잘 살고 있는지 꼬치꼬치 캐물을 수도 없었다. 나 자신도 클라라에게 일일이 모든 걸 다 털어놓을 수는 없었다. 지난주에 밴나이즈에서 겪은 일에 대해서도 말하지 않기로 했다. 말하지 않는 게 좋겠다는 생각이 들었으니까. 숨기고 싶었기 때문은 아니었다. 내가 보인 행동을 클라라는 결코 긍정적으로 받아들이지 않을 것이다. 게다가 제 엄마와 통화할 때 그 이야기를 하면 곤란했다. 클라라는 일주일에 적어도 한 번씩 제 엄마와 통화했다. 클라라에게 밴나이즈에서 벌어진 일에 대해 이야기하고, 제 엄마에게는 비밀로 하자고 해도 부지불식간에 입에서 흘러나올 수도 있는 위험이 있었다. 클라라가 제 엄마와 입장 차이로 말다툼을 벌일 때마다 자신의 종교관과 정치관에 반하는 사례들을 모두 꺼내 무기로 사용하는 경우가 많았으니까. 내가 은연중 휘말린 일이 싸움의 소재가 되는 걸 바라지 않았다.

클라라의 아파트 건물에는 높은 콘크리트 담장이 있었다. 나는 담장 앞에 차를 세우고 나서 클라라에게 문자를 보냈다.

'도착.'

클라라의 문자.

'나갈게.'

일분 뒤 문이 열렸다. 클라라의 집에서 음악 소리가 흘러나왔다. 클라라는 2주 전에 만났을 때보다 살이 약간 더 빠져보였다. IPA 맥주를 양손에 든 클라라가 얼굴 가득 미소를 지으며 나를 껴안았다.

"아빠! 발코니에 나가 맥주를 마실까?"

"그래, 그게 좋겠네."

"헤비메탈 음악 소리랑 마리화나 냄새도 괜찮지?"

나는 클라라를 따라 가며 말했다.

"이제 마리화나는 캘리포니아에서도 불법이 아니잖아. 넌 법적 성인이 된 지 3년이나 지났으니까 원하는 대로 해. 다만 술에 취해 운전하는 건 절대로 안 돼."

"내가 술 마시고 운전할까 봐 걱정돼?"

발코니에 낡은 탁자와 찌그러진 철제 의자 두 개가 놓여 있었다. 꽁초가 가득 쌓인 재떨이에 빈 맥주병 두 개가 나뒹굴고 있었고, 집 안에서는 헤비메탈 음악이 쾅쾅거리며 울렸다. 거실에 제법 많은 사람이 모여 있는 듯했다. 지난번에 왔을 때 보니 거실에 가구는 별로 없고 바닥에 매트리스만 깔려 있었다.

나는 클라라가 내미는 맥주를 받으며 담배 한 개비를 건넸다.

"엄마가 이 모습을 보았다면 뭐라고 했을까? 아빠는 나에게 발암 물질을 주고, 나는 운전하는 아빠에게 맥주를 주었잖아."

"그저 딱 한 병만 마실 텐데 뭐."

웨스트우드에서 아주 맛있는 레드 와인을 한 잔 마신 지 90분이 지나있었다. 맥주를 한 병 이상 마시지 않는다면 그리 걱정할 건 없었다.

"엄마는 우리가 죄를 짓길 고대하잖아. 우리가 죄를 지어야 엄마는 잔소리를 해줄 기회를 잡게 되니까."

"술, 담배, 마리화나가 죄는 아니지."

"엄마 눈에는 세상 사람들 모두가 타락한 것으로 보일 거야."

"만약 정말 그렇다면 네 엄마의 불행이지."

"아빠는 그런 엄마를 견뎌야 하고."

"거기까지 가지는 말자."

"엄마는 내가 무슨 일을 하든지 무조건 반대부터 해. 내가 아주 어릴 때부터 그랬어. 왜 그러는지 이유를 알아. 나를 보면 죽은 아들이 생각나기 때문이야. 엄마는 죽은 아들을 잊을 수 없나 봐. 나 같은 딸은 애초에 바란 적도 없다고 한 적도 있어."

"그렇게 말하면 안 돼. 그럴 리 없잖아."

"아니야, 분명한 사실이야. 슬픈 일이지만 엄마에게 나는 늘 그런 존재야. 죽은 아이를 잊기 위해 낳은 대용품 같은 존재. 엄마는 단 한 번도 나를 따뜻하게 대한 적이 없었어."

"네 엄마의 심리는 그것보다는 조금 더 복잡해. 너도 자식을 낳아보면 알겠지만……."

"난 애를 낳지 않을 거야."

"넌 어렸을 때부터 그 말을 자주 했지? 그래, 좋아. 다만 어쩌다가 자식이 생겼다고 치자. 그러면……."

"아빠, 그럴 일은 없어. 절대로."

"그래, 알았어. 널 설득하려는 게 아니야. 어쨌든 자식이 생기면 걱정이 끊이지 않아. 그걸 말하고 싶었어."

"제대로 된 부모라면 그렇겠지. 엄마는 아니야."

"네 엄마도 널 사랑해. 물론 자기 방식대로이긴 해도."

"말도 안 돼."

"그나저나 요즘 하는 일은 어떠니?"

"주정부에서 예산을 삭감하는 바람에 쉼터 재정이 빠듯해졌어. 늘 내 걱정이 많은 아빠에게 걱정을 보태고 싶지는 않지만 상황이 별로 안 좋아. 지난달에 소장이 그랬어. 내가 마지막으로 들어온 직원이니 감원이 필요한 경우 최우선적인 고려 대상이 될 거라고."

일자리를 구하기 힘든 때라 클라라의 말을 들으니 걱정스러웠다.

클라라는 쉼터 일을 좋아하는데…….

"괜찮은 소식도 있어. 패트릭 켈러허가 누군지 알지?"

"로스앤젤레스에서 패트릭 켈러허를 모르는 사람은 없겠지."

패트릭 켈러허는 돈 많은 사람들이 많다는 로스앤젤레스에서도 최고의 부자였다. 독실한 가톨릭 신자로 보수 성향 사회에서 상당한 영향력을 행사하는 인물이기도 했다. 〈앤젤스 어스시트〉도 패트릭 켈러허가 지원금을 대고 있었다. 월스트리트에서 뮤추얼펀드 회사를 운영하던 그는 20년 전 30대 후반의 나이에 사업체를 로스앤젤레스로 옮겼다.

나는 켈러허에 대해 제법 많이 알고 있었다. 〈앤젤스 어시스트〉를 후원하고 있어 구글에서 자료를 검색해 자세히 알아본 적이 있기 때문이었다. 켈러허는 로스앤젤레스에 처음 왔을 당시만 해도 자산이 5천만 달러에 불과했는데 20년 동안 사업이 번창하면서 6억5천만 달러를 보유한 자산가가 되었다. 월스트리트에서 보낸 젊은 시절에는 모델이나 배우들과 데이트하며 숱한 화제를 뿌렸다. 아일랜드 이민 가족 출신으로 그다지 유복하지 않은 가정에서 자랐지만 큰돈을 번 이후 사치스러운 생활을 하는 것으로 유명했다.

아일랜드 이민 출신인 켈러허의 집안 환경은 나와 별반 다르지 않았다. 다른 점이 있다면 사우스보스턴 출신으로 아버지가 소방관이었던 것뿐이다. 그 역시 나처럼 독실한 가톨릭 가정에서 자랐다. 젊은 시절에 데이트를 즐긴 여자들이 많았지만 결혼은 하지 않고 지내다가 2010년에 셰릴 챈들러와 결혼했다. 셰릴 챈들러는 그 당시 할리우드에서 손꼽는 여배우였다. 주로 로맨틱코미디 영화에 출연했고, 언제나 아름답고 매력적인 여성 역할을 맡아서인지 남자 팬들이 유난히 많았다. 결혼 당시 셰릴 챈들러는 25세였고, 켈러허는 50세였다. 결혼한 지 일 년 만에 아이를 가졌지만 두 사람은 곧 이혼하며 임신 중절을 한 사실이 널리 보도되었다.

챈들러는 이혼 직후 켈러허가 자신에게 가한 신체적 감정적 학대가 이혼 사유였다고 주장했다. 그 반면 켈러허는 챈들러의 외도가 직접적인 이혼 사유였다고 주장했다. 켈러허는 챈들러 와 두 편의 영화에서 호흡을 맞췄던 동료 배우 제이슨 미스를 불륜 상대로 지목했다.

켈러허는 제이슨 미스를 '그다지 비범하지 않은 왕자 역으로 두 번이나 성공을 거둔 남자'라며 비아냥거렸다. 챈들러가 바람을 피 우다가 발각되자 친자 검사를 회피하려고 고의적으로 아이를 임 신 중절했다는 주장을 펴기도 했다. 아이 아빠가 켈러허인지 제이슨 미스인지 확인할 수 없도록 미리 지웠다는 주장이었다.

챈들러는 가당치않은 모함이라고 반박했다. 제이슨 미스도 챈들러와 불륜을 저지르지 않았다고 주장했다. 사실 여부와 상관없이 챈들러는 동료 배우와의 불륜설이 널리 퍼지면서 인 기가 바닥으로 곤두박질쳤다. 챈들러는 이혼할 당시 위자료로 1천만 달러를 받았는데 켈러허의 자산에 대비해보면 교통 위반

범칙금 수준에 불과했다.

챈들러의 불륜 사건이 언론에 떠들썩하게 보도된 이후 2년이 지나고 나서 챈들러는 제이슨 미스와 함께 차를 타고 가다가 교통사고로 사망했다. 그 당시 두 사람은 차를 타고 라스베이거스로 가고 있었다. 챈들러는 라스베이거스에서 저예산 독립영화를 찍을 생각이었다. 황색저널리즘과 텔레비전 연예뉴스에서 사생활이 낱낱이 까발려진 이후 처음으로 다시 연기에 도전하기 위해 가는 길이었다.

챈들러와 제이슨 미스가 탑승했던 포르셰는 고속도로에서 시속 148킬로미터로 달리던 중 타이어에 펑크가 났다. 오가는 차량이 드문 사막 지역의 고속도로에서 포르셰는 세 번 구르고 난 뒤 폭발하며 불길에 휩싸였다. 경찰은 두 사람이 사고 직후 현장에서 사망했다고 발표했다. 미국의 모든 매스컴이 두 사람의 죽음을 앞 다투어 보도했다.

켈러허는 언론과 인터뷰에서 챈들러를 사랑했고 이혼 당시 크게 상심했다고 털어놓았다. 이혼한 이후 챈들러를 둘러싸고 퍼진 온갖 추문들은 매스컴이 저지른 마녀사냥의 결과이며 자신과는 무관하다는 주장을 펴기도 했다.

인터뷰를 본 사람들은 켈러허가 챈들러의 죽음을 진심으로 슬퍼하는 줄 알았지만 고인의 친구들과 팬들의 생각은 달랐다. 켈러허가 은밀히 살인을 사주했을 거라고 주장하는 사람들도 있었다.

경찰은 조사 결과 단순 교통사고로 결론지었다. 챈들러의 변호사는 켈러허가 경찰에 뇌물을 먹여 진상을 은폐했다고 주장했다. 언론은 켈러허의 편이었다. 머독 소유인《폭스》와《월스트리트 저널》은 제이슨 미스가 평소 마약을 상용했던 점, 챈들러가 범칙금을 자주 낼 만큼 난폭 운전을 즐겨 해온 점을 부각시키며 켈러허의 주장을 옹호했다. 챈들러와 제이슨 미스가 침대에 나란히 누워있는 노골적인 사진도 게재했다.

챈들러의 죽음에 대해 켈러허는 지속적인 연민을 표했다. 그는 챈들러의 모교인 칼아트대학의 연기 전공 학생, 특히 성소수자에게 장학금을 지급하는 재단을 설립했다. 캘리포니아 주의 '마약 퇴치와 안전 운전' 교육 프로그램에 2천만 달러를 기부하기도 했다. 클라라의 말에 따르면 그 교육 프로그램은 '코카인에 취해 포르셰를 안전 속도 이상으로 몰 수 있는 사람'을 위해 마련되었다고 했다.

켈러허는 여러 매체와의 인터뷰에서 공공연히 챈들러의 비극적인 죽음 이후 가톨릭 신자로서 믿음을 되찾게 되었다고 털어놓았다. 그는 가톨릭 급식 프로그램, 제3세계 교육 프로그램에 거액을 기부했다. 그가 최근에 가장 큰 역점을 두고 있는 프로젝트가 바로 〈앤젤스 어시스트〉였다. 토더 신부는 재빨리 켈러허의 대변자가 되었다. 켈러허의 대중적인 이미지는 인정이 많으면서도 이성적인 사람이었다. 임신 중절을 잔인한 살인이라고 주장해온 토더 신부의 색깔과 켈러허의 대중적 이미지는 잘 어울렸다.

클라라가 말했다.

"2주쯤 전에 소장이 말하길 쉼터에 중요한 손님이 온다는 거야. 그 손님이 누구인지는 말해주지 않으면서 거액을 기부할수도 있는 인물이라고 하더군. 몇 시간 뒤 쉼터에 나타난 사람은 다름 아닌 켈러허였어. 비서와 경호원을 대동하고 나타난 켈러허의 옆에는 레이첼 란치니가 동행하고 있었지. 란치니는 쉼터의 공동 설립자이고, 그동안 켈러허에 대해 미국 여성 인권의 가장 큰 적이라고 여러 번 말한 적이 있을 만큼 싫어했었어. 란치니가 과거 발언이 무색해지도록 켈러허를 데려와 쉼터를 안내하고, 질문에 친절하게 대답하고, 쉼터 일이 얼마나 중요한지 차분하게 설명하고 있는 모습을 생각해 봐. 더욱 이상한 일은 켈러허가 쉼터에 대해 진지한 관심을 보이면서 연신 고개를 끄덕이고 있었다는 거야. 그동안 나는 그 미치광이 광신도 괴물이 여자들을 두려워하는지 알았어. 그게 아니라면 도대체 왜 여자들의 자기결정권을 필사적으로 막아서는지 이해할 수 없었으니까. 실제로 만나본 결과 켈러허는 매우 똑똑하고 말을 능수능란하게 잘한다는 걸 알게 되었지. 그 나이에 몸도 잘 관리하고 있었고, 옷도 정말 맵시 있게 입었더군. 더욱 수상한 건 소장이 쉼터 직원들을 소개할 때 켈러허가 나를 보는 눈빛이 달랐다는 거야."

이런 세상에!

클라라는 내 마음을 금세 알아챘다.

"걱정하지 마, 아빠. 그렇다고 내가 당장 켈러허에게 간택된 후궁이 된 건 아니니까. 나는 켈러허의 취향보다 나이가 많아. 그 작자에게 여자 나이 스물넷은 이미 늙은 나이야. 어쨌든 쉼터 직원들 가운데 한 사람을 선택해 궁금한 걸 물어볼 생각이었나 봐. 그가 쉼터에 대해 뭔가 묻기 위해 직원들 가운데 나를 선택한 것뿐이야."

당연하지. 넌 똑똑하고 예쁘니까.

"켈러허가 무슨 질문을 했어?"

"가정 폭력을 당한 여자들이 직접 쉼터로 찾아오는지, 아니면 전화를 받은 우리가 그 집으로 경찰을 보내는지 물었어. 그다음 질문은 남편에게 폭력을 당하고도 남편 곁으로 돌아가고 싶어 하는 여자들이 있을 경우 어떻게 처리하는지 묻더군. 내가 질문에 대답해주고 나자 켈러허는 나랑 점심식사를 하면서 이야기를 더 듣고 싶은데 적당한 날을 잡아 보라고 했어. 게다가 쉼터 대변인을 찾고 있었는데 적당한 사람을 찾은 것 같다며 명함을 달라고 하기에 건네주었지. 쉼터 직원들은 누구나다 명함을 소지하고 다녀. 피해 여성들에게 연락처를 줘야 하니까. 나는 소장과 함께 만나는 조건이라면 얼마든지 좋다고 했어. 소장은 나이가 50대인 데다 매우 엄격한 성격이야. 켈러허는 내 명함을 주머니에 넣더니 나중에 연락하겠다고 했어. 언뜻 표정을 보니 단둘이 만나 점심을 먹는 게 아니라면 굳이 만날 일이 없다는 듯이 보이더군. 내 생각이 맞았나 봐. 그 뒤로 켈러허로부터 만나자는 연락을 받지 못했으니까. 정말 다행이지 뭐야. 만약 켈러허가 나에게 점심식사를 같이하자고 했다면 거절할 수 없었을 거야. 쉼터 형편이 어려워 재정적으로 이득이 되는 일이라면 마다할 수 없었으니까. 어쨌든 닷새 전에 란치니가 쉼터에 와서 직원회의를 소집했어. 전날, 쉼터 운영위원회랑 켈러허 쪽 사람들이 만나 화동을 했대. 그 결과 켈러허가 쉼터에 매년 200만 달러를 기부하기로 약속했다는 거야. 게다가 2년 안에 로스앤젤레스에 서너 개의 쉼터를 더 만들고, 캘리포니아 주 전체로 사업을 확장시켜 나갈 계획을 세웠다고 하더군."

나는 맥주병을 들어 클라라의 병에 부딪치며 말했다.

"그럼 인원 감축 걱정은 없겠네?"

클라라가 담배에 불을 붙이며 말했다.

"그럴지도 모르지."

"그럼에도 별로 기쁜 것 같지 않네?"

"켈러허는 여배우 챈들러와 결혼 생활을 할 때 무자비한 폭력을 휘둘렀다는 소문이 파다했던 인물이야. 챈들러는 그와 이혼한 이후 배우 생활이 끝장났지. 켈러허가 전처를 끝장내기 위해 불륜을 저질렀다는 악의적 소문을 퍼뜨린 게 분명해."

"챈들러가 켈러허와 부부 사이일 때 제이슨 미스와 찍은 누드 사진이 신문에 실렸던 게 컸어. 그 후에 챈들러가 임신 중절한 사실도 공개되었지."

"임신 중절은 당사자의 권리야."

"나도 임신 중절을 인정해야 한다고 생각하지만 엄연히 남편이 있다면 상의해서 결정해야 하지 않을까?"

"임신 중절 문제를 왜 남편과 상의해서 결정해야 하지?"

"켈러허의 아이라면 당연히 상의해야지."

"그게 무슨 상관이야. 임신한 당사자는 챈들러야. 임신 상태를 계속 유지할지 아니면 임신 중절할지 결정할 권리는 오로지 챈들러에게 있어. 아빠도 임신한 여자들을 꼬드겨 아이를 낳게 하고, 아이가 태어나자마자 입양 보내는 〈앤젤스 어시스트〉가 누구 돈으로 운영되는지 잘 알 거야. 켈러허의 돈으로 운영되고 있어. 엄마랑 사이코 같은 테레사는 켈러허가 제공한 프로그램을 통해 젊은 여자들을 씨받이로 만들고 있어. 갓난아기를 입양이라는 명목 아래 부유한 가톨릭 가정에 팔아넘기는 짓이야. 〈앤젤스 어시스트〉 입양 목록에 이름을 올리려면 최소한 2만 달러를 기부금 명목으로 내야 해. 아이를 낳은 엄마들은 어떻게 되는지 알아? 아이를 출산하고 나서 며칠 안 돼 길거리로 쫓겨나."

"넌 그런 걸 어떻게 다 알았어?"

"켈러허가 쉼터를 인수하려는 계획을 알고 나서 나름 치밀하게 조사해봤어."

"인수가 아니라 기부금을 내려는 게 아닌가? 켈러허가 기부를 하면 넌 일자리를 잃게 될 걱정을 하지 않아도 되고."

"켈러허가 쉼터에 돈을 기부하려는 이유가 뭐라고 생각해? 그 작자는 기독교를 믿는 백인이 아니면 절대로 미국 시민으로 인정하지 않는 극우 보수주의자야. 그가 성소수자이면서 연기를 전공하는 학생을 위해 장학재단을 만든 것도 같은 이유야. 그가 설립한 장학재단 명칭이 챈들러야. 그가 끈질기게 괴롭히다가 죽음으로 내몬 전처 이름이지. 챈들러가 켈러허를 처음 만났을 때 나이는 열여덟 살이었어. 이 나라에서 열여덟 살은 성인이니까 불법은 아니지. 다만 어느 면으로 보든지 둘 사이는 수평적이지 않은 관계야. 그 빌어먹을 작자는 지금도 어린 여자들을 데리고 자. 다만 그 사실을 숨기고 있을 뿐이지. 그가 설립한 재단에서 지급되는 장학금은 성소수자들에게 수여되지만 켈러허는 동성애는 하나님의 뜻에 어긋난다고 공공연히 말하고 다닌 적이 있어. 켈러허가 입양 기금 조성을 위해 마련한 만찬에 참석해 타 인종 간 결혼을 이해할 수 없다고 말한 적도 있지. 나중에 어느 기자가 그런 발언을 한 적이 있는지 묻자 펄쩍 뛰며 아니라고 잡아떼기는 했지만 틀림없이 그런 말을 한 것으로 보여."

"켈러허가 나중에 자기 생각이 잘못된 걸 깨닫고 바꿨을 수도 있지 않을까?"

"어휴, 아빠. 켈러허는 마음속으로는 경멸하면서 착한 척 돕는 시늉을 하는 거야. 그런 태도를 보이면 사회를 변화시키려는 사람들이 접근을 못하게 되니까. 일부러 그런 식으로 훼방을 놓는 거라고 볼 수 있지. 켈러허는 가정 폭력을 휘둘렀다는 의혹을 받고 있는 사람이야. 그런 사람이 왜 가정 폭력으로 피해를 입은 여성들을 위한 쉼터에 돈을 대려고 할까? 본질과는 상관없이 켈러허 자신은 여성 인권을 위해 애쓰는 사람이라고 포장하고 싶어 하는 거야. 기부금을 내면서 쉼터에서 영향력을 발휘하려는 속셈도 있겠지."

"켈러허가 노리는 영향력이 과연 뭘까? 여자를 때린 남자를 억지로라도 용서하게 해주자는 주장을 펼까?"

"켈러허는 틀림없이 몇 달 안에 쉼터에 자기 측근을 투입시켜 '경영 구조'를 개편하려고 할 거야. 너그러운 마음으로 통 큰 기부를 하는 척하면서 적대적 인수를 하는 셈이지. 켈러허는 매스컴을 제멋대로 움직일 수 있는 인물이야. 매스컴들이 앞 다투어 켈러허의 기부 사실을 보도하며 '여성의 보호자!'로 추켜세울 거야. 켈러허는 전처의 배우 생활을 망치게 한 것으로도 모자라 사고로 위장해 죽이기까지 한 악당이야. 그런 짓을 저질러놓고도 뻔뻔하게 전처 이름으로 장학재단을 만들었지."

"켈러허가 챈들러를 폭행하거나 죽였다는 직접적인 증거는 없잖아."

"아빠, 증거가 없지만 정황상 켈러허가 죽인 게 확실해. 아빠는 왜 켈러허를 변호해? 그놈 때문에 엄마까지 나쁜 짓을 하고 있다는 걸 잘 알면서."

"켈러허가 기부한 돈 덕분에 네가 일자리를 지킬 수 있다면 다행이 아닐까 생각해봤을 뿐이야. 아무튼 나 역시 켈러허의 이중적인 태도와 기만적인 처신에 대해서는 잘 알고 있어. 토더 신부가 켈러허와 작당해 나쁜 짓을 꾸미고 있다는 것도 알아."

"그 토할 것 같은 토더 신부는 켈러허를 위해서라면 간 쓸개를 다 빼줄 사람이야. 켈러허가 성공의 발판이 되어주고 있으니까. 마르지 않는 돈줄이기도 하고."

"아무튼 주정부가 예산을 깎아 가뜩이나 쉼터의 운영이 힘들어지고 있는데 켈러허의 기부가 반갑지 않아?"

"미국 사회의 심각한 폐단이야. 원래는 국가가 책임져야 할 일인데 부자들에게 구걸하게 만들잖아. 국가의 세금이 국방비나 치안 유지를 위해서만 필요하다고 생각하는 건 구시대적 발상이야. 게다가 진짜 부자들의 세금은 팍팍 깎아주고 있으니 말해 뭐하겠어."

잠시 침묵을 지키다가 내가 말했다.

"맥주 한 병 더 있어?"

클라라가 웃으며 말했다.

"이제 그만 떠들고 맥주나 마시라는 뜻이야?"

나도 웃으며 말했다.

"그냥 맥주를 더 마시고 싶다는 뜻일 수도 있잖아."

클라라가 탁자 아래에서 맥주병을 하나 집어 들더니 나에게 건네주었다.

"내가 지금 이 맥주를 마시면 넌 나랑 한 시간가량 더 같이 있어야 해. 내 몸에서 알코올을 분해하고 다시 운전하려면 적어도 한 시간 이상이 걸리니까."

클라라가 맥주병을 들어 건배를 청하며 말했다.

"한 시간은 견딜 수 있을 것 같아. 그보다는 아빠가 나랑 있는 걸 견딜 수 있을지 의문이야."

"담배를 피울 수 있다면 문제없어."

"담배라면 얼마든지 피워도 돼. 그 대신 나도 한 개비 줘. 제발 나에게 사귀는 사람이 있는지 물어보지는 마. 엄마는 수시로 물어봐서 질색이니까."

"요즘도 엄마랑 가끔 통화해?"

나도 모르게 지나치게 반가울 때 하는 말투가 나왔다.

"지난주에 통화했어. 엄마가 내 방에 있는 옷들을 기부해도 되는지 물어보더군."

"네 엄마는 정말 왜 그런다니? 굳이 옷을 기부할 필요가 뭐 있어? 네 옷을 왜 자꾸 없애려고 하지?"

"오래된 옷이라 다시 입을 일은 없을 것 같으니까 그냥 기부할까 봐. 사실 엄마는 나에게 말을 붙이고 싶어 기부 핑계를 대며 전화했을지도 모르지. 거기까지는 괜찮았는데 나에게 노처녀가 될까 봐 걱정이라며 남자를 소개시켜 주겠다는 거야. 〈앤젤스 어시스트〉에서 함께 일하는 남자가 있다나 뭐라나. 이름이 척인데 정말 괜찮은 젊은이래. 아무튼 나랑 잘 맞을 거라나. 정말 엄마 때문에 미치겠어. 딸에 대해 그렇게 모르나?"

"너랑 잘 맞다니, 뭐가? 말도 안 되는 소리."

클라라가 깔깔 웃으며 내 팔을 툭 쳤다.

"그렇잖아도 내가 화를 벌컥 내면서 그런 얘길 하려면 전화 끊으라고 소리를 뺙 질렀어."

"이름이 정말 척이래?"

"그런가 봐. 임신 중절에 반대하는 처키인가 봐. 엄마는 늘 환상 속에 빠져 살고 있어. 엄마의 환상 속에서 나는 성당에 잘 다니고, 엄마의 마음에 드는 남자를 만나 손자를 품에 안겨 주는 딸이겠지. 그야말로 완벽한 딸. 엄마는 그런 환상이 결코 현실이 될 수 없다는 걸 잘 알면서도 포기를 몰라."

"내가 알기로 네 엄마의 진실은 네가 알고 있는 것보다 좀 더 복잡하고 슬퍼. 네 엄마는 너랑 어떻게 대화해야 하는지 아예 방법을 모르는 것 같아. 네 엄마는 네가 옹호하는 가치들에 반대하는 입장이야. 네 엄마는 가치관의 차이 때문에 딸과 멀어질까 봐 두려워하고 있지."

"내가 왜 그런 가치관을 갖게 되었는지 따져보기 싫으니까 나랑 거리를 두는 것인지도 몰라. 이미 전에도 말했지만 엄마는 나를 볼 때마다 죽은 아들을 떠올려. 첫째가 죽지 않았다면 내가 과연 세상에 태어나기나 했을지 의문이야."

"그런 생각을 왜 해. 나에게는 네가 전부야."

클라라가 내 어깨를 쓰다듬었다.

"아빠는 내 삶에 큰 힘이 되고 있지. 엄마는…… 엄마의 신앙과 신념에 충실하며 세상을 살아가고 있어. 아니, 세상을 제대로 바라볼 용기가 없어 눈을 감아버리고 있는지도 몰라. 엄마랑 단둘이 있을 때면 나 역시 무슨 말을 어떻게 해야 할지 모르겠어."

나는 다시 담배에 불을 붙였다.

"무슨 말을 해야 할지 모르겠다고? 하긴 우린 모두 그런 생각을 하며 하루하루를 보내지."

12

맥주 한 병을 더 마시고 나서 클라라와 두 시간을 더 있었다. 우리의 대화는 끝없이 이어졌다. 클라라가 아침 9시까지 출근해야 하기 때문에 새벽 1시를 넘기지 않고 헤어졌다.

나는 자리에서 일어서면서 말했다.

"너무 늦게까지 시간을 빼앗아서 미안해."

"나는 뱀파이어 과라서 잠을 별로 안 자. 밤늦게까지 이야기를 나눌 수 있는 아빠가 옆에 있어서 좋았어."

45분 뒤에 집에 도착했다. 차를 대면서 집 안을 보니 주방에 불이 켜져 있었다. 현관문을 열고 집 안으로 들어가니 아그네스카가 식탁에 앉아 김이 모락모락 나는 찻잔을 양손으로 감싸고 있었다.

내가 주방으로 들어서자 아그네스카가 말했다.

"잠이 오지 않아 뭘 좀 마실까 해서 나왔어. 그동안 별일 없었어?"

"나야 매일 똑같지 뭐. 오늘은 클라라와 몇 시간 같이 있다가 왔어."

아그네스카의 얼굴이 갑자기 겁먹은 표정으로 바뀌었다.

"왜? 클라라에게 무슨 일 있어?"

"아니, 특별한 일은 없어. 그냥 만나서 이런저런 이야기를 나누었을 뿐이야."

"클라라에게 나쁜 일이 생겼지? 그렇지?"

나는 아내의 손등을 살며시 어루만졌다.

"클라라에게 나쁜 일이 생겼을까 봐 지레 걱정하는 사람이 나밖에 없는 줄 알았는데 당신도 그러네? 클라라는 아무 일 없이 잘 지내고 있으니까 걱정하지 마. 그냥 나랑 맥주 한잔 마시면서 이야기를 나누고 싶었대."

아그네스카의 얼굴이 표나게 굳어졌다.

"클라라가 나한테는 단 한 번도 같이 맥주를 마시자고 한 적이 없어."

"당신이 먼저 클라라에게 마시자고 하면 되잖아."

"클라라는 나를 미워해."

"그럴 리 없잖아. 서로 의견이 확연히 갈리는 얘기를 꺼내지 않도록 조심하면 돼."

"클라라는 하나뿐인 내 딸인데 내 관점을 아예 받아들이려고 하지 않아."

타인의 생각을 무시하고 자기 의견만 옳다고 고집을 부리는 점에 있어서는 아그네스카와 견줄 만한 사람이 없었다. 밤이 늦었고, 나는 피곤했다. 아그네스카와 말싸움을 벌여 봐야 아무런 소득이 없다는 걸 잘 알고 있었다. 클라라와 모처럼 즐거운 시간을 보내고 왔는데 음울한 기분으로 하루를 마무리하긴 싫었다.

나는 얼른 자리를 끝내려고 말을 돌렸다.

"차 한 잔 더 마실래?"

아그네스카가 고개를 가로저었다.

"난 됐어. 고마워. 한 가지 좋은 소식이 있어."

"뭔데?"

"토더 신부님이 로스앤젤레스 남중부에 〈앤젤스 어시스트〉 지점을 열기로 했는데 나에게 매니저를 맡으래. 내가 행정 업무를 책임지고 관장해야 하고, 지역 사회에서 〈앤젤스 어시스트〉의 영향력을 키워야 해. 매니저를 맡으면 급여도 받게 될 거야."

"정말 좋은 소식이네."

나는 그렇게 말하면서 마음속으로 생각했다.

'클라라가 이 말을 들었다면 어떻게 생각할까? 지역 사회에서 〈앤젤스 어시스트〉의 영향력을 키워야 한다는 말을 들으면 더욱 화가 나겠지? 켈러허의 경영 팀이 클라라가 일하는 쉼터도 곧 장악하려 들겠지?'

"주급으로 400달러를 받게 될 거야. 그리 많은 돈은 아니지만 자잘한 공과금 정도는 내가 번 돈으로 충당할 수 있어. 게다가 내가 좋아서 하는 일이잖아. 선행을 베풀면서 돈을 벌 수 있으니 좋은 일 아닌가?"

"그래, 좋은 일이야."

그 일이 과연 '선행'인지는 의심스러웠지만 마음에 드는 일을 하면서 돈을 번다는 건 그리 쉽게 주어지는 기회가 아니긴 했다.

나는 침대에 누워 다섯 시간을 잤지만 피로가 풀리지 않아 하루 쉬기로 했다. 오후에 엘리스가 보낸 문자메시지가 왔다.

'내일 2시 30분까지 올 수 있어요? 내일 여섯 시간쯤 저를 데리고 다녀야 하는데 가능한지 연락바랍니다.'

나는 즉시 답신을 보냈다.

'네, 가능합니다.'

다음 날, 약속 시간 10분 전에 웨스트우드에 있는 엘리스의 아파트 앞에 도착했다. 엘리스는 벌써 길에 나와 기다리고 있었다. 차에 오른 엘리스는 오늘 따라 무척이나 긴장한 표정이었다. 가벼운 인사를 나누고 목적지 주소를 받아 GPS에 입력한 다음 내가 물었다.

"안 좋은 일이 있습니까?"

"걱정스러운 상황에 빠진 여자가 있어요. 오늘 아침에 지금 데리러가는 여자와 통화했는데 상황이 심각해요. 그 여자가 차에 타 무슨 말을 하더라도 못 들은 척 넘기셔야 해요."

"네, 저는 아무것도 못 들은 것으로 하겠습니다."

"나중에 차츰 무슨 일인지 아시게 될 거예요."

"침묵 서약을 한 신부처럼 입을 꾹 다물겠습니다."

엘리스가 말했다.

"괜찮다면 음악을 틀어 주세요."

나는 라디오를 틀었다. 우울한 느낌의 현악기 연주가 차 안을 가득 채웠다.

엘리스가 말했다.

"기분이 우울한데 라디오에서 감상적인 음악이 흘러나오네요. 우울한 느낌을 싫어하지는 않아요. 파리에서 지낼 때 겨울이 되면 하늘이 온통 잿빛으로 물들어 기분을 우울하게 했어요. 몇 달 동안 잿빛 하늘이 지속되기도 했죠. 남편을 따라 맑고 파란 하늘이 펼쳐진 로스앤젤레스에 처음 왔을 때 기분이 좋았어요. 그런데 그런 날들이 계속되다 보니까 가끔 파리의 잿빛 하늘이 그리워지기도 하더군요."

"저는 로스앤젤레스를 떠나 본 적이 없습니다."

"다른 곳에서 살아본 적이 아예 없어요?"

나는 세쿼이아에서 전신주를 오르내리며 일했던 시절의 이야기를 들려 주었다. 눈을 처음 대했을 때의 기분, 그때 내가 얼마나 자유롭다고 느꼈는지에 대해.

"저에게 파리가 있었다면 브렌던 씨에게는 세쿼이아의 나무들과 눈이 있었군요."

"날마다 전신주를 오르내리며 나무들과 눈을 보았죠."

"전신주에 올라가면 당신을 가두는 온갖 속박에서 벗어난 느낌이었겠어요."

"아버지로부터 로스앤젤레스로 돌아오라는 명령을 듣고 그 좋은 곳을 떠난 게 문제였죠."

"저는 월버의 청혼에 넘어가 로스앤젤레스에 온 게 문제였어요."

"명령은 아니었잖아요."

"그렇지만 그때 파리를 떠난 게 너무나 아쉬워요."

한동안 침묵이 이어졌다.

"월버가 파리에 왔을 때 3주 동안 같이 지냈어요. 그야말로 아주 뜨거운 시간이었죠. 하루는 와인을 너무 많이 마셨어요. 파리에서 와인에 취하는 건 다반사니까. 얼마나 취했던지 피임을 해야 한다는 걸 깜박했어요. 월버가 미국으로 돌아가고 나서 두 달이 지났는데 생리가 시작하지 않는 거예요. 병원에 가서 검사를 했는데 임신이라고 하더군요. 그때 제 나이 스물여섯 살이었어요. 아이를 낳을 수 없다는 생각을 하며 캘리포니아로 전화했죠. 월버에게 임신했다고 말하고, 엄마가 되기에는 아직 너무 이르다고 말했어요. 월버는 저의 선택을 존중하겠다고 하더군요. 저를 설득하려 들지도 않았죠. 그 대신 병원에 같이 가주겠다며 파리로 오겠다고 하더군요. 그 당시 월버는 로펌에서 처음으로 큰 재판을 맡고 있었어요. 인권단체에서 흑인 학생들과 백인 학생들을 따로 통학하게 만든 학교를 제소한 사건이었죠. 그때는 1975년이었고, 그런 차별이 공공연히 존재하던 시절이었어요. 물론 요즘도 여러 가지 형태의 차별이 존재하죠. 저는 윌버에게 파리에 오지 말고 재판에 전념하라고 했어요."

"결국 혼자 임신 중절 수술을 받으러 갔습니까?"

엘리스가 고개를 끄덕였다.

"너무 힘들지 않았어요?"

"그때나 지금이나 결코 기분이 괜찮은 임신 중절은 없어요. 임신 중절 수술 자체는 별 문제없이 잘 끝났죠. 생각보다 그리 아프지도 않았어요. 다만 임신 중절 수술 이후 감정을 추스르기가 힘들었어요. 아이를 지우고 나서 평생 그 어두운 경험을 안고 살아가는 게 그리 쉬운 일은 아니었죠. 내가 원했고, 그럴 만한 충분한 이유가 있다고 해도, 설령 강간으로 임신했더라도 임신 중절 수술을 받고 나면 매우 혼란스러운 감정에 휩싸이게 되죠."

"가령 어떤 생각이 들던가요?"

"상실감, 슬픔, 죄책감, 자기합리화, 광기, 외로움, 후회, 결심, 페미니즘, 두려움 따위의 감정. '내가 혹시 경솔한 선택을 한 건 아닐까?'하며 돌아보게 되는 자기 의심, '아니, 어쩔 수 없는 선택이었어.'하는 깨달음, '평생 이 기억을 짊어지고 살겠

구나.'하는 느낌들이 끊임없이 교차하더군요."

"아직도 그런 감정을 느낍니까?"

"제 딸 앨리슨과 소원해진 일, 임신 중절 수술을 받고 몇 년이 지난 뒤에도 계속 유산한 일, 앨리슨을 낳은 뒤로 다시는 임신할 수 없게 된 일이 떠오를 때마다 기분이 우울해져요. 가끔 저도 모르게 생각해요. 그 아기가 태어나 자랐다면 지금쯤 어른이 되어 있겠지? 다만 이성적으로 감정을 다스리고 있어요. '그때는 엄마가 될 준비가 전혀 안되어 있었어.'라거나 '그때는 엄마로서 마땅히 짊어져야 할 책임을 다할 수 없는 처지였어.'라고요."

"임신 중절 병원에서 봉사활동을 하시게 된 동기와도 무관하지 않겠네요? 직접 그 일을 겪었으니까."

"직접 겪은 일이지만 제가 스스로 선택하고 결정한 일이었죠. 제 몸과 제 운명을 스스로 선택한 거예요. 인생에서 중대한 선택을 하고 나서 얻게 되는 결과는 매우 복잡하죠. 학교에서 은퇴하고 나서 임신 중절 수술을 받은 여자들을 돕는 지원봉사 단체가 있다는 얘기를 들었어요. 그런 단체라면 제가 할 일이 있을 거라고 생각했죠. 제가 주로 하는 일은 친구나 가족이 없는 여성들을 돕는 거예요. 아무런 사전 정보도 없이 임신 중절 수술을 받게 된 여자들이 많아요. 저는 임신 중절 수술을 받기 전부터 옆에 함께 있어주면서 여자들이 하는 이야기를 들어줘요. 마음을 바꾸려는 사람이 있으면 굳이 임신 중절 수술을 받아야 한다고 강요하지 않아요. 임신 중절 수술을 받기 직전에 마음을 바꾼 여자들도 몇 명 있어요. 지나치게 긴장하거나 겁에 질려 있으면 복식 호흡을 하는 방법을 알려줘요. 임신 중절 수술 자체는 5분이면 끝나요. 그다음에는 동네약국에서도 쉽게 구할 수 있는 진통제를 처방 받아요. 가령 애드빌 같은 약이죠. 회복실에는 허브티와 쿠키가 있어요. 그럴 때 제가 임신 중절 수술을 받은 여자 옆에 있어 주어야 하죠. 간혹 임신 중절 수술을 받고 나서 극심한 절망에 빠지는 여자도 있어요. 얼른 옷을 입고 밖으로 나가고 싶어 하는 여자도 있죠. 화를 내는 여자, 후회하는 여자, 히스테리를 부리는 여자, 마음을 단단히 먹고 침착한 태도를 유지하는 여자들도 있어요. 여자들이 드러내 보이는 감정이나 반응은 제각기 다 달라요. 저는 매번 다른 상황에 대비해야 하죠. 가장 중요한 건 혼자가 아니라는 걸 느끼게 해주는 거예요. 저에게 연락처를 달라고 하는 여자도 있어요. 그럴 경우 휴대폰번호를 적어주고 대화 상대가 필요하면 언제든지 전화하라고 말해주죠. 가끔 상담사 같은 역할도 해요. 옆에서 아무런 말없이 묵묵히 이야기를 들어주는 친구 역할도 하고요."

잠시 정적이 이어졌고, 나는 무슨 말을 더 해야 할지 생각했다.

당장 머리에서 떠오르는 생각이 없었다.

"처음 듣는 얘기지만 나름 공감이 되었어요. 쉽지 않은 얘기를 들려 주셔서 고마워요."

엘리스가 말했다.

"왜 고맙다는 생각을 했죠?"

"저는 쉽게 들을 수 없을 만큼 내밀하고 각별한 얘기였으니까요."

"지금껏 딱 한 사람에게 들려 주었던 이야기긴 해요. 아주 친한 친구였는데 지금은 저세상 사람이 되었죠. 그러니까 그 이야기를 들은 사람은 브렌던 씨가 유일해요."

"이렇게 말해도 될지 모르겠지만 대단한 영광입니다."

"제가 브렌던 씨를 믿기 때문에 들려 줄 수 있었던 이야기죠."

우리는 프랭클린에서 조금 떨어진 로스 펠리스로 갔다. 멋진 집 앞 진입로에 아우디 Q5와 미니 쿠페가 세워져 있었다.

엘리스가 차에서 내리기 전에 말했다.

"10분쯤 걸릴 거예요. 같이 나올 여자 이름은 재키이고요.

미리 얘기하자면 말이 아주 많은 여자라고 해요. 재키가 처한 상황을 고려해보면 이해하지 못할 바는 없어요."

기다리는 동안 담배를 피우려고 차에서 내렸다. 담배에 불을 붙이고 두 모금을 깊게 빨았다. 엘리스가 들려준 말들이 머릿속에서 맴돌았다. 임신 중절은 '선택'에 관한 문제라는 걸 알게 되었다. 여성은 임신 중절에 대해 스스로 선택할 권리가 있었다.

문이 열리고 엘리스가 재키와 함께 나왔다. 재키는 길고 검은 머리에 청바지와 검정색 스웨트셔츠 차림이었다. 재키가 신고 있는 운동화, 얼굴에 착용하고 있는 선글라스는 모두 디자이너 제품이었다. 마치 재키가 스스로 할리우드에서 높은 위치에 있는 사람이라고 소리치고 있는 것 같다는 느낌이 들었다. 재키가 많이 흥분해 있다는 것도 알 수 있었다. 내 차로 걸어오는 동안 재키는 두 번이나 걸음을 멈췄다. 금방이라도 쓰러질 듯 재키의 몸이 휘청거렸다. 그럴 때마다 엘리스가 팔로 재키를 부축했다.

나는 얼른 차에 올라 《KUSC》 방송을 틀고 기다렸다.

마침내 두 여자가 차문을 열고 뒷자리에 올랐다.

재키가 옆자리의 엘리스에게 물었다.

"믿을 수 있는 분이에요?"

"내가 믿을 수 있는 분이라서 불렀어요."

"라디오 볼륨을 높여달라고 하세요."

나는 라디오 볼륨을 높이려다가 멈췄다. 내가 당장 볼륨을 높이면 이야기를 엿들었다는 뜻이 되니까. 어쩔 수 없이 엘리스가 볼륨을 높여달라고 할 때까지 기다렸다.

"라디오 볼륨을 좀 더 높일 수 있을까요?"

그 말을 듣자마자 볼륨을 살짝 높인다는 게 다이얼을 너무 많이 돌렸다.

재키가 소리쳤다.

"깜짝이야! 바보 아냐?"

엘리스가 말했다.

"재키, 그런 말을 하면 안 돼요."

재키가 나직이 말했다.

"미안해요."

나는 재빨리 볼륨을 줄였다.

엘리스가 재키에게 말했다.

"자, 이제 출발할까요?"

재키가 고개를 끄덕였다.

엘리스가 나에게 말했다.

"출발합시다."

나는 차를 출발시켰다. 목적지는 이미 알고 있었다. USC캠퍼스에서 그리 멀지 않은 곳.

"남편이라는 작자가 어제 전화했는데 부에노스아이레스에 있대요. 거기에 숨겨 놓은 여자가 있는 게 틀림없어요. 아무튼 아르헨티나 남자랑 결혼하면 절대로 안 된다니까!"

"거기에 얼마나 있다가 온대요?"

"엄마가 양로원에 있는데 가끔 면회하러 가야 한대요. 그 자식 누나가 성형외과 의사인데 너무 바빠서 엄마를 보러갈 시간이 없나 봐요. 부에노스아이레스 사람들이 성형수술을 얼마나 많이 받는지……."

"그래서 부군께서는 언제 돌아온대요?"

"빨라야 화요일쯤 될 것 같아요."

"아직 엿새 남았는데 그때까지는 몸이 다 회복될 거예요."

"그 돼지새끼가 부에노스아이레스에서 돌아와 쪼끄만 물건을 밀어 넣기 전까지 내 보지가 회복된다는……."

나도 모르게 깊은 숨을 들이쉬었다.

재키가 내 뒤통수에 대고 말했다.

"내가 한 말이 못마땅해요?"

나는 덜컥 긴장했다.

엘리스가 끼어들었다.

"재키, 운전자 분은 아무런 말씀도 하지 않았어요. 그리고 부군이 섹스를 원한다고 해도 당신이 싫으면 거부해도 돼요."

"그 돼지새끼는 내가 로스앤젤레스에서 다른 남자를 만나 바람피우는 것으로 알고 있어요. 정작 내 애인은 뉴욕에 살아요."

"당신 부군이 뉴욕에 사는 당신 애인에 대해 아무것도 몰라요?"

"물론 확실하지는 않아요. 어쨌든 그 돼지새끼는 로스앤젤레스에서만 나를 감시해요."

"뉴욕에 사는 애인은 자기가 애 아빠라는 사실을 알아요?"

"말하지 않았어요. 아예 말하지 않고 숨기려고요. 내 아들을 빼앗길 수는 없으니까."

엘리스가 말했다.

"아들 이름이 뭐예요?"

"안톤, 지난주에 열두 번째 생일이었어요."

"안톤을 지키기 위해 지금 배 속 아이를 지우려는 거예요?"

"내게는 선택의 여지가 없으니까."

"충분히 다른 선택을 할 수 있어요. 변호사를 찾아가 이혼 절차를 밟아달라고 한 다음 안톤을 데리고 집을 나와요. 안톤이 주로 엄마와 살아왔다는 걸 증명하면 양육권을 확보할 수 있어요."

"만사가 원하는 대로 쉽게 풀릴 듯이 말씀하시네요. 내가 경험한 바에 따르면 그런 문제들은 그리 쉽게 풀리지 않아요. 나는 드라마에 출연하다가 잘려서 그만두게 됐어요. 그 드라마를 끝으로 아무런 배역도 맡지 못했죠. 배우로서의 가치가 떨어진 거예요. 이제 돈도 없고, 앞으로 어떻게 살아가야 할지 모르겠어요."

"뉴욕 애인은?"

"여기에 와서 아이를 낳으라고 난리를 치면 일이 더욱 복잡해져요. 게다가 뉴욕에서 같이 살자고 하면……."

"뉴욕 애인은 아이를 낳아 키울 의향을 가지고 있어요?"

"그런 마음을 내비친 적은 있어요."

"그런 뜻을 내비친 것과 확실하게 못을 박은 건 달라요."

"누가 교수 아니랄까 봐 잘난 척하고 있네. 지금 나에게 문법을 가르치려는 거야? 좆같이?"

"내가 교수였다는 건 어떻게 알았죠?"

"뭘 어떻게 알아? 당신, 은퇴한 UCLA 교수 맞잖아? 구글로 검색하면 간단하게 알 수 있는데 새삼스럽게 왜 그래? 나도 하나 물어봅시다. 이런 일을 왜 해요? 기분이 우울해지는 일일 텐데. 타인을 위해 봉사할 수 있는 일을 찾다가 언뜻 눈에 들어와서? 이제 폐경기도 지났고, 이런 식으로나마 페미니즘을 실천하려고?"

엘리스는 냉정하고 침착한 표정으로 재키를 찬찬히 살펴보며 말했다.

"그런 말을 해서 기분이 풀리면 얼마든지 해도 좋아요."

"개년."

"그 말이 우울한 기분을 풀리게 했으면 좋겠어요."

잠시 정적 속에서 팽팽한 긴장감이 감돌았다. 백미러를 힐끔 보니 재키의 얼굴이 히스테릭하게 뒤틀려 있었다. 나는 여차하면 갓길에 차를 세울 준비를 했다.

재키가 갑자기 양손에 얼굴을 묻고 울음을 터뜨렸다. 엘리스가 말없이 재키의 어깨를 감싸 안았다. 백미러에서 눈이 마주친 순간 엘리스가 눈빛으로 말했다.

'괜찮으니까 그냥 편안하게 운전해요.'

재키는 펑펑 울다가 병원을 한 블록 남겨두고 가까스로 울음을 멈추었다.

이런! 이럴 수가?

시위대가 병원 앞에서 인간 바리케이트를 치고 길을 막고 있었다. 경찰들이 그들을 해산시키려는 과정에서 실랑이가 벌어졌다.

재키가 몹시 흥분해 발광하기 시작했다.

"병원 앞에서 이런 좆같은 상황이 벌어진 걸 몰랐어?"

"아침에 병원에 전화해 확인했을 때만 해도 시위대 얘기는 없었어요. 시위대가 방금 전에 몰려들었나 봐요."

그런 다음 엘리스가 나에게 말했다.

"차문을 잠가요."

내가 도어 록 버튼을 누르자 철커덕 소리가 나며 차문이 잠겼다.

엘리스가 재키에게 말했다.

"굳이 오늘 수술을 받지 않아도 돼요."

재키가 말했다.

"난 오늘 꼭 수술을 받아야겠어요. 병원으로 들어갈래요."

엘리스가 나에게 물었다.

"가능할까요?"

"경찰이 협조해준다면······."

젊은 경관이 운전석 쪽 차문을 톡톡 두드렸다.

차창을 내리자 시위대가 외치는 구호 소리가 들려왔다.

"임신 중절보다 좋은 방법이 있다! 임신 중절보다 좋은 방법이 있다!"

경관이 물었다.

"병원에 볼일이 있습니까?"

나는 눈짓으로 뒷자리를 가리키며 말했다.

"병원 안으로 환자를 모시고 가야 합니다."

"환자는 어느 분이죠?"

재키가 신경질적으로 대답했다.

"저요."

경관이 엘리스에게 물었다.

"그 옆에 앉아있는 여자 분은 어떤 용무가 있죠?"

"환자 보호자입니다."

"그나저나 시위대가 버티고 있어 병원 안으로 들어가기 쉽지 않을 것 같은데요."

내가 경관에게 물었다.

"차로 어디까지 접근할 수 있을까요?"

"시위대가 스크럼을 짜고 막아서있는 모습이 보이죠? 시위대

바로 앞까지 갈 수 있습니다. 그 지점에서 두 분을 내려 주시면 경찰이 에스코트해 병원 안으로 모셔다드리겠습니다. 다만 험한 일을 당하실 수도 있다는 걸 미리 말씀드립니다."

재키는 결연한 표정을 지었다.

"누가 나를 방해해? 어디 한번 방해해보라지?"

경관이 나에게 말했다.

"차를 최대한 천천히 이동시키세요. 순교자가 되겠다는 듯 차를 향해 갑자기 달려드는 사람이 있을지도 모르니까."

나는 브레이크 페달에 발을 올려놓고 천천히 차를 이동시켰다. 경찰이 시위대 사람들이 저지선 밖으로 나오지 못하도록 막고 있었다. 시위대 사람들은 하나같이 빨간 장미를 들고 인간 방벽을 만든 가운데 구호를 외쳐댔다.

"임신 중절보다 좋은 방법이 있다! 임신 중절보다 좋은 방법이 있다!"

나는 병원 입구를 바라보았다. 제복을 입은 여경 두 명과 사복경찰 한 명이 문 앞을 지키고 있었다.

엘리스가 말했다.

"지금부터 어떻게 할지 설명할게요. 제가 병원에 있는 동료들에게 문자를 보낼 겁니다. 동료들이 나와 우리를 병원 안으로 에스코트하는 동안 경찰이 시위대를 막아줄 겁니다. 시위대 사람들은 우리에게 장미를 던지며 계속 구호를 외치겠죠."

재키가 말했다.

"누군가 휴대폰 카메라로 제 사진을 찍으면 어쩌죠?"

"경찰이 사진을 찍지 못하도록 제지해줄 거예요."

"누군가 제 사진을 찍어 인터넷에 올리면 큰일 나요. 임신 중절을 하러 병원을 방문한 제 사진이 인터넷에 퍼지면……"

스크럼을 짜고 버티던 시위대에서 갑자기 여자 하나가 달려나왔다. 뒤이어 시위대 사람들 모두가 스크럼을 풀고 차를 향해 달려왔다.

재키가 소리쳤다.

"차를 돌려요!"

내가 소리쳤다.

"너무 위험해요."

어느새 시위대 사람들이 차를 둘러싸고 지붕과 차창을 손으로 쾅쾅 두들겨댔다. 누군가 휴대폰으로 사진을 찍으려고 하자 재키가 바닥에 얼굴을 대고 엎드렸다. 차를 둘러싼 사람들 가운데 적어도 두 명이 휴대폰을 꺼내 들고 엘리스와 나를 찍어대고 있었다.

시위대 사람들이 구호를 외치는 목소리가 더욱 크고 노골적
으로 바뀌었다.

"임신 중절은 살인이다! 임신 중절은 살인이다!"

경관들이 달려와 시위대 사람들을 차에서 떼어내려고 안간힘
을 썼다. 나는 브레이크를 밟은 상태로 엔진을 공회전 시키고
있었다. 여차하면 당장이라도 브레이크에서 발을 뗄 준비가 되
어 있었다. 경찰이 차를 움직여도 좋다는 신호를 보내면 즉시
차를 돌려 이 빌어먹을 병원에서 빠져나갈 생각이었다.

엘리스가 소리쳤다.

"아직 차를 움직이면 안 돼요!"

"물론이죠. 제가 그 정도로 멍청하지는 않습니다."

주변이 온통 아수라장이라 엘리스가 내 말을 들었는지 알 수
없었다. 차창을 때리는 소리에 귀가 먹먹해질 지경이었다. 차
창에 바짝 붙어 있는 여자 때문에 두려움이 일었다. 여자는 차
창을 쾅쾅 치면서 다른 손으로 나에게 주먹질을 하는 시늉을
했다.

"이 살인자들아! 당장 살인을 멈춰!"

처음 시위대를 발견했을 때 혹시 아그네스카가 있으면 어쩌
나 걱정했는데 다행히 눈에 띄지 않았다. 다만 앞 유리를 사이

에 두고 크게 소리치는 여자를 첫눈에 알아봤다.

아그네스카와 각별히 친하게 지내는 테레사였다. 경관이 테레사를 겨우 차에서 떼어냈다. 테레사가 운전석 문을 향해 달려오더니 내 이름을 소리쳐 부르며 협박을 가했다.

"브렌던! 당신 죽을 줄 알아!"

13

그날, 나는 달갑지 않은 문자메시지 하나를 받았다. 토더 신부가 보낸 문자메시지.

'최대한 빨리 연락할 것.'

그 문자메시지는 로스앤젤레스에 어둠이 깃든 직후에 들어왔다. 엘리스와 문제의 여자도 함께 있었다. 재키는 시위대가 우리를 둘러싸고 소동을 벌인 뒤 줄곧 히스테릭한 감정 상태를 보이고 있었다. 그나마 재키는 차 바닥에 납작 엎드리는 바람에 사진을 찍히지는 않았다.

시위대 사람들이 휴대폰을 꺼내 엘리스와 나를 연신 찍어댔다. 나중에는 텔레비전 방송국 카메라맨도 시위대 사람들과 함께 우리를 번갈아 찍었다.

시위대가 통제 불가 수준으로 소동을 벌이자 경찰은 내 차를 공격하는 사람들을 체포하기 시작했다. 테레사가 차 유리를 어찌나 세게 쳤는지 살짝 금이 갔다. 제복을 입은 여경이 테레사를 붙잡아 수갑을 채웠다.

경관이 나에게 소리쳤다.

"어서 차를 돌려 빠져나가요."

경관들이 길을 터주었다. 시위대로부터 얼마간 벗어나자 경관이 내 차를 세우더니 면허증을 제시하라고 했다.

"시위대 때문에 이렇게 혼란스러운데 병원에는 왜 온 겁니까?"

뒷자리의 엘리스가 나를 대신해 나서 주었다.

"그분은 우버 운전자이고, 우리를 병원에 데려다주려고 왔을 뿐입니다."

경관이 마음에 들지 않는다는 듯 딱딱거렸다.

"당신이 저분 대변인입니까? 저분은 왜 말을 못해요? 차에 탑승한 사람들 모두 신분증을 제시해 주세요."

엘리스가 굳은 목소리로 말했다.

"저랑 운전기사님은 신분증을 보여줄 수 있어요. 다만 제가 보호해주고 있는 이 여성의 신분증을 보여줄 수는 없습니다."

"경찰이 신분증을 제시하라는데 안 된다고 하면 공무집행 방해로 체포할 겁니다."

"경관님이야말로 법을 지키지 않고 있어요. 이 여성은 병원에 가서 임신 중절 수술을 받을 권리가 있습니다. 경찰이 이 여성에게 신분증을 보여 달라고 요구할 권리는 없어요."

"경찰인데 왜 신분증을 보여 달라고 할 권리가 없죠?"

"경찰이 해도 되는 일과 안 되는 일이 있습니다. 방금 전 저는 해서는 안 되는 일에 대해 말씀드렸고요."

경관이 엘리스를 향해 소리쳤다.

"당장 차에서 내려요. 당신을 경관 모독으로 체포하겠습니다. 거기, 뚱보 운전자도 내려요."

엘리스와 나는 어쩔 수 없이 차에서 내렸다.

"둘 다 팔을 위로 올려!"

나는 잔뜩 주눅이 들어 팔을 번쩍 들었지만 엘리스는 휴대폰으로 경찰의 명찰을 찍었다.

경관이 소리쳤다.

"지금 뭐하는 거야? 휴대폰을 이리 내놔."

엘리스는 휴대폰 카메라를 비디오 촬영 모드로 바꿔 경관을 촬영했다.

경관이 전기 충격기를 손에 들었다.

"셋을 셀 동안 휴대폰을 내놓지 않으면……."

엘리스가 소리쳤다.

"내가 휴대폰을 주지 않으면 폭력 행사라도 하게요?"

바로 그때 경찰 마크 없이 지붕에 경광등만 올려놓은 차가 다가와 멈춰서더니 정장 차림 남녀가 차에서 내렸다.

차에서 내린 여형사가 경관을 향해 소리쳤다.

"이봐, 지금 무슨 짓을 하는 거야?"

"이 사람들이 신분증 요구에 불응해 체포하려고요."

엘리스가 말했다.

"제가 경관님이 한 짓을 그대로 다 녹화해 두었습니다."

남자 형사가 우리에게 말했다.

"팔을 내리세요."

엘리스는 휴대폰을 클릭해 남녀 형사가 잘 볼 수 있도록 화면을 앞으로 내밀었다.

경관이 말했다.

"저에게 설명할 기회를 주세요."

여형사가 말했다.

"내사과에서 설명하면 얼마든지 잘 들어줄 거야." 여형사가 길 건너 콘크리트 담을 가리키며 말을 이었다. "저기 콘크리트 담벼락이 보일 거야. 우리가 일을 마치고 갈 때까지 저기 가서 대기하고 있어."

안색이 창백해진 경관이 말했다.

"일단 제가 잘 설명할 테니 한번 들어보세요."

남자 형사가 말했다.

"여형사라고 얕잡아보고 토를 다는 건가? 아마 여기서 이 여형사님의 계급이 가장 높을 거야."

잔뜩 겁을 집어먹은 경관이 그제야 담벼락 아래로 걸어갔다.

남자 형사가 말했다.

"험한 일을 겪게 해서 죄송합니다."

여형사가 손을 내밀며 말했다.

"휴대폰으로 찍은 동영상을 볼 수 있을까요?"

엘리스가 휴대폰을 재빨리 클릭하며 말했다.

"제가 촬영한 영상을 보시려면 법원의 영장을 가져오세요. 참고로 말씀드리자면 조금 전에 저 젊은 경관의 부당한 행위를 촬영한 영상과 사진을 제 담당 변호사들에게 보냈습니다. 저의 죽은 남편이 변호사였는데 매우 절친했던 동료들이 ACLU로펌을 운영하고 있습니다. 조금 전 젊은 경관이 우리에게 가한 언어폭력에 대해 피해 보상을 청구할 생각입니다. 그나마 두 분께서 프로페셔널하게 일을 수습해주신 것에 대해 감사드립니다. 두 분에 대한 이야기도 변호사들에게 전달해 놓겠습니다."

엘리스의 말투는 지극히 점잖았지만 협박의 의미를 담고 있었다.

두 형사는 눈빛을 교환하며 일을 어떻게 수습해야 할지 고민하는 눈치였다. 여형사가 수첩을 꺼내들었다.

"무슨 말씀인지 충분히 이해했습니다. 성함, 주소, 휴대폰 번호, 이메일을 적어 주세요. 그리고 차 안에 있는 여성은 누구죠?"

엘리스가 말했다.

"저 여성은 부득이 신분을 밝힐 수 없답니다. 무슨 이유 때문인지는 말하지 않아도 알 겁니다. 미 연방법에 따르면……."

여자 형사가 손을 들어 올리며 말했다.

"이 자리에서 굳이 연방법을 상기시켜줄 필요는 없습니다. 일단 제 명함부터 받으시죠. 저에게 연락할 일이 있거나 궁금한 게 있으면 언제든지 전화주세요. 혹시 생각이 바뀌어 저에게 방금 전 촬영하신 영상을 보내 주실 용의가 있으면 명함에 나온 이메일로 부탁드립니다."

엘리스가 명함을 받아 주머니에 넣었다.

엘리스와 나는 여형사에 연락처를 적어 주었다. 남자 형사가 나에게 자동차 앞 유리를 수리해야겠다고 말했다.

"조금 전에 시위대 여성 하나가 손으로 강하게 내리치는 바람에 차 유리에 살짝 금이 갔습니다."

"병원 가까이 이동해도 된다는 경찰의 말을 듣고 나서 차를 이동시켰는데 결과적으로 아무런 보호를 받지 못하는 처지가 됐습니다. 경찰 책임이니까 피해 보상비를 청구하세요."

남자 형사가 내게 명함을 내밀며 덧붙였다.

"미리 말씀드리지만 작성해야 할 서류도 많고, 피해 보상비를 받아내기까지 최소한 몇 달이 걸릴 수도 있습니다."

빌어먹을! 당장 어쩌지? 언뜻 보기에도 차가 다섯 군데나 찌그러지고 차 유리가 손상되어 있었다. 그냥 내버려둘 경우 교통경찰들이 수시로 딱지를 뗄 게 뻔했다. 게다가 우버 본사에 신고가 들어가면 매우 심각한 문제가 빚어질 수도 있었다.

엘리스가 내 생각을 읽기라도 한 듯이 말했다.

"너무 걱정하지 마세요. 제가 〈우먼스 초이스 그룹〉에 연락해둘게요. 이런 상황이 발생할 수도 있다는 걸 염두에 두고 준비해둔 비상 기금이 있을 테니까."

갑자기 피로감이 밀려왔다. 송곳으로 찌르듯 심한 통증이 느껴졌다. 광기에 빠진 사람들 틈에 휩쓸릴 때 겪는 통증. 나는 지붕이 찌그러진 차에 기대섰다.

엘리스가 물었다.

"괜찮아요?"

"먼저 타세요, 저는 잠깐 머리 좀 식히고 탈게요."

"네, 그럼 먼저 타고 있을게요."

내 약한 모습을 엘리스에게 보이고 싶지 않았다. 정리해고를 당하고 나서 앞날이 캄캄해졌을 당시에도 머리에서 심한 통증을 겪었다. 세인트빈센트병원 응급실의 당직 의사는 급히 심전도 검사를 했다. 다행히 부정맥은 아니었다. 의사가 말하길 스트레스를 많이 받으면 안 되고, 몸에서 이상 반응이 감지되면 즉시 병원을 방문해 심장이 제 기능을 하는지 점검해야 한다고 했다. 의사는 스트레스를 받을 경우 심호흡을 하는 게 좋다고도 했다. 흡연은 건강의 적이니까 웬만하면 삼가라고도 했다.

나는 의사에게 아무리 건강에 악영향을 준다고 해도 아직 금연할 생각이 없다고 말해 주었다. 나는 금연할 일이 앞으로도 절대 없으리라는 걸 알고 있었다. 간혹 마음을 가라앉히는 데 도움이 되는 무료 앱을 다운로드해 어지러울 때나 왼쪽 팔에서 통증이 일 때 몸을 추스를 수 있는 방법을 숙지해두었다.

재키가 계속 엘리스에게 소리치는 동안 나는 줄곧 눈을 감고 상상했다.

'10초 동안 폐에 공기를 불어넣은 다음 입과 코로 천천히 내뱉는다.'

그런 식으로 열두 번이나 심호흡을 반복했다.

두통은 여전했으나 팔의 통증은 어느 정도 사라져 차에 올랐다.

재키는 계속해서 소리치고 있었다.

"빌어먹을! 집으로 돌아가지는 않을 거야."

나는 운전석에 앉아 쩍쩍 금이 간 차창을 멍한 눈으로 바라보고 나서 백미러로 엘리스를 보며 말했다.

"일단 여기서 이동하는 게 좋겠어요. 시위대 사람들이 다시 경찰 저지선을 뚫고 달려들지도 모르니까."

엘리스가 고개를 끄덕였다.

재키가 엘리스에게 소리쳤다.

"당장 다른 병원을 알아봐요!"

"서두른다고 즉시 해결될 수 있는 일이 아니니까 잠자코 기다려 봐요."

"당신은 시위대가 모여 있다는 걸 잘 알면서도 나를 이 병원으로 데려왔지?"

"로스앤젤레스에 소재한 어떤 병원이라도 임신 중절을 반대하는 시위대가 밀어닥쳐 골치를 앓게 될 수 있다고 내가 분명히 말했잖아요."

"시위대는 우리가 도착하기 전에 먼저 와있었어. 시위대가 와있다는 걸 알았다면 진작 다른 병원으로 갔어야지."

"이 병원에서 난 아무것도 전달받지 못했어요. 현장에 도착해 스크럼을 짜고 있는 인간 방벽을 본 다음에야 오늘 시위가 좀 과격할 수도 있겠다는 느낌을 받았죠."

"좀 과격해요? 좀? 이런 꼴을 당하고도 '좀'이라는 말이 나와요? 내가 당신 때문에 얼마나 험한 꼴을 당했는데……."

나도 모르게 말이 튀어나왔다.

"엘리스 씨 때문에 발생한 일이 아닙니다. 어쩌다 보니 일이 이렇게 되었을 뿐이죠."

"운전이나 하는 주제에 어딜 끼어들어?"

엘리스가 말했다.

"함부로 막말을 하지 말아요. 당신에게 그럴 권리는 없어요."

"씨팔, 난 그럴 권리가 있어!"

엘리스가 나에게 말했다.

"출발하세요."

나는 엘리스의 말을 듣는 즉시 차를 출발시켜 USC캠퍼스에 있는 쇼핑몰 앞에 차를 세웠다. 부잣집 학생들이 미니 쿠페, 아우디, BMW 따위를 몰고 지하 주차장으로 들어가고 있었다.

엘리스는 내가 차를 세우자마자 차에서 내려 휴대폰을 들고 몇 발짝 걸어가 통화를 시작했다. 얼굴에 스트레스가 가득했다. 나는 담배를 피우고 싶었지만 자제했다. UCLA에서 담배를 피우다가 경관에게 발각돼 수모를 당한 기억이 아직 뇌리에 뚜렷이 남아 있었다. 그냥 계속 심호흡을 하면서 복잡한 머릿속을 정리하려고 애썼다.

차 수리비는 어쩐담? 수리 시간은 얼마나 소요될까? 며칠 동안 운전을 못할까? 가뜩이나 돈이 없는데 일을 하지 못하면 생활비와 차 수리비를 어떻게 충당하지?

머릿속에서 잡다한 걱정이 들끓었다.

엘리스가 다시 차에 오르며 말했다.

"산타클라리타 외곽에 있는 병원으로 가야 해요."

산타클라리타? 토더 신부의 교구였던 동네?

엘리스가 나에게 말했다.

"이제 이 일에서 빠져도 괜찮아요. 저희들 때문에 정말 고생 많았어요. 충분히 이해하니까 이제 그만 쉬는 게 좋겠어요. 산타클라리타까지는 다른 우버를 불러서 가면 되니까요."

내가 말했다.

"그럴 필요 없습니다. 굳이 다른 우버를 부르느니 제가 모시고 가겠습니다."

"정말 그렇게 해주시겠어요?"

나는 고개를 끄덕였다.

엘리스가 말했다.

"앞 유리에 금이 가게 만든 여자가 브렌던 씨 이름을 알고 있던데요?"

"제 아내와 친한 친구 사이입니다."

"아, 저런."

"애 엄마도 그 여자처럼 임신 중절 반대운동을 하고 있죠."

엘리스가 말했다.

"저 때문에 입장이 무척이나 곤란해지셨네요. 정말 죄송해요."

"제가 선택한 일입니다. 오늘뿐만 아니라 이전에도 임신 중절 병원까지 태워다 드렸잖아요. 제가 원해서 한 일입니다. 지금 산타클라리타 병원으로 가는 것도 제가 선택한 일이죠."

엘리스가 말했다.

"고맙습니다."

땡.

내 휴대폰에서 문자메시지가 들어왔다는 신호가 울렸다.

휴대폰 화면을 열고 엘리스에게 보여 주었다.

엘리스가 문자메시지를 읽었다.

"속히 연락 요망."

엘리스가 물었다.

"나쁜 소식인가요?"

"사제 서품을 받은 신부인데 오래전 친구입니다. 임신 중절 반대운동 단체인 〈앤젤스 어시스트〉 그룹을 운영하는 바로 그 신부죠. 소문이 정말 빠르네요."

"정말 뭐라고 위로의 말을 해야 할지 모르겠네요. 지금이라도 집으로 돌아가 문제를 해결하시려면……."

내 머릿속에는 단 하나의 생각뿐이었다.

아그네스카도, 토터 신부도 다 엿이나 먹으라고 해.

내가 말했다.

"자, 이제부터 빨리 달리겠습니다."

14

산타클라리타 병원으로 가는 내내 재키는 쉬지도 않고 투덜거렸다. USC 근처 병원에서 임신 중절 수술을 방해한 시위대를 고소하겠다고 욕하고, 자신을 위험한 상황에 몰아넣었다며 엘리스가 일하는 단체를 욕하고, 아무런 상관없는 일에 주제넘게 끼어들었다고 나를 욕했다.

엘리스가 말했다.

"기사님은 그냥 우릴 도와주시는 분이에요. 도움을 베푸는 분을 욕하고, 임신 중절 반대운동 단체 사람들을 고소하고, 당신을 돕는 자원봉사 단체를 공격해서 어쩌려고요? 남편이 있는데 다른 남자와 외도를 하고, 아이를 임신하고, 임신 중절 수술을 받으려다가 이런 사달이 빚어졌다며 광고라고 하게요? 원한다면 그렇게 해봐요. 만약 이혼 소송을 하게 될 경우 당신이 유책 배우자가 되면 당신 남편이 유리한 위치에 서게 될 텐데, 괜찮겠어요?"

엘리스의 말이 재키를 케이오시켰다. 나는 하마터면 휘파람을 불 뻔했다. 고속도로를 타고 북쪽으로 달렸다. 한동안 정적이 이어져 라디오를 틀었다. 숨 막히는 차 안의 긴장감이 음악으로 부드럽게 풀어질 수 있기를 바랐다.

새크라멘토 방면으로 가는 5번 고속도로에 진입할 때까지 차 안은 적막감이 감돌았다. 본격적인 러시아워가 되려면 아직 한 시간가량 남았지만 벌써부터 차량이 점점 더 많아지고 있었다. 40분 뒤에 산타클라리타에 도착했다. 병원에 도착하기까지 5분쯤 남았을 때 엘리스가 휴대폰을 꺼내더니 숨죽인 목소리로 짧은 통화를 했다.

통화를 마친 엘리스가 재키에게 말했다.

"병원은 차질 없이 준비를 해두고 있대요. 재키, 준비됐어요?"

"나도 얼른 끝내고 싶어요."

"그렇게 될 거예요."

재키가 말했다.

"병원에 도착하기 전에 현금인출기 앞에 잠시 차를 세워줄래요?"

"병원비는 신용카드로 낼 수 있어요."

"신용카드는 흔적이 남아요. 현찰로 할래요."

나는 병원에서 두 블록 떨어져있는 은행 앞에 차를 세웠다. 재키가 차에서 내렸다. 엘리스와 나는 재키를 주시했다. 재키는 카드로 세 번에 걸쳐 현금을 인출했다.

돌아온 재키가 조수석에 돈을 내려놓으며 말했다.

"그동안 못되게 굴었던 것에 대한 사과의 의미로 드리는 거예요."

나는 현금을 내려다보며 말했다.

"고맙습니다."

수술이 무사히 잘 끝나기를 바란다고 말할까 하다가 아무 말도 하지 않는 게 최선이라고 결론지었다. 다시 차를 출발시켜 병원으로 향했다. 병원 앞에 도착해보니 하얀 가운을 입은 여자가 경비원 두 명과 이야기를 나누고 있었다. 나는 병원 정문 앞에 차를 세웠고, 재키와 엘리스가 차에서 내렸다.

엘리스가 나에게 말했다.

"두 시간쯤 걸릴 거예요. 그 전에도 혹시 도움이 필요할지 모르니까 휴대폰을 계속 켜두시는 게 좋겠어요."

내가 말했다.

"그렇게 할게요."

엘리스와 재키가 바짝 붙어 병원 안으로 들어갔다. 나는 두 사람이 병원 안으로 들어가고 나서 문이 닫힐 때까지 지켜본 다음 주차장에 차를 세웠다.

조수석에 있는 돈을 집어 들고 세어보았다.

500달러.

일주일 동안 꼬박 일해야 벌 수 있을 만큼 큰 액수였다.

이 돈으로 자동차 수리비를 내면 되겠네.

엘리스가 몸담고 있는 자원봉사 단체에 자동차 수리비를 청구할 수도 있겠지만 내 성격상 도저히 불가능한 일이었다.

배가 출출해 병원 근처에 있는 푸드코트에 가서 스위트사워 포크와 에그롤을 주문했다. 옆자리 부부가 중국식 닭요리를 앞에 두고 식전 기도를 하고 있었다. 여자가 입은 티셔츠에 '인생의 해답을 찾고 있나요? 예수님을 만나보세요.'라고 적혀 있었다. 나는 예수님을 만나보고 싶은 생각이 없었다.

땡.

토더 신부가 보낸 문자메시지가 또 들어왔다.

'피한다고 해결될 일이 아니야. 급히 연락 바람.'

물론 피한다고 해결될 일이 아니었다. 다만 기름진 중국 음식을 다 먹을 때까지는 피할 생각이었다. 머리가 복잡해지는 문제에 휘말려 들었을 때 정크푸드에 얼굴을 처박고 아무 생각 없이 음식을 흡입하는 게 가장 좋은 해법일 때도 있었다.

나는 기름진 음식을 꾸역꾸역 다 먹고 나서 주차장 구석으로 걸어가 담배를 피워 물었다. 전화벨이 울려 화면을 보니 발신자가 토더 신부였다.

다시 한번 담배 연기를 깊이 빨아들인 다음 길게 내뱉으며 전화를 받았다.

토더 신부가 말했다.

"이제야 통화할 결심을 했나 봐?"

"운전하느라 바빴어."

"나도 알아. 너야 운전하느라 늘 바쁘잖아."

"테레사가 내 차를 찌그러뜨리고 앞 유리에 금이 가게 했어. 그 사실을 아그네스카도 알고 있어?"

"테레사는 지금 유치장에 잡혀 있어."

"그 여자가 저지른 짓을 생각하면 당연하지."

"남 일처럼 말하지 마. 태아를 살해하는 병원에 여자들을 데려간 건 네 잘못이 커."

"그건 어디까지나 내가 할 일이야. 나는 우버 운전자고, 손님이 원하는 대로 모시고 가야 할 의무가 있어. 내 잘못이 아니니까 함부로 죄인 취급 하지 마."

"열흘 전, 화염병이 터진 임신 중절 병원에도 가있지 않았어?"

그 말을 듣고 나는 잠시 멈칫했다.

"나는 모르는 일이야."

"아니지, 잘 알면서 왜 그래? 내가 어떤 경로를 통해 알게 되었는지는 묻지 마. 네가 임신 중절 여성을 돕는 자원봉사자를 우버에 태우고 다닌다는 걸 알아."

"이것 보세요, 토더 신부님, 그건 당신이 왈가왈부할 문제가 아니야. 난 그저 손님을 태우고 운전했을 뿐이니까."

"그 여자가 하는 일에 찬성하나? 너도 태아 살인자야?"

"그만 끊을게."

"당장 교구로 와."

"난 일해야 돼. 차 수리도 맡겨야 하고."

"지금 오면 차 수리는 〈앤젤스 어시스트〉에서 해줄게. 차 수리를 하는 동안 우버 영업을 못해 생긴 손실도 보전해줄 수 있어. 교구에 와서 며칠 동안 일을 도우면 돼. 하루에 80달러를 벌게 해줄게."

"대가 없이 베푸는 친절을 기대하지는 않아. 내가 해야 할 일이 뭐야?"

"솔직히 네가 할 일은 없어. 간단한 증언이 필요할 뿐이야. 앞으로 다시는 그 여자를 태우고 다니지 않겠다고 약속해. 그 다음은 그 여자를 태우고 임신 중절 병원을 오가는 동안 보고 들은 걸 나에게 상세하게 털어놓으면 돼."

갑자기 화가 치밀어 나도 모르게 소리쳤다.

"좆같은 새끼, 나를 줄곧 감시한 거야?"

"진정해, 친구. 한 시간 안으로 내 사무실에 오는 것으로 알고 있을게."

"내가 안 가겠다면 어쩔 거야? 45년 전, 멀리건 신부가 그랬던 것처럼 내 사타구니를 만지고 머리를 쓰다듬을래?"

철컥.

전화가 끊겼다. 나도 모르게 자동차 핸들을 꽉 잡고 있었다. 내 입에서 튀어나온 말들 때문에 머리가 어지러웠다.

아니면, 오늘 겪은 일의 트라우마 때문인가?

난생처음 내가 권력을 쥐고 있는 인물에게 반항했기 때문인가?

말을 듣지 않으면 가만두지 않겠다고 협박하는 사제라니?

· · ·

차로 돌아와 잠시 눈을 붙였다.

땅.

휴대폰에서 문자메시지가 들어왔다는 신호음이 났다.

엘리스가 보낸 문자였다.

'다 끝났어요. 15분 뒤에 문 앞에서 만나요.'

나는 때맞춰 병원 앞으로 갔다. 경비원이 전기 충격기에 손을 올린 채 다가왔다.

나는 차창을 내렸다.

"병원에 왔습니까?"

"네, 환자를 태우러 왔어요."

"우버 기사 맞아요?"

"네, 맞아요."

"양손을 핸들에 올려놓고 떼지 마세요, 제가 볼 수 있게. 알았죠?"

"네, 알겠습니다."

경비원은 나에게서 눈길을 떼지 않고 병원 입구까지 뒷걸음질을 치더니 안쪽으로 수신호를 보냈다. 엘리스가 나오자 경비원이 나를 손가락으로 가리켰다. 엘리스가 고개를 끄덕였다. 다시 안으로 들어갔던 엘리스가 잠시 후 재키와 함께 나왔다. 엘리스는 재키를 부축하고 천천히 계단을 내려왔다. 언뜻 보기에도 재키는 기력이 많이 소진해 있었다.

나는 급히 차에서 내려 뒷자리 문을 열고 엘리스와 재키가 자리에 앉도록 도왔다.

내가 말했다.

"어디로 갈까요?"

재키가 말했다.

"클럽에 가요. 춤을 추고 싶어요."

재키는 음울하게 웃은 뒤 눈을 감고 울기 시작했다.

엘리스가 팔로 재키를 감싸안았다.

재키가 말했다.

"위로는 싫어요."

"알았어요."

엘리스가 팔을 거두어들이며 나에게 말했다.

"재키의 집으로 가요. 주소는 알죠?"

"GPS에 저장되어 있을 거예요."

주차장을 나와 고속도로로 향했다.

내가 말했다.

"음악 틀까요?"

재키가 말했다.

"음악을 들으면 마음이 조금은 진정될 것 같아서 그래요?"

내가 말했다.

"클래식 방송을 틀까요?"

"내가 제정신이 아닌 것 같아서 그러죠?"

엘리스가 재키에게 물었다.

"재키, 지금 제정신이 아니에요?"

"당신이라면 부분 마취만 하고 다리를 벌리고 있는 보지 안에 진공청소기 같은 걸 쑥 집어넣는데 제정신일 수 있겠어?"

엘리스가 말했다.

"진공청소기는 아니죠."

"이봐요, 우버 아저씨? 이 빌어먹을 날에 내가 깨달은 개똥철학이 뭔지 알아요? 사랑에는 희생이 따른다. 한 번 더 큰 소리로 들려줄까요? 사랑에는 희생이 따른다."

재키가 크게 소리치는 동안 엘리스의 표정이 굳어졌지만 이

내 등을 뒤로 젖히고 아무 말도 하지 않았다.

재키가 계속 말했다.

"아무튼 다 끝나서 속이 후련해요. 정말 딱 5분밖에 안 걸렸어요. 마취 주사를 놓을 때 더럽게 아픈 걸 빼면 그다지 아프지도 않았어요. 그 빌어먹을 간호사는 부드럽게 주사를 놓아주는 방법을 좀 더 배워야 할 것 같아요. 너무 우악스러워요. 내가 사랑하는 남자와 만든 둘째 아이가 5분 만에 사라졌어요. 세상을 보지도 못하고 5분 만에 사라지다니?"

"이제 그만해요."

엘리스의 목소리는 나지막하지만 단호했다.

"자원봉사 단체의 고결한 여사님께서 입을 닥치라고 하시네."

"입을 닥치라는 게 아니라 이미 다 끝난 일을 곱씹지 말라는 뜻이에요. 충분히 생각한 끝에 결정했고, 뜻대로 되었어요. 당신은 아들이 있고, 원한다면 또 가질 수도 있어요."

재키가 말했다.

"이제 임신은 지긋지긋해요."

그동안 재키가 싫었는데 지금은 연민이 느껴졌다.

40분 뒤, 로스 펠리스로 돌아왔다. 돌아오는 길에 대화는 거의 없었다. 재키는 계속 눈을 감고 있었고, 집에 도착하자마자 한마디 말도 없이 차에서 내렸다.

엘리스가 말했다.

"집 안까지 같이 가줄까요?"

재키는 고개를 저으며 그대로 집을 향해 걸어갔다. 엘리스와 나는 재키가 현관문 앞에 도착할 때까지 지켜보고 있었다.

땡.

그때 휴대폰에서 문자메시지가 들어왔다는 소리가 울렸다.

아그네스카가 보낸 메시지.

'집에 들어오려고? 꿈도 꾸지 마. 자물쇠를 모두 바꿨어.'

15

엘리스에게 내 휴대폰의 메시지를 보여 주었다. 아까 토더 신부와 통화한 이야기도 들려 주었다.

엘리스가 말했다.

"제가 이 차를 여러 번 이용한 걸 어떻게 알았을까요?"

"저도 어떻게 된 일인지 모르겠어요. 토더 신부가 도처에 스파이를 심어두었나 봐요."

"조금 심한 추론을 해보자면 화염병을 던진 사람들과 토더 신부가 한패일 수도 있을까요?"

"지나친 비약 같은데요. 마음에 들지는 않지만 토더 신부는 사제 신분인데."

"그러니까 추론이라고 했잖아요. 아무튼 토더 신부가 그 모든 사실을 알고 있다는 건 정말이지 이상해요."

나도 그 말에 대한 해답을 찾을 수 없었다. 다만 아그네스카가 집 자물쇠를 다 바꿔 버렸는지 당장 확인하고 싶었다.

내가 말했다.

"댁으로 모셔다 드리고 저는 집에 가볼게요. 단순한 협박인지 정말 자물쇠를 바꿔 버렸는지 어서 확인해 봐야겠어요."

엘리스가 말했다.

"저도 같이 가요."

"네? 왜 저랑 같이 가려고요?"

"나쁜 일이 있을 때는 누군가 옆에 있어 주는 것만으로도 도움이 되잖아요."

"저를 협박한 토더 신부를 만나면 주먹이라도 날리시게요?"

엘리스가 빙긋 웃고 나서 말했다.

"토더 신부가 화염병을 던진 테러리스트들과 한패인지 아닌지를 떠나 브렌던 씨를 협박한 것만으로도 한 대 맞을 짓을 한 건 분명해요."

나는 농담으로 치부하고 웃어넘기고 싶었지만 그저 쓴웃음만 나왔다.

"아내가 엘리스 씨를 보면······."

"임신 중절 반대운동을 하는 사람을 만나본 적이 있어요. 자, 그러니까 저도 댁으로 같이 갈 수 있게 해줘요."

나도 혼자 그 모든 일에 맞서고 싶지 않았다. 클라라에게 전화해 자초지종을 이야기할 경우 제 엄마와 대판 싸울 게 뻔했다. 토더 신부에게도 전화해 꼬치꼬치 따지고 들 테고······.

나는 엘리스에게 말했다.

"좋아요, 그럼 같이 가십시다. 다만 분위기가 험악해지면 자리를 피하세요."

"제가 분위기를 봐서 알아서 처신할게요."

엘리스가 얼마나 지혜롭고, 위기에 강한지 잘 알고 있었다.

"조수석에 앉을래요."

나는 고개를 끄덕였다.

엘리스가 차에서 내렸다가 조수석에 탔다.

나는 차의 시동을 걸었다.

"교통경찰이 차를 세우고 우버 마크와 금이 간 유리를 보면 딱지를 끊을지도 몰라요."

"내가 이모인데 오늘은 우버를 쉬는 날이라 나를 집에 데려다주는 거라고 할게요. 브렌던 씨에게 들려 주고 싶은 말이 있어요. 아까 병원에서 우리 단체에 전화해 그동안 있었던 일들을 이야기하고 브렌던 씨가 얼마나 큰 도움이 되었는지 다 말해 주었어요."

"제가 도움을 주다니, 당치 않습니다."

"브렌던 씨는 재키와 나를 두고 가버리지 않았어요. 성가시고 위험한 일이었는데 끝까지 기다려 주었죠. 자동차 수리비는 우리 단체에서 해결해 주겠다고 약속했어요."

나는 아무 말도 하지 않고 운전만 했다. 좁은 길들을 지나 집 앞에 도착했다. 현관문에 셔터가 내려져 있었다. 처남인 위톨드가 우리 부부의 결혼 10주년을 축하하는 선물로 설치해준 셔터였다. 이전에 네 번이나 도둑이 들었기 때문이다. 그 셔터가 내려져 있는 데다 현관문 자물쇠도 굳게 채워져 있었다.

나는 차를 대고 나왔다. 엘리스도 나를 뒤따랐다. 정문에 큰 봉투가 있었다. 내 앞으로 온 봉투였다.

엘리스가 말했다.

"공문서 같아요."

내가 말했다.

"그냥 놔두어도 됩니다."

엘리스가 봉투를 집어 들더니 겨드랑이 사이에 꼈다.

엘리스가 물었다.

"다른 문은 없어요?"

"뒤쪽에 문이 하나 더 있는데 거기도 자물쇠를 바꿔 버렸을 겁니다."

나는 엘리스와 함께 뒷문으로 갔다. 내가 예상한 대로 자물쇠가 바뀌어 있었다.

"아그네스카가 본인의 의사를 분명하게 밝혔네요."

엘리스가 나에게 봉투를 건넸다.

"무슨 내용인지 열어 봐요."

"봉투를 볼 필요도 없어요. 아마도 접근 금지 명령일 거예요."

나는 엘리스에게 차로 돌아가자고 손짓했다. 금방이라도 아그네스카와 테레사가 토더 신부와 함께 튀어나와 으르렁댈 것 같았다.

토더 신부는 내 죄책감을 자극하며 공격하겠지?

아까 통화할 때 내가 토더 신부에게 욕을 했으니 더욱 내 죄책감을 자극할 것이다.

차를 타고 800미터쯤 가다가 주유소에 차를 세웠다.

엘리스는 또다시 나에게 편지를 건네려고 했다. 나는 엘리스에게 차에 연료를 채우는 동안 편지를 대신 읽어달라고 부탁했다.

연료를 다 채우고 나서 차에 타자 엘리스가 말했다.

"법원에서 보낸 접근 금지 명령이 맞네요. 첫째, 남편이 언어 폭력을 행사했다. 둘째, 뜨거운 커피가 들어 있는 커피포트를 발치에 던졌다. 셋째, 종교관이 다르다는 이유로 친구 테레사를 공격했다. 넷째, 남편이 옆에 있기만 해도 폭력을 당할까 봐 위협을 느낀다. 이상이 당신 부인이 법원에 첨부한 소견입니다. 이런 말을 해도 될지 모르겠지만 토더 신부가 옆에서 부추긴 게 분명해요."

"개자식! 내가 적어도 폭력을 행사할 사람이 아니라는 걸 잘 알면서⋯⋯."

"가톨릭 사제라는 사람이 치사한 방법을 잘도 동원하네요. 남편의 로펌 변호사에게 이 일을 해결해달라고 부탁할게요. 집에 들어갈 수 없다니 말도 안 돼요. 법원에서 보낸 명령서는 송달리가 받는 사람에게 직접 전달해야 효력이 발생하죠. 아직은 법적 효력이 없는 명령서라고 할 수 있어요. 브렌던 씨가 어디에 있는지 알리지만 않으면 당분간 송달리를 만날 일은 없겠네요."

"아그네스카는 내가 클라라네 집에 가있을 거라고 생각하겠죠."

"정말 딸에게 가시게요?"

"클라라가 사는 집은 여러 명이 함께 쓰고 있어요. 물론 바닥에 매트리스를 깔고 누울 수는 있겠죠."

"제 아파트에 손님방이 있으니까 거기서 주무세요."

"그런 신세를 질 수야 없죠."

"어차피 저는 혼자 살고 있고, 손님방은 늘 비어 있으니까 신세라고 할 게 없어요."

"고맙지만 거처할 방은 제가 알아서 찾아볼게요."

"누구에게나 도움을 받아야 하는 상황이 있어요. 형편이 되어 도울 수 있다면 좋은 일이죠. 브렌던 씨의 차를 수리하는 동안 제 차를 빌려줄게요. 남편이 몰던 볼보가 차고에서 잠자고 있어요."

"토더 신부가 당신이 속한 단체의 정보를 넘기면 차 수리비를 대겠다고 꼬드기더군요."

"강간당해 생긴 아이를 낳아야 할까요? 아기를 낳아도 함께 살 집이 없어 당장 길거리에 나앉을 수밖에 없는데 아이를 낳아야 할까요? 아이를 낳을 수 없어 임신 중절을 선택한 여자들을 돕는 게 잘못일까요? 이 힘들고 위험한 세상에서 아이를 낳아 키울 만한 형편이 안 돼 어쩔 수 없이 임신 중절을 선택한 여자들을 돕는 게 왜 나쁘죠? 인간에 대한 연민도 없고, 남에게 친절을 베풀어본 적 없는 사람들이 기독교 교리에 집착해 임신 중절 반대운동을 벌이는 짓이야말로 반인권적인 행위라고 봐요. 쾌락을 위한 섹스를 했으니 징벌을 받아야 마땅하다는 건가요? 제가 또 쓸데없는 독설을 퍼부었군요. 아무튼 종교적 교리에 지나치게 집착하는 사람들을 보면 화가 치밀어요. 브렌던 씨는 그런 몰지각한 사람들 때문에 집에도 들어갈 수 없는 처지가 되었잖아요."

"그런 사람들 가운데 제 아내도 포함돼 있습니다."

"잘은 모르지만 브렌던 씨의 부인은 임신 중절 반대운동이 인생에서 가장 중요한 문제라는 생각에 사로잡혀 있을 거예요. 혹시 왜 그런 생각을 갖게 되었는지 짐작할 수 있겠어요?"

"인생에 낙이 없으니 그러겠죠."

"딸을 낳아 키우고 있는데 왜 인생의 낙이 없을까요?"

"아그네스카에게는 딸이 괴로움을 주는 존재죠."

"정말이지 안타까운 일이네요."

"클라라는 나름 제 엄마랑 가깝게 지내려고 애쓰고 있어요. 그 반면 아그네스카는 좀처럼 여지를 주지 않죠. 엘리스 씨와 딸의 관계와는 정반대인 셈이죠."

"저에게도 앨리슨과의 관계를 소원하게 만든 잘못이 있어요."

"가령 어떤 잘못을 했는데요?"

"앨리슨은 제가 너무 독단적이라고 생각하죠."

"당신이 독단적이라고요? 제가 겪어본 바로는 절대로 그렇지 않아요. 엘리스 씨는 사려 깊고, 친절하고, 책임감이 강한 분이죠. 그냥 일반적인 딸이라면 엄마 생각에 쉽게 동의할 텐데?"

"앨리슨은 일반적인 성격이 아니고, 힘든 사춘기를 보냈어요. 언제나 엄마의 페미니즘과 아빠의 사회주의에 반대했죠. 앨리슨과 결혼하려는 남자가 있는데 스물다섯 살 연상인 투자 전문가죠. 그 남자가 성공의 비결을 알려 주겠다면서 저에게 말했어요. '서른세 살 때 자산이 5천만 달러밖에 안 돼 돈을 더 모아야겠다는 생각으로 투자 전문가가 되기로 결심했죠.'라고요. 앨리슨이 그러던데 현재 그 남자가 보유한 총자산이 3억 달러래요."

"돈이 엄청나게 많은 사람이네요. 세상에는 간혹 그런 사람들이 있긴 하죠."

"세상에는 제 딸 앨리슨처럼 돈독이 제대로 오른 사람들이 더러 있죠. 앨리슨은 이 냉혹한 세상에서 목숨을 걸고 돈을 벌지 않으면 형편없는 사람이 될 수밖에 없다고 생각할 만큼 자본주의 경제 체제를 신봉하면서 돈을 끌어 모으고 있어요."

"딸의 시각으로 보자면 저 같은 남자는 낙오자겠네요."

"그럴지도 모르지만 당연히 잘못된 생각이죠."

"제가 생각하기에도 저는 낙오자입니다."

엘리스가 내 팔을 쓰다듬고 나서 말했다.

"이 세상에서 브렌던 씨처럼 좋은 사람은 흔치 않아요."

엘리스의 집으로 가자니 정말 내키지 않았다. 거기 가면 내가 더없이 초라해지는 한편 낙오자라는 생각을 더욱 가중시킬 듯했다. 엘리스의 집에 가지 않는다면 선택은 하나밖에 없었다. 클라라의 집 바닥에서 매트리스를 깔고 잠을 자는 것이었다.

클라라의 집에 갈 경우 제 부모가 수습하기 힘든 문제로 갈등을 빚고 있다는 사실을 털어놓아야 할 것이다.

그렇다고 차에서 잘 수도 없고.

휴대폰 화면을 흘깃 보았다. 어느새 밤 9시가 되어 있었다. 갑자기 피곤이 밀려들었다.

엘리스가 내 상태를 알아채고 말했다.

"어서 집으로 올라가요."

아파트 건물 아래에 있는 차고에 차 두 대를 댈 수 있는 공간이 있었다. 엘리스의 남편이 끌던 볼보 옆에 차를 주차했다.

차에서 내린 나는 잠시 짙은 회색의 볼보를 살펴보았다. 어느 한군데 스크래치가 나거나 찌그러진 곳이 없을 만큼 볼보의 외양은 완벽했다. 차창 안으로 고급 가죽 시트와 자동 변속기가 보였다. 요즘 시세로 3만5천 달러를 내야 살 수 있는 차였다. 내 형편으로는 감히 넘볼 수 없는 차. 내가 몰기에는 과분한 차.

엘리스가 말했다.

"브렌던 씨의 표정을 보니 분에 넘치는 차라고 생각하나 봐요?"

나는 간신히 웃으며 말했다.

"혹시 독심술을 하세요?"

"설마! 차 얘기는 내일 해요."

"그러죠."

엘리베이터를 타고 3층으로 올라갔다. 3층에 여섯 가구가 있었고, 엘리스의 집은 복도 끝 집이었다. 집 안으로 들어서는 순간 가장 먼저 책이 눈에 들어왔다. 내 시선이 미치는 사방에 책이 쌓여 있었다. 현관에서 거실로 이어지는 긴 복도의 바닥부터 천장까지 책이 빽빽하게 놓여 있었다. 거실의 벽면도 삼면이 온통 책으로 채워져 있었다. 가구는 하나같이 옅은 나무색이고, 거실 바닥에는 갈색과 빨간색 쿠션이 놓여 있었다. 선반

하나에 가족사진이 있었다. 엘리스의 남편은 호리호리한 체형에 갈색 슈트를 즐겨 입었고, 보타이를 하는 취향이었다. 엘리스의 딸 앨리슨은 키가 큰 편이었고, 자기 의심을 자만심으로 가린 표정이었다.

엘리스는 지금도 아름답지만 2,30대 때는 그야말로 저절로 눈이 돌아갈 만큼 눈부신 미인이었다.

주방에는 텔레비전 요리 프로에서 볼 수 있는 전문가용 가스레인지, 대리석 식탁, 1950년대식 의자 네 개가 비치돼 있었다.

내가 말했다.

"가스레인지가 멋있어요. 음식을 잘하시나 봐요."

"사실 음식을 할 때 전자레인지만 써요. 저보다는 죽은 남편이 요리를 정말 잘했어요. 요리하는 걸 즐겼죠. 스트레스를 요리하는 것으로 풀었으니까."

"이 넓은 집에서 혼자 있다 보면 적적하겠어요."

"적적하긴 해요. 이 집에서 남편과 보낸 세월이 45년이죠. 남편이 떠난 뒤로는 집이 너무 조용해요. 특히 저녁이면 너무 호젓해요. 외롭다는 느낌이 들 때마다 제 자신을 타일러요. '넌 오랜 세월을 좋은 남자와 함께했어. 정말 좋은 남자였지. 그와의 추억을 떠올리면 그리 외롭지 않잖아.'라고요. 남편이 저를 많이 사랑했다는 걸 알아요. 제가 정말 까다로운 여자인데 너 그렇게 받아 주었죠. 제가 너무 까다로운 편이라 딸을 잃은 것인지도 몰라요."

"딸을 잃다니요? 아직 잃지 않았어요."

"아뇨, 잃은 거나 다름없어요. 남편을 생각할 때마다 우리가 함께한 세월에 대해 고마운 마음을 갖게 되더군요. 항상 배우자를 동등하게 대해주었던 남자와 나누었던 대화들이 그리워요. 그런 남자를 만난다는 건 아주 드문 일이죠. 외롭다는 생각이 들 때마다 제 자신을 타일러요. '넌 운이 좋은 여자야.'라고요."

"제가 보기에도 운이 좋으셨어요."

"브렌던 씨는 부인과 어땠어요?"

"우리 부부 사이에는 친밀감이 전혀 없었습니다."

엘리스가 말했다.

"정말 안타까운 일이네요."

"왜 떠나지 않았는지, 왜 그 오랜 세월 동안 허깨비 같은 인연을 붙잡고 있었는지 묻는다면 대답하지 않고 당장 나가 버릴 겁니다."

나도 모르게 조금 화를 냈다. 화를 낸 나 자신에 대해 놀랐다. 나는 화를 밖으로 표출하는 데 익숙하지 않은 사람이었으니까.

엘리스가 말했다.

"걱정 말아요. 그런 건 안 물어볼 테니까. 그 대신 와인을 한 잔 마시고 싶은지 묻고 싶네요."

"와인은 좋습니다."

좋다고 대답했지만 솔직히 마음속으로는 당장 눈을 붙이고 싶었다. 다만 더할 나위 없이 친절하고 배려심 많은 엘리스 앞에서 그런 말을 하는 건 실례니까. 게다가 조금 전에 착하고 지적인 엘리스에게 살짝 화를 내기도 했으니까.

엘리스가 여러 가지 와인이 들어 있는 선반에서 레드 와인 한 병과 잔 두 개를 꺼내 가져왔다.

엘리스가 말했다.

"현대사회에서 제 마음에 와 닿는 문화 현상은 별로 없지만 와인을 마실 때 코르크 마개를 따지 않고 뚜껑을 돌리기만 해도 되는 와인이 많이 나온다는 건 정말이지 마음에 들어요."

엘리스가 와인 뚜껑을 열고 두 개의 잔에 따랐다.

"오늘, 정말이지 고생 많았어요."

엘리스가 잔을 높이 들어 올리며 말했다.

"우리 두 사람을 위하여. 포기하지 않는 인생을 위하여."

나는 잔을 부딪치며 말했다.

"엘리스 씨가 포기하지 않는 인생을 살 수 있도록 기도할게요. 저는 이미 오래전에 포기했어요."

"아뇨, 브렌던 씨도 아직 인생을 포기하지 않았어요."

"그걸 어떻게 알아요?"

"브렌던 씨가 침착하게 감정을 제어하면서 얼마나 현명하게 행동하는지 지켜봤으니까요. 인생을 포기한 사람은 그 정도의 인내심이 없어요."

나는 와인 잔을 단숨에 비우고 나서 말했다.

"이왕 신세를 지게 되었으니 한 가지만 더 부탁할게요. 너무 졸린데 지금 자도 될까요?"

"물론이죠. 다만 조건이 하나 있어요."

"뭔데요?"

"와인을 한 잔만 더 드세요. 그럼 푹 주무실 수 있을 거예요. 담배를 피우고 싶으면 발코니로 나가면 돼요. 거기 의자도 있고, 재떨이도 있으니까."

"그럼 우리가 같이 발코니로 나가 담배를 한 개비씩 피울까요?"

"저는 밤에 담배를 피우면 잠을 설쳐요. 요즘은 와인도 자기 전에 한 잔만 마셔요."

와인을 한 잔 더 마시자 더욱 졸음이 밀려왔다. 잠시 깜박 졸다가 다시 눈을 떴을 때 내가 어디에 와있는지 알 수 없었다. 그러다가 엘리스가 보였다.

"5분 동안 졸았어요. 자, 이제 오늘 밤 주무실 손님방으로 안내할게요."

아직 잠이 덜 깬 머리에 솜뭉치만 가득 들어있는 듯했다.

내가 말했다.

"이틀 동안 잠을 거의 못 잤어요."

"지금부터 푹 주무세요."

"내일은 일찍 나가 차 수리를 맡겨야겠어요."

"차 수리를 맡기고 제 차를 이용하세요. 어쨌든 지금은 푹 주무시고 내일 이야기해요."

엘리스를 따라 손님방으로 갔다. 나무 바닥에 페르시아 카펫이 깔려 있었다. 새하얀 벽에 흰 침구가 깔린 목재 침대가 놓여 있었고, 벽면에는 어릴 때부터 성인으로 자라기까지의 모습이 담긴 딸의 사진들이 걸려 있었다. 자그마한 욕실도 방에 붙어 있었다.

"욕실에 칫솔과 치약이 있고, 월버가 입던 잠옷을 침대에 올려두었으니까 갈아입어요."

"제 몸이 너무 뚱뚱해 맞지 않을 텐데요?"

"브렌던 씨는 뚱뚱하지 않아요. 월버는 키가 큰 사람이라 잠옷도 커요. 입고 있던 옷은 문 앞에 내놓으세요. 세탁해 놓을 테니까."

"세탁하지 않아도 괜찮아요."

"그래야 제 마음이 편해요. 혹시 뭐 더 필요한 건 없어요?"

나는 고개를 젓고 나서 말했다.

"이토록 환대해 주셔서 너무 감사합니다."

엘리스가 말했다.

"눈이 저절로 떠질 때까지 마음 편히 주무세요."

"엘리스 씨도요."

엘리스는 잘 자라고 인사하고 나서 방을 나갔다.

나는 옷을 벗어 문 밖에 내놓았다. 뜨거운 물로 한참 동안 샤워하고 나서 잠옷으로 갈아입었다. 하의는 잘 맞았지만 상의는 작은 편이었다. 배가 많이 나온 탓이었다. 평소에는 잠이 들기까지 제법 오랜 시간이 걸렸다. 머릿속에서 오늘 낮에 겪은 일들이 망가진 핀볼처럼 이리저리 튀었다. 침대는 편안하고, 침구는 산뜻했다. 피로가 극심해 눈을 감자마자 금세 잠들었다.

아침에 눈을 떴을 때 잠시 여기가 어디인지 헷갈릴 만큼 푹 잤다. 휴대폰 화면을 보니 오전 11시 47분이었다.

빌어먹을!

아무 일도 하지 않았는데 오전 시간이 다 날아갔다. 열두 시간 넘게 잠을 잤다.

오래도록 정신 모르게 잘 수 있었던 이유가 뭘까?

오늘 해야 할 일들을 떠올려보았다. 아그네스카와 법적인 문제를 해결하려면 변호사를 만나봐야 하고, 한동안 머물 임시 집을 구해야 했다. 수중에 돈이 별로 없어 당분간 지낼 집을 마련할 수 있을지 걱정스러웠다.

잠이 덜 깨 약간 비척거리며 주방으로 갔다. 식탁 의자에 앉아 있던 엘리스가 반갑게 인사했다.

"잘 잤어요?"

"너무 푹 잤나 봐요. 시간이 이렇게 많이 지난 줄 몰랐어요."

"아무튼 푹 잤다니 다행이네요. 옷을 세탁해 다려 놓았어요."

"제가 너무 많은 신세를 지게 되네요."

"외출하려면 당연히 옷을 세탁해 입어야죠. 커피 드실래요?"

"제가 만들게요."

"그냥 제가 만들게요. 제 방식이 있어요."

나는 잠옷 주머니에서 담배를 꺼내며 말했다.

"담배를 피워도 될까요?"

엘리스가 거실 끝을 가리키며 말했다.

"발코니로 나가시면 얼마든지."

발코니에 나와 담배를 반쯤 피웠을 때 요란한 소리가 들려왔다. 어제 병원 앞에서 들었던 구호 소리였다.

"임신 중절은 살인이다! 임신 중절은 살인이다!"

나도 모르게 몸을 숙였다. 누군가 자동차 지붕을 해머로 내려칠지도 모른다는 느낌이 들면서 온몸에 소름이 끼쳤다. 담배 연기를 깊이 빨아들이며 마음을 가라앉혔다. 그제야 구호 소리가 아파트 안에서 난다는 걸 깨달았다. 담배를 눌러 끄고, 집 안으로 들어갔다. 엘리스가 텔레비전 앞에 서있었다. 텔레비전 화면에서 내 차가 공격을 받고 있는 모습이 흘러나오고 있었다.

엘리스가 나를 보며 말했다.

"방금 자원봉사자 동료에게서 문자메시지가 왔어요. 정오 뉴스에 우리가 나온다고. 스튜디오시티에 병원이 하나 있는데 현재 시위대 사람들에게 둘러싸여 있대요. 제가 가끔 갔던 병원인데 많이 걱정스러워요."

"당장 그 병원에 가봐야 한다는 말은 하지 마시길 바랍니다."

엘리스가 쓴웃음을 지었다.

"걱정 마세요. 오늘은 병원에 갈 계획이 없으니까. 브렌던 씨는 오늘 어떤 계획이 있어요?"

"우버 일을 쉬는 대신 다른 볼일이 몇 가지 있어요."

"볼일을 보러 나가실 때 볼보를 가져가세요. 오랫동안 차고에 세워두었으니 상태가 어떤지 점검해볼 필요도 있으니까."

"관리를 잘해두었던데 제가 빌려 타도 될지 모르겠네요."

"브렌던 씨의 차가 망가졌으니까 빌려드리는 거예요. 게다가 저를 도와주다가 망가졌잖아요. 브렌던 씨는 차도 망가지고, 임신 중절 반대운동을 하는 시위대 여자에게 무례한 폭언과 폭력을 당했어요. 그러니까 차를 빌려 쓰는 것에 대해 조금도 부담 갖지 말아요."

"그렇게 말씀해 주셔서 고마워요. 그럼 볼보를 쓰겠습니다."

"지금 아침을 드실래요?"

"제가 준비할게요."

"제가 할게요. 브렌던 씨는 손님이니까."

엘리스가 식탁 의자에 앉으라는 손짓을 보냈다. 텔레비전 뉴스에서 기자가 스튜디오시티에 있는 병원 의사를 인터뷰하고 있었다.

"혹시 출근할 때 시위대 때문에 생명의 위협을 느꼈습니까?"

의사가 어두운 표정으로 말했다.

"캘리포니아 주에서, 아니 미국에서 임신 중절 수술은 합법적인 의료 행위입니다. 만약 의사들이 임신 중절 수술을 해주지 않는다면 많은 여성들이 심각한 고통을 겪게 될 겁니다. 제 아내와 아직 중고등학생인 제 아이들이 저의 안전 문제에 대해 심각하게 걱정하고 있습니다. 솔직히 저도 안전 문제에 대해 우려감이 들 때가 많습니다."

엘리스가 리모컨을 들고 텔레비전을 끄더니 주방 조리대에 몸을 기대며 눈을 감았다.

"괜찮아요?"

엘리스가 나직이 말했다.

"아뇨, 안 괜찮아요."

엘리스가 잠시 침묵을 지킨 뒤 말을 이었다.

"달걀은 어떤 식이 좋아요? 스크램블드에그, 아니면 노른자만 익지 않게 만드는 반숙 프라이?"

"저는 스크램블드에그가 좋아요."

엘리스가 달걀을 곁들인 토스트 두 개를 만들고 나서 컵 두 개에 오렌지주스를 따랐다. 보기에도 먹음직스러웠다.

"고마워요."

엘리스가 방긋 웃어 보이고 나서 방으로 들어가며 말했다.

"생각을 정리해 보아야 할 게 있어요."

나는 토스트를 먹고, 손님방으로 돌아가 간단한 샤워와 면도를 마친 다음 엘리스가 다림질해 놓은 옷으로 갈아입었다.

우선 클라라에게 문자메시지를 보냈다.

'상의할 일이 있어.'

클라라는 한동안 답이 없었다. 평소에는 문자를 보내자마자 곧장 답신이 왔었는데 이상했다. 담배를 피우고 싶어 주방으로 나가니 엘리스가 검은색 슈트 차림에 서류 가방을 들고 있었다.

"갑자기 나가봐야 할 일이 생겼어요. 미드윌셔에 회의를 하러 가야 해요."

"미드윌셔에 뭐가 있는데요?"

"제 남편의 로펌이 있어요. 집안 문제로 로펌 변호사들을 만나봐야겠어요. 한 시간 반쯤 걸릴 거예요. 브렌던 씨는 따로 볼일이 있으니까 다른 우버를 부를게요."

"딱히 바쁘지 않으니까 제가 모셔다드리겠습니다."

볼보는 승차감이 좋고, 매끄럽게 잘 나갔다. 특히 순간 가속이 뛰어났다. 차창을 올리고 에어컨을 켜자 로스앤젤레스의 소음이 갑자기 멀리 사라졌다.

미드윌셔에 있는 로펌까지 20분 만에 도착했다. 엘리스의 밀에 따르면 남편의 로펌은 기업 변호니 고액의 수입료가 걸린 상속 문제는 맡지 않는다고 했다. 로펌이 입주해있는 건물이 1950년대식 단층 건물이어서 놀랐다. 수수한 나무 간판에 '플루톤, 그린봄, 매킨타이어 & 밀카비크'라고 적혀 있었다. 문에는 'Black Lives Matter[*]라는 포스터가 붙어 있었다. LGBT 무지개 깃발도 걸려 있었다. 오래전 그 깃발을 처음 보았을 때 마이너리그 스포츠 팀 깃발인 줄 알았다. 나중에 클라라의 설명을 듣고 나서야 제대로 알게 되었다.

내가 차를 세우고 있을 때 엘리스가 말했다.

"간판에 있는 저 이름들은 와스프, 유대인, 아일랜드 가톨릭, 폴란드인을 대표해요. 1978년에 월버는 서로 다른 집단을 대표하는 사람들과 힘을 합쳐 로펌을 설립했죠. 원년 멤버가 네 명이었는데 현재 살아 있는 사람은 스탠리 그린봄이 유일해요. 그린봄 변호사는 은퇴해 카멜 해변에서 살고 있는데, 아직

---

[*] 흑인의 목숨도 소중하다

도 가끔씩 로펌에 나와요."

나는 차를 주차했다.

"회의가 한 시간 반쯤 걸린다고 했죠?"

"더 빨리 끝날 수도 있어요. 문자 보낼게요."

단층 건물의 창문마다 철창살이 있고, 철판을 두껍게 덧댄 정문에는 CCTV 카메라가 설치되어 있었다. 로펌이 누군가로부터 위협을 받고 있다는 느낌이 들었다. 엘리스의 말에 따르자면 상위 10퍼센트만을 위한 체제에 맞서 블루칼라들과 약자들의 권익을 위해 일하는 진보 로펌이라고 했다. 엘리스의 이야기를 듣고 나니 위협을 받고 있다는 게 새삼 놀랍지는 않았다. 나는 엘리스가 로펌 건물 안으로 들어간 걸 확인하자마자 다시 차를 빼내 달리기 시작했다.

땡.

휴대폰에서 문자메시지가 들어왔다는 신호가 울렸다. 차를 갓길에 세우고 휴대폰 화면을 열었다. 클라라가 보낸 메시지가 아니었다.

'내가 너무 심하게 말한 것에 대해 사과할게. 상황이 심각하다는 생각이 들어서 내가 많이 흥분했었나 봐. 널 직접 만나서 이야기를 나누었으면 해. 서로 얼굴을 맞대고 상의하다 보

면 좋은 해결책이 나올 수도 있으니까. 전화 기다릴게. 토더 신부.'

매우 수상쩍은 문자메시지였다. 토더 신부는 어린 시절부터 가까이 지내온 친구였다. 지난날에는 내가 전적으로 신뢰할 수 있는 친구 가운데 하나였다. 철석같이 믿었던 토더 신부가 어제는 나를 은근히 협박했다.

토더 신부는 정말 자신이 너무 지나쳤다고 생각하고 있을까? 그냥 우리 부부의 싸움을 중재하려고 나선 걸까? 내가 아그네스카에게 이혼하자고 했기 때문에?

나는 운전석에 앉아 눈을 감았다. 클라라로부터 여전히 소식이 없었다. 접근 금지 명령과 관련해 당장 해결해야 할 법적인 문제들이 많았지만 생각하지 않으려고 애썼다. 자꾸만 생각해봐야 헛수고일 테니까. 앞으로 어떤 일이 있어도 다시는 아그네스카와 부부 사이로 돌아가지 않겠다고 결심을 굳힌 게 현재의 유일한 위안이었다.

땡.

엘리스가 보낸 문자였다.

'일이 다 끝났어요.'

시계를 보니 3시 18분이었다. 잠시 후면 러시아워가 시작되는 만큼 서두를 필요가 있었다. 주위에 경찰이 없는지 확인하고 나서 불법 유턴을 했다. 로펌 앞에 도착하자 엘리스가 이미 밖에 나와 기다리고 있었다.

엘리스가 차에 올랐다.

"이제 댁으로 가면 됩니까?"

"그런 투로 말하니까 제 자가용 운전수 같잖아요."

"아직 '여사님'이라는 호칭은 안 썼습니다."

엘리스가 빙긋 웃었다. 흔쾌한 웃음은 아니었다.

엘리스는 눈을 감고 고개를 절레절레 저었다.

"괜찮아요?"

"아뇨."

"힘든 회의였어요?"

"심각했죠."

나는 GPS를 확인했다. 웨스트우드까지 가려면 한 시간이 넘게 소요된다고 나와 있었다.

"이제 출발할까요?"

엘리스가 고개를 끄덕였다.

땡.

도로로 들어서기 직전 내 휴대폰에서 신호음이 울렸다. 내 휴대폰에 이름이 저장돼 있지 않은 번호인데 메시지 내용을 보니 클라라가 보낸 것이었다.

'아빠, 안 좋은 일이 있었다며? 나도 심각한 문제가 생겼어. 나는 지금 숨어 있는 입장이야. 보안상 어디에 있는지 문자로 알려줄 수는 없어. 내가 종전까지 쓰던 휴대폰은 버렸어. 새 번호로 바꾸었으니까 추적당할 염려는 없을 거야. 지금 이 번호로 전화해.'

16

클라라에게 무슨 일이 생길까 봐 덜컥 겁이 났다. 엘리스가 금세 내 표정을 읽고 물었다.

"나쁜 소식이에요?"

엘리스는 내가 믿을 수 있는 몇 안 되는 사람이었다. 나는 엘리스가 메시지를 읽을 수 있도록 휴대폰 화면을 보여 주었다.

"잠시 밖에 나가 담배를 한 대 피워야겠어요."

"딸에게 전화부터 하는 게 낫지 않아요?"

"담배를 피우고 나서 전화할게요."

"알았어요."

나는 시동을 끄고 차에서 내렸다. 엘리스도 따라 내렸다. 셔츠의 포켓에서 아메리칸 스피릿을 꺼내 입에 물었다.

"딸이 위급한 상황에……."

"클라라가 어떤 상황에 처했는지 아는 게 두려워요. 물론 알아야 하겠지만……."

나는 담배에 불을 붙였다.

"저도 한 개비 주세요."

나는 엘리스에게 담배 한 개비를 건네고 나서 불을 붙여 주었다. 엘리스가 담배 연기를 대여섯 번쯤 들이마신 뒤에 말했다.

"마음이 초조할 때면 담배를 피워요. 브렌던 씨 때문에 마음이 초조해졌어요. 이제 딸에게 전화해 봐요. 가능한 한 저도 도울게요."

"엘리스 씨의 도움을 받을지 말지는 클라라에게 달렸어요."

"그야 당연하죠. 딸과 통화할 때 저도 들을 수 있도록 스피커폰으로 하면 어떨까요?"

"클라라에게 먼저 양해를 구하고 나서요."

엘리스가 고개를 끄덕였다.

우리는 담배를 다 피우고 나서 다시 차에 올랐다. 나는 심호흡을 하고 나서 클라라에게 전화를 걸었다.

클라라가 곧장 전화를 받았다.

"아빠?"

예상하고 있었지만 불안한 목소리라 마음이 몹시 괴로웠다.

"지금 어디니?"

"그 얘기는 나중에 하는 게 좋겠어. 아빠 차가 임신 중절 병원 앞에서 시위를 하는 사람들에게 둘러싸여 있는 모습을 봤어. 인터넷 뉴스에서 여러 번 동영상이 나왔으니까."

"숨어 있다면서 인터넷 접속이 가능해?"

개인정보 보호를 다룬 텔레비전 프로그램이 생각났다. 컴퓨터나 휴대폰으로 인터넷 접속을 하면 자동으로 위치가 추적된다고 했다.

"걱정하지 마. 전에 쓰던 휴대폰으로 봤어."

"그나저나 너에게 무슨 일이 있었는지 어서 말해."

"전화번호와 휴대폰을 바꾸고 이메일도 안 건드렸어. 나름 보안을 철저하게 지키고 있으니까 들키지 않을 거야. 그건 그렇고, 아빠는 어디야? 집은 아니지?"

"당분간 집에 들어갈 수 없게 되었어."

나는 추가로 관련된 이야기를 들려 주었다.

"토더 신부는 나쁜 놈이야. 그럼 아빠는 어디서 지내?"

나는 엘리스에 대해 이야기해 주었다. 엘리스와 임신 중절 병원에서 겪은 일, 어제 벌어진 사건, 일을 마치고 집에 갔다가 접근 금지 명령서를 보게 된 일.

"어제는 그분 댁에서 잤어?"

"어쩔 수 없었어. 다른 대비책이 없었으니까."

"한동안 그분 댁에서 지낼 거야?"

"지금은 달리 방법이 없어. 엘리스 씨가 편하게 대해줘."

"믿을 만한 분이야?"

"당연하지."

"우리 편이야?"

"당연히."

나는 그렇게 대답하면서 내심 엘리스에게 묻고 싶었다.

'엘리스 씨, 당신도 나를 같은 편으로 생각하나요?'

지금은 그런 질문을 할 때가 아니었다. 클라라가 얼마나 심각한 문제에 직면해있는지 알아보는 게 무엇보다 중요했다.

"클라라, 지금 어디야?"

"캘리포니아 동부에 있는 투엔티나인팜스* 근처야."

"거긴 왜 갔어?"

"그 질문에 답하기 전에 내가 먼저 아빠한테 물어볼 게 있어.

* 캘리포니아 주 샌버너디노 군에 위치한 인구 2만5천 명의 도시

어젯밤 아빠를 집에 데려가준 그분은 임신 중절 병원에서 무슨 일을 해?"

"네가 그걸 왜 알아야 하는데?"

"그런 분이 필요해. 그분하고 이야기를 나눌 수 있을까?"

"지금 내 옆에 있어."

"혹시 스피커폰이야? 그분도 우리 얘기를 다 들었어?"

"그건 아니지만 내가 믿을 수 있는 분이라고 했잖아. 엘리스 씨는 임신 중절 수술을 받으려는 여성들을 돕고 있어."

"그분 좀 바꿔줘 봐."

나는 휴대폰을 엘리스에게 넘겼다. 엘리스는 휴대폰을 받아 들고 친절하게 전화를 받았다.

엘리스가 클라라와 통화하는 동안 나는 담배 한 개비를 입에 물고 차에서 내렸다. 가까이에 있는 버스 정류장에 벤치가 있었고, 다행히 사람이 아무도 없었다. 나는 벤치에 앉아 담배를 피웠다. 무려 담배를 세 개비나 피우며 15분 동안 앉아 있었다. 엘리스가 차창을 내리더니 나에게 어서 오라고 손짓했다.

내가 운전석에 앉자 엘리스가 휴대폰을 건네주며 말했다.

"용감한 딸을 두었네요. 위험한 상황이지만 아직 기회는 남아있어요. 이틀 전, 클라라는 앰버라는 여자로부터 전화를 받

있대요. 앰버는 3년째 감금되어 있었고, 청소년 노숙자를 위한 집을 만든 남자가 자기를 가두었다고 하더래요. 재력도 풍부하고, 사회적 영향력도 막강한 그 남자는 다름 아닌 패트릭 켈러허라네요."

"하나님 맙소사!"

"켈러허가 하나님을 앞세워 하는 일들은 전부 하나님의 뜻에 위배되는 것뿐이군요."

"앰버라는 여성은 왜 하필 클라라에게 도움을 청했을까요?"

"켈러허가 클라라가 일하고 있는 여성 쉼터에 정기적인 기부금을 내주기로 했나 봐요. 클라라는 여성 쉼터를 방문한 켈러허를 만난 적이 있다고 하더군요. 앰버라는 여성이 켈러허의 주머니를 뒤지다가 발견한 클라라의 명함을 보았나 봐요."

"클라라가 켈러허를 만났던 이야기는 들었어요. 켈러허가 제 딸에게 점심식사를 같이 하자며 명함을 받아갔다고 하더군요."

"앰버가 그 명함을 보고 클라라에게 전화해 도움을 요청한 거예요. 브렌트우드의 켈러허 사유지에 별채가 있는데 앰버가 그 집에 갇혀 있나 봐요. 켈러허는 일주일에 몇 번씩 섹스가 생각날 때마다 앰버가 있는 지택으로 온답니다. 비교적 큰 저택이고, 생활하는 데 전혀 불편함이 없을 만큼 다양한 편의시설과 가재도구들을 갖춰놓은 집이랍니다. 앰버가 말하길 처음에는 음울한 쉼터에서 지내다가 켈러허의 저택에 오니 호강을 누리게 된 기분이었답니다. 돈 많은 의부를 만났다는 생각에 기쁘기도 했다는군요. 켈러허가 섹스를 요구하기 시작하면서 낙원이 지옥으로 바뀌었답니다. 켈러허가 섹스를 원하면 앰버는 무조건 받아들여야 했나 봐요. 앰버는 3년 전 켈러허의 저택에 들어갔는데 얼마 지나지 않아 성 노리개가 된 거예요. 그 당시 앰버의 나이는 겨우 열네 살이었답니다."

엘리스의 말을 듣는 동안 숨이 턱 막혔다.

"일주일에 단 한 번만 외출이 허용되었대요. 어딜 가든 경비원이 가까이에서 감시했답니다. 앰버가 머무는 저택은 인터넷은 되는데 이메일 계정을 만들지 못하게 막아두었답니다. 휴대폰은 빼앗겨서 없었고요. 그나마 텔레비전과 넷플릭스는 얼마든지 볼 수 있어 다행이었다는군요. 일주일에 옷이나 액세서리를 사는 데 몇 천 달러를 쓸 수 있고, 집에 운동 시설을 갖추고 있고, 수영장도 있었답니다. 운동은 원하는 대로 할 수 있지만 자유는 허락되지 않았다고 하네요. 무엇보다 끔찍한 일은 앰버가 임신 5개월이랍니다. 앰버가 2주 전 열일곱 번째 생일을 보낸 미성년자라는 점이 더욱 큰 충격으로 다가오네요."

나는 인상을 찌푸리며 눈을 감았다. 켈러허 같은 천하의 악당이 토더 신부의 최대 후원자라는 사실이 끔찍했다. 아그네스 카는 임신 중절 반대운동을 하면서 켈러허의 주머니에서 나온 돈을 받고 있는 셈이었다. 이 빌어먹을 악당의 주머니에서 나온 돈이 이제 내 딸의 급여로 지급될 수도 있었다.

　"앰버가 클라라의 명함을 어떻게 입수하게 되었답니까?"

　"켈러허가 여성 쉼터에 다녀온 뒤 곧바로 앰버와 섹스를 하고 침대에서 잠들었답니다. 앰버는 켈러허의 주머니를 뒤지다가 클라라의 명함을 발견하고 몰래 숨겨두었대요. 켈러허는 명함이 없어진 걸 모르는지 앰버에게 명함의 행방을 묻지 않았답니다. 앰버는 이틀 전에 쇼핑을 나갔나 봐요. 베벌리센터 쇼핑몰에서 스커트를 살 때 피팅룸에 직원용 비상구가 있다는 걸 알아두었대요. 앰버는 마음에 드는 티셔츠를 찾았다면서 경호원에게 옷을 입어보고 싶다고 했답니다. 경호원은 피팅룸 앞에서 기다리고 있고, 앰버는 티셔츠를 들고 안으로 들어가자마자 직원용 비상구를 통해 도망쳤답니다. 앰버는 곧장 쇼핑몰 보안요원을 찾아갔답니다. 보안요원은 인정 많은 여성이었는데 나중에 알게 되었지만 사회복지학과 대학원생으로 쇼핑몰에서 아르바이트를 하고 있었다는군요. 앰버에게는 큰 행운이었죠.

앰버는 보안요원에게 몸을 숨겨 달라고 부탁했고, 그 이유는 사정상 비밀이라고 했대요. 보안요원은 경찰에 신고하는 게 좋겠다고 제안했지만 켈러허의 영향력이 얼마나 막강한지 너무나 잘 아는 앰버는 왠지 불길한 생각이 들어 반대했답니다. 켈러허가 경찰을 좌지우지한다는 걸 잘 알고 있었기 때문이죠. 앰버는 여성 쉼터 전화번호가 적혀 있는 클라라의 명함을 보안요원에게 건네면서 전화를 걸어달라고 부탁했대요. 그렇게 해서 앰버랑 클라라가 통화하게 되었답니다. 전화를 받은 클라라는 이 문제를 자신이 직접 해결하기로 결심했대요."

"클라라가 무슨 힘이 있다고 문제를 직접 해결해요? 마땅히 자기 상사에게 알렸어야지."

"아무래도 켈러허가 여성 쉼터에 기부금을 내기로 되어있으니까 주저했겠죠. 만약 클라라의 상사가 켈러허에게 연락할 경우 앰버의 탈출은 수포로 돌아갈 테니까요. 저는 클라라가 매우 현명한 판단을 했다고 생각해요. 아무튼 쇼핑몰 보안요원이 클라라에게 베벌리센터 출입구 가운데 인적이 드문 곳을 알려줬고, 거기서 만나기로 했답니다. 쇼핑몰에서 앰버를 픽업한 클라라는 우선 로스앤젤레스를 벗어나는 게 우선이라고 판단했답니다. 그사이 앰버가 달아난 사실을 알게 된 켈러허는 수하의 경비원들을 잔뜩 풀어 앰버를 찾기 시작했고요. 클라라는 문득 투엔티나인팜스 근처 사막에 트레일러 하우스를 갖고 있는 친구가 떠올랐답니다. 클라라는 전에 친구가 히피 삼촌으로부터 물려받은 트레일러 하우스에 가본 적이 있었다는군요, 친구가 열쇠를 어디에 숨겨놓는지도 알고 있었고요. 클라라의 친구는 일주일 동안 시애틀에 가있겠다고 했다는군요. 클라라는 일단 앰버를 데리고 트레일러 하우스에 숨기로 결심했답니다. 친구에게는 나중에 양해를 구하기로 하고요. 클라라는 투엔티나인팜스로 가기 전 앰버를 설득해 병원에 갔대요. 병원에서 임신 5개월이라고 하더랍니다. 한편 켈러허는 수하의 경비원들에게 앰버를 반드시 찾아내 저택으로 데려오라는 엄명을 내렸답니다. 켈러허는 전처의 임신 중절 사실이 세상에 공개되는 바람에 곤욕을 치른 적이 있는 만큼 안절부절못하고 있겠죠."

나는 흥분해서 소리쳤다.

"당장 앰버라는 아이를 경찰서에 데려가야 해요. 켈러허가 저지른 중범죄는 최소 두 가지입니다. 미성년자 납치 및 강간은 변명의 여지없이 중형을 받게 될 겁니다. 켈러허가 아무리 재력이 풍부하고, 사회적 영향력이 막강하고, 경찰에 연줄이 많아도 그런 중범죄가 드러날 경우 절대로 그냥 넘어갈 수 없어요."

"중요한 문제가 한 가지 있는데 앰버가 아이를 임신 중절하겠다고 고집을 부리고 있는 거예요. 임신 5개월이 지나면 법적으로 임신 중절 수술이 불가하거든요. 경찰서를 찾아가게 될 경우 주정부에서 임신 중절을 못하게 할 겁니다. 이제 열일곱 살인 앰버가 아이를 낳아 키울 형편이 될까요? 아마 힘들 거예요. 게다가 앰버를 만나게 해준 쇼핑몰 보안요원이 실종됐답니다. 대학원생인 그 보안요원의 부모가 딸이 실종된 사실을 알고, 경찰에 공개수사를 촉구했다는군요. 클라라는 켈러허가 그 보안요원을 납치 구금했을 가능성이 크다고 추측하고 있습니다. 켈러허 측 사람들이 쇼핑몰 관리자들에게 돈을 먹이고 그 보안요원의 신원을 알아낸 뒤 납치했을 가능성이 큰 상황이긴 해요."

"정말 소름끼치도록 무서운 놈들이네요."

"켈러허가 저지른 짓을 보면 더 말할 나위가 없죠. 중요한 사실이 한 가지 더 있어요. 클라라의 예전 휴대폰으로 익명의 문자메시지가 들어왔대요. '어디 숨었는지 알고 있다. 이름도 알고 있다. 둘 다 숨을 생각 마라. 그 여자아이를 로스앤젤레스로 다시 데려와라. 어디로 데려올지는 나중에 말하겠다. 여자아이만 돌려보내면 아무런 불이익도 없게 하겠다.'라고요"

"클라라와 앰버가 숨어 있는 장소는 다행히 발각되지 않았나 봐요?"

"아직은 안 들켰답니다."

"그렇지만 들키는 건 시간문제일 수도 있습니다. 당장 경찰에 신고하는 게 최선입니다."

"제 생각도 그렇고, 클라라도 크게 다르지 않아요. 다만 앰버의 임신 중절 수술을 끝내고 나서 경찰서에 가겠답니다."

나는 고개를 절레절레 저었다. 이건 분명 벗어나기 쉽지 않은 악몽이었다.

엘리스가 내 손을 잡으며 말했다.

"저에게 나름 계획이 있어요. 아직 클라라에게는 말하지 않았어요. 클라라가 자기 계획대로 밀어붙이려고 결심을 굳히고 있는 것 같아서요."

"클라라는 한번 결심하고 나면 그대로 밀어붙이는 게 장점이자 단점이죠. 일단 결심을 굳히면 결코 입장을 바꾸지 않아요."

"제가 입장을 바꾸게 할 수 있는 방법을 모색해볼게요. 투엔티나인팜스에 있는 집 주소를 적어두었어요. 우린 오늘 사막으로 떠나야 해요."

17

오후 4시가 되면서 도로에 차량이 눈에 띄게 많아졌다. 로스앤젤레스의 러시아워가 시작된 것이다. 엘리스가 받은 투엔티나인팜스의 주소를 내 휴대폰에 입력했다. 구글맵에 들어가 확인해보니 투엔티나인팜스까지 네 시간 이십 분이 걸린다고 나와 있었다.

엘리스는 내 휴대폰 화면에 떠있는 이동경로를 보며 생각에 골몰해 있었다. 내가 시동을 걸기 직전 엘리스가 말했다.

"아직 출발하지 마세요."

"무슨 문제라도 있어요?"

"출발하기 전에 전화 한 통만 할게요."

"시간이 없어요."

"5분이면 돼요."

엘리스는 곧장 휴대폰을 들고 차에서 내렸다.

땡.

내 휴대폰에서 문자메시지가 들어왔다는 신호음이 울렸다. 토더 신부가 보낸 문자메시지였다.

'이봐, 친구. 나를 계속 피하려고? 어제 내가 화를 좀 냈다고 나를 더 이상 신뢰하지 않는다는 거야? 그래, 네 마음 이해해. 다만 사도 바울이 다메섹으로 가는 길에 들은 예수님의 말씀을 기억해주길 바랄게. 임신 중절 문제에 대해 내 생각을 완전히 바꾸지는 않았지만 어제 병원에서 벌어진 일들이 나오는 영상을 보면서 이제 폭력적인 시위는 삼가야 한다는 생각을 갖게 되었어. 오늘 《NPR》을 통해 미 전역으로 방송되는 '심층 분석' 프로그램 인터뷰에 나가서도 그런 뜻을 전달했어. 네가 전화해주길 눈이 빠지도록 기다리고 있다는 걸 알아주었으면 해.'

젠장맞을!

형편없는 개수작이라는 생각이 절로 들었다. 그런 한편 어릴 때부터 신부를 존경하고 가톨릭 사제들을 윤리의 척도로 여기며 자란 블루칼라 출신 아일랜드 아이의 습관이 내면에 남아 토더 신부의 말이 진심일지도 모른다는 유혹을 느끼기도 했다.

어쩌면 토더 신부는 자신의 최대 후원자가 저지르고 다니는 끔찍한 범죄를 모를 수도 있었다. 켈러허는 토더 신부 앞에서 자신의 어두운 단면과 악취 나는 비밀을 전혀 드러내지 않았을 수도 있으니까.

물론 토더 신부는 야심이 많고, 늘 더 높이 올라갈 기회를 엿보는 성직자였다. 토더 신부가 무분별한 혼외정사와 태아의 임신 중절 수술 문제에 대해 엄격한 입장을 고수하고 있는 걸 볼 때 앰버에게 일어난 일들을 알게 될 경우 치를 떨며 분노를 쏟아낼 거라는 예감이 들었다. 이제 열일곱 살인 앰버가 강제 추행을 당해 임신을 하고, 5개월이 넘은 태아를 지우려 한다는 사실을 알게 될 경우 더욱 분해할 수도 있었다. 한편, 내 오랜 친구이자 성직자인 토더 신부가 점점 더 이해할 수 없는 사람이 되어가고 있다는 사실도 알고 있었다. 이제 토더 신부는 순수했던 시절의 내 친구가 아니라 갈수록 낯선 사람으로 보였다.

엘리스가 다시 차에 타며 말했다.

"지금부터 제가 하는 말이 못마땅할 수도 있겠지만 용기를 내 말할게요. 저는 우선 법적인 조언을 받아볼 필요가 있다고 생각해 방금 전 스탠리 그린봄 변호사랑 통화했어요."

"클라라는 아무에게도 알리고 싶지 않다고 했잖아요."

"저도 알아요. 다만 스탠리 그린봄은 제가 전적으로 신뢰하는 변호사라는 걸 알아두세요. 고객의 비밀을 철저하게 지키는 사람이죠. 게다가 이런 문제에 대해 고양된 법률 지식을 갖추고 있기도 해 그린봄 변호사랑 상의했어요."

"그 변호사에게 켈러허 이야기도 했나요?"

"네, 그렇지만 제가 앰버를 만나 모든 상황을 확실하게 장악할 때까지 아무런 액션도 취하면 안 된다고 못을 박아두었어요. 그린봄 변호사의 말로는 클라라에게 협박 문자가 왔다면 브렌던 씨 휴대폰도 노출되어 추적당할 가능성이 있답니다."

나는 하마터면 주먹으로 계기판을 내리칠 뻔했다.

"내 휴대폰을 사용하면 우리 위치가 노출될 수도 있겠네요?"

"이제부터 제 휴대폰의 GPS를 사용하세요. 지금 제 휴대폰으로 클라라에게 전화할게요. 당분간 아빠 휴대폰으로 연락하지 말고, 내 휴대폰으로 해야 한다고."

"젠장, 젠장, 젠장."

"위기에 처할수록 침착하고 냉정하게 대처할 필요가 있어요. 그래야만 우리의 의도대로 위기를 돌파할 수 있습니다."

10번 고속도로에 들어서기까지 한 시간이 넘게 걸렸다. 엘리스는 클라라에게 지금 가고 있는 중이라고 문자를 보냈다.

곧바로 클라라의 답신이 왔다.

'오는 길에 먹을거리를 사다주세요. 음식이 떨어졌는데 앰버 혼자 두고 다녀올 수 없어요.'

내가 말했다.

"음식이 떨어져 쫄쫄 굶고 있나 봐요."

"가는 길에 슈퍼마켓을 찾아봐야 해요. 먹을거리를 사게."

"제가 휴대폰으로 검색을……."

"브렌던 씨의 휴대폰을 쓰면 안 돼요."

나는 계기판에 있는 시계를 보았다.

"혹시 《NPR》 방송국이 몇 번에 저장되어 있는지 아세요?"

"아마도 2번에 저장되어 있을 거예요."

"토더 신부가 문자메시지를 보냈는데 《NPR》 방송국과 인터뷰를 했고, 임신 중절 반대운동이 점점 폭력적이 되어가는 것에는 반대하는 입장이라고 하더군요. 설마 토더 신부가 켈러허가 앰버에게 저지른 추악한 범죄 행위에 대해 알고 있지는 않겠죠?"

엘리스는 내 질문에 대해 곰곰이 생각해보고 나서 말했다.

"저도 브렌던 씨의 친구인 토더 신부가 켈러허 같은 괴물을 감싸주고 있으리라 믿고 싶지는 않아요. 다만 저의 바람과 현실이 반드시 일치하지는 않더군요."

나는 라디오를 켜고 2번 버튼을 눌렀다. 《NPR》의 심층 분석을 듣고 있다는 것을 실감하게 만드는 목소리가 흘러나왔다. 앞의 이야기들은 귀에 들어오지 않았다. 그러다가 로스앤젤레스의 임신 중절 병원 앞에서 폭력 시위가 벌어졌다는 이야기가 시작되면서 깊이 몰입할 수 있게 되었다.

어제 히스테릭한 성격에 자주 짜증을 내던 재키를 데려다주려다가 실패한 병원 원장의 인터뷰가 흘러나왔다.

"생명 보호를 주장하는 임신 중절 반대운동가들이 오히려 여성들의 합법적인 권리를 짓밟는 폭력 행위를 무자비하게 자행하고 있습니다. 그들에게 법은 고려사항이 아닙니다. 정교분리도 무시합니다. 무엇보다 인간에 대한 예의와 여성의 자기결정권을 철저하게 유린하고 있습니다."

그다음은 테레사의 인터뷰가 흘러나왔다.

"저는 임신 중절 반대운동가들 중에서도 가장 전투적인 사람이라고 할 수 있습니다. 태아의 생명을 보호하고, 로 대 웨이드 판결의 끝장을 보고, 이 나라에서 임신 중절 병원이라는 죽음의 공장이 전부 폐쇄되는 그날까지 저는 그 어떤 반대에도 굴

하지 않고 싸워나갈 것입니다. 임신 중절을 옹호하는 사람들이 어찌 감히 윤리적 우월성을 이야기합니까? 자궁 안에서 자라는 태아는 엄연히 하나의 생명체입니다. 태아는 살아있는 생명체라는 사실을 받아들이고, 함부로 목숨을 빼앗지 말아야 합니다. 임신 중절 수술은 생명을 죽이는 명백한 살인 행위입니다. 이 준엄한 사실을 받아들이지 않는 자들은 죄다 살인 행위의 공범자들입니다. 우리가 여성의 인권을 침해한다고요? 우리는 단 한 번도 임신 중절 수술을 받으려는 여성들을 물리적으로 공격한 적이 없습니다. 협박한 적도 없고요."

인터뷰를 진행하던 기자가 테레사의 말을 끊었다.

"잠깐만요. 어제만 해도 임신 중절 수술을 받기 위해 우버 택시를 타고 병원을 찾아갔던 한 여성이 임신 중절 반대운동을 하는 시위대로부터 물리적인 공격을 받았다고 하던데요. 현장에 출동했던 방송국 카메라맨의 증언에 따르자면 임신 중절 수술을 받기 위해 병원을 찾았던 그 여성이 시위대의 공격을 피하기 위해 자동차 바닥으로 몸을 숨기고, 계속 이어지는 공격 때문에 정신적으로 큰 충격을 받았답니다. 카메라맨의 증언이 사실과 부합되지 않는다면 반대 의견을 말씀해 주시죠."

테레사가 태연한 목소리로 말했다.

"태아의 소중한 생명이 크게 위협받고 있는 상황인데 고작 자동차 표면을 두드린 게 대수입니까?"

라디오를 듣던 엘리스가 한숨을 푹 내쉬었다.

"저 사람들은 늘 저런 식으로 말하죠. 임신 중절 수술을 받기로 한 여성들의 자기결정권을 존중해야 한다고 아무리 말해봐야 귓등으로도 듣지 않아요. 저 사람들은 임신 중절을 태아의 생명을 죽이는 행위로 인식하고 있기 때문에 다른 말은 아예 들으려고도 하지 않죠. 임신 중절 수술을 한 여성들을 따스한 배려와 연민의 시선으로 바라보아야 한다는 말은 전혀 고려 사항이 되지 않아요."

진행을 맡은 기자가 말했다.

"그럼 이제부터는 두 가지 극단적인 입장 사이에 있는 토더 신부님의 말을 들어보겠습니다."

기자가 청취자들에게 토더 신부를 소개했다.

"토더 신부님은 베벌리힐스에 있는 세인트 이그나티우스 로욜라 교구를 맡고 있었고, 임신 중절 반대운동의 정점에서 매우 비중 있는 역할을 해온 인물로 알려져 있습니다. 현재 토더 신부님은 〈앤젤스 어시스트〉라는 자선 단체를 운영하고 있습니다. 〈앤젤스 어시스트〉를 지원하는 분은 유명한 금융인 패트릭 켈러허 씨입니다."

엘리스가 말했다.

"브렌던 씨의 어린 시절 친구였던 토더 신부가 이제 전국적인 유명 인사가 되었네요."

나는 아무 말도 하지 않았다. 토더 신부의 관점이 무엇인지 듣고 싶을 따름이었다.

토더 신부의 목소리가 자동차 스피커를 통해 흘러나왔다.

"우선 분명하게 해둘 게 있습니다. 저는 임신 중절에 반대합니다. 임신 중절을 할지 말지 고민하는 교구의 신도를 끈질기게 설득해 끝내 아이를 출산하게 한 적도 여러 번 있습니다. 산모가 여러 가지로 상황이 안 좋아 아이를 직접 양육할 수 없는 경우 우리는 입양을 간절히 원하는 가정에 아이를 맡겨 건강하게 자랄 수 있도록 배려합니다. 제가 성직자로서 지켜본 경험에 따르자면 임신 중절을 선택한 여성들은 나중에 반드시 후회하며 고통의 시간을 보내게 됩니다. 그 여성들은 자신의 자궁 안에서 자라던 소중한 생명이 세상의 빛을 볼 수 있는 기회를 차단했다는 죄의식으로부터 자유로울 수 없기 때문입니다. 태아는 생명이 아니라는 주장을 펴는 사람들도 있습니다. 그 반면 아이를 양육하기 힘든 상황 속에서도 끝내 포기하지 않고 출산해 모범

적인 가정에 입양을 보내고, 나중에 여차저차 연락이 닿아 아이
와 좋은 관계를 유지하고 있는 여성들을 직접 보았습니다. 입양
가정에서 훌륭하게 자란 아이가 나중에 부모를 찾아가 만나는
경우도 많이 있습니다. 입양 가정에서 훌륭한 어른으로 성장한
아이는 자신을 낳아준 엄마와 아름다운 만남의 기회를 누릴 수
있게 되는 것입니다."

엘리스가 고개를 절레절레 저었다.

"임신 중절 반대운동을 하는 사람들은 늘 저런 식의 아름다
운 동화로 마무리를 하죠. 입양 가정에서 자라더라도 나중에
부모와 자식이 다시 아름답게 만날 수 있다고요. 그들이 겪은
쓰라린 고통의 세월에 대해서는 전혀 이야기하려고 하지 않죠."

임신 중절의 고통과 자기 아이를 다른 가정에 입양시켜야 하
는 고통 가운데 어느 쪽이 더 힘들까?

토더 신부의 말이 이어졌다.

"저도 임신 중절 수술로 태아를 지우기로 결정한 여성들에게
위협을 가하는 행위에 대해서는 결코 찬성하지 않습니다. 임신
중절 수술을 받고자 하는 여성들을 비난하고 손가락질을 하는
행위, 그런 여성이 타고 있는 자동차를 가격하는 행위, 꽃을 들
고 다가가 다른 방법이 있다고 노골적으로 말하는 행위도 반대

합니다. 물론 태아의 생명을 소중하게 여기는 사람이라면 임신 중절 수술로 생명을 죽이고자 하는 사람들에 대해 분노를 금할 수 없겠죠. 저도 그 심정을 이해하지만 우울하고 힘든 선택을 한 여성들을 위협하고 비난하는 행위에 대해 박수를 보낼 수는 없습니다. 임신 중절 수술을 받으려는 여성들을 협박하거나 폭력을 가하는 행위는 인간의 도리에도 위배되고, 그리스도 정신에도 반하는 행위입니다."

기자가 토더 신부에게 물었다.

"토더 신부님은 임신 중절 반대운동을 하는 사람들이 취해야 할 올바른 자세는 무엇이라고 생각하십니까? 간혹 폭력적이고 공격적인 시위에 나서는 분들에 대해 어떤 말을 해주고 싶은지요? 〈앤젤스 어시스트〉에 재정 지원을 해주고 있는 켈러허 씨는 폭력적인 시위에 대해 어떤 견해를 갖고 계신지요?"

"임신 중절 반대운동에 앞장서는 활동가들이 취해야 할 올바른 입장이라면 임신 중절 여성들을 위협하거나 폭력을 가하는 행위를 삼가야 합니다. 다만 합법적으로 가능한 모든 수단을 동원해 임신 중절 병원의 무분별한 수술을 막아야 합니다. 임신 중절보다 아름다운 선택이 있다는 걸 여성들에게 널리 알리는 교육 프로그램도 개발해야 합니다. 다시 한번 강조하지만 임신 중절 반대운동을 테러리즘으로 비치게 만드는 모든 행위들은 즉시 중단되어야 마땅합니다. 폭력 행위는 임신 중절 반대운동의 정당성을 훼손한다는 사실을 명심해야 합니다. 동기가 순수한 만큼 과정도 정당한 목적에 위배되지 않아야 하겠죠. 아울러 제가 켈러허 씨가 가진 생각을 대신 말할 수는 없습니다. 다만 제가 기자님이 질문한 주제로 켈러허 씨와 대화를 나눈 적이 있는 만큼 그때의 기억을 떠올려보며 이야기해 보겠습니다. 켈러허 씨는 임신 중절 여성을 위협하는 모든 폭력적 행위에 대해 반대하는 입장을 표하고 계십니다. 오히려 임신 중절 여성들을 돕는 단체들을 적극 지원하고 계시죠. 일례로 임신 중절 여성들을 돕는 여성 쉼터에 200만 달러를 기부한 바 있습니다."

엘리스가 말했다.

"세상에! 켈러허는 허점이 전혀 보이지 않을 만큼 치밀한 인물이 분명해요. 돈으로 자신의 어두운 정체를 숨기는 방법을 너무나 잘 알고 있어요."

나는 테레사처럼 과격한 활동가들에게 일침을 가한 토더 신부의 인터뷰를 그리 부정적으로 보지는 않았는데 엘리스의 생각은 달랐다.

"토더 신부는 교묘한 거짓말을 하고 있어요. 누구나 속기 쉬운 거짓말이죠. 그래서 더욱 위험해요."

"임신 중절을 반대하지만 폭력 행위는 중단해야 한다는 주장을 왜 거짓말이라고 생각하죠?"

"토더 신부는 폭력 행위는 마땅히 중단되어야 한다고 주장하지만 속뜻은 전혀 달라요. '우리는 이 나라에서 임신 중절이 불법 행위로 자리매김할 때까지 반대운동을 멈추지 않겠다.'라는 뜻입니다. 제 남편은 생전에 토더 신부 같은 태도를 '수염을 기르고 기타를 치는, 사람 좋은 신부 흉내.'라고 규정했죠. 이해심이 많고, 인류애가 넘치고, 박애정신이 투철한 척하지만 실제로는 오로지 자기들의 입장을 끝까지 고수하며 뒤로 물러서지 않고 사회적 갈등을 조장하는 부류라고 할 수 있어요. 토더 신부의 말을 들어 보니 여성의 고통에 대해 아무것도 모르는 자가 분명해요. 저 교활한 성직자가 말하듯 임신 중절을 바라는 여성들이 모두 획일적인 입장을 갖고 있는 건 아니죠. 토더 신부는 여성들이 임신 중절을 하려는 이유가 저마다 다르다는 사실을 전혀 모르고 있어요."

엘리스가 이토록 누군가를 신랄하게 비판하는 모습은 처음 보았지만 전혀 거부감이 일지 않았다. 엘리스는 테러 사건이 벌어진 병원에서 다행히 살아남았지만 동료 하나가 희생되었다.

자칫하면 목숨을 잃을 수도 있는 상황이었다.

"화염병 테러 현장에 계셨으니 임신 중절 반대운동을 하는 사람들을 부정적으로 보시는 게 당연합니다. 제가 알기로도 토더 신부는 지금껏 일관되게 임신 중절을 반대해왔죠. 매사에 과격한 테레사와 제 아내 아그네스카가 토더 신부와 한패라는 걸 모르지 않습니다. 그나마 토더 신부가 방송에 나와 임신 중절 반대운동에서 폭력을 사용해서는 안 된다고 강조한 부분에 대해서는 긍정적으로 봐줘야 하지 않을까요?"

엘리스가 얼굴을 찌푸리고 나서 어깨를 으쓱했다.

"저는 토더 신부가 인터뷰를 하면서 그런 발언을 한 의도가 의심스러워요. 물론 브렌던 씨가 무슨 뜻으로 말했는지 알고 있고, 분명 그렇게 생각할 수도 있습니다. 오히려 제가 임신 중절 반대운동을 하는 사람들을 지나치게 색안경을 끼고 바라보는 것일 수도 있겠죠. 다만 저는 기본적으로 토더 신부와 다른 생각을 갖고 있습니다. 임신 중절 문제는 전선이 분명하게 그어져 있어요. 앞으로도 공통분모나 합의점을 찾을 가능성은 거의 없다고 봐요. 우리 시대가 직면한 남북 전쟁이죠. 교리에 충실하려는 강경한 기독교도들과 자기결정권을 찾으려는 사람들의 전쟁. 과연 누가 옳을까요? 제 관점이 옳을까요? 아니면 토더 신부의 관점이 옳을까요? 저는 그저 임신 중절 문제로 고통스러워하는 여성들을 보호하고, 힘든 과정을 잘 넘길 수 있도록 도우려는 것뿐이에요. 그저 지극히 개인적인 선택일 뿐인데 왜 저들로부터 공격의 대상이 되어야 할까요? 왜 이 나라를 둘로 가르는 입장의 한 축이 되어야 할까요?"

땡.

엘리스의 휴대폰에 문자메시지가 들어왔다. 클라라가 보낸 문자.

엘리스가 소리 내어 읽었다.

"서둘러야 해요. 여기 상황이 매우 안 좋아요."

엘리스가 GPS를 확인했다. 아직 도착하려면 두 시간이나 더 가야 했다.

엘리스가 물었다.

"다른 길은 없어요?"

나는 고개를 저으며 말했다.

"로스앤젤레스에서 오래 사셨으니 남부 캘리포니아에서는 급할수록 길이 막힌다는 법칙을 잘 아시잖아요."

엘리스가 답신을 보냈다.

'10번 고속도로가 많이 막혀요. 차들이 거북이처럼 기어가고

있어요. 상황이 얼마나 안 좋아요?'

땅.

'많이 안 좋아요. 앰버가 총을 갖고 있는데 나를 겨누고 있
어요.'

18

그 이후 두 시간은 내 인생에서 가장 길게 느껴진 시간이었다. 화이트워터를 지나고 나서야 차량 흐름이 조금 빨라졌다. 캘리포니아 62번 주도에 다다라서야 마침내 속도를 높일 수 있었다.

나는 속도위반을 체크하는 경찰이 있지는 않은지 주변을 살피며 최대한 속도를 높였다. 지나치게 빨리 달리다가 334달러짜리 딱지를 떼인 적이 있었는데 똑같은 실수를 범하고 싶지는 않았다.

엘리스가 내 표정을 살피고 나서 말했다.

"앰버가 패닉 상태에 빠져 제정신이 아니라고는 해도 실제로 총을 쏘지는 않을 거예요."

"목숨을 걸고 자기를 구해주려고 애쓰는 여자에게 총을 겨눌 정도로 정신이 나간 아이라면 방아쇠를 당길 수도 있어요. 클라라에게 잘 있는지 다시 문자를 보내 알아봐야겠어요."

"문자를 보낸 지 아직 30분도 안 지났어요. 클라라와 계속 문자를 주고받을 경우 앰버를 자극할 우려가 있죠. 앰버는 감금된 상태로 성폭력에 시달렸어요. 클라라가 도와주고 있다는 걸 눈으로 보았으면서도 한편으로는 아무도 믿을 수 없다는 생각이 들기도 할 거예요. 어린 나이에 참담한 일을 겪으면 누군가를 전폭적으로 믿기 힘들죠. 앰버가 어쩌다가 클라라에게 총을 겨누게 되었는지 추측해 보고 있어요. 총은 도대체 어디서 구했을까요?"

"위험한 상황에 대비하기 위해 처음부터 은밀하게 총을 숨기고 있었는지도 모르죠."

도착하기 15분 전에 엘리스가 먹을거리를 사가기로 했다며 마켓을 찾아보자고 했다.

나는 엘리스에게 말했다.

"앰버가 총을 겨누고 있는 상황인데 먹을거리가 급한 건 아니잖아요. 그냥 빨리 가보는 게 낫지 않을까요?"

"오히려 먹을거리를 사가야 앰버를 안심시킬 수 있어요. 우리가 앰버에게 적대감이 없다는 걸 보여 주는 셈이니까."

나는 어쩔 수 없이 마켓 앞에 차를 세웠다.

마켓 밖에서 담배를 피우며 부정적인 생각을 하지 않으려고 애썼다. 세상에 하나뿐인 딸, 내가 세상에서 유일하게 무조건적으로 사랑하는 존재, 가끔 운전을 하다가 벽을 들이받고 영원한 안식에 빠져들고 싶다가도 차마 그런 짓을 저지를 수 없게 만드는 존재가 바로 내 딸 클라라였다.

클라라에게 무슨 일이라도 생긴다면? 아니야, 아니야, 결코 그런 일이 생기게 해서는 안 돼. 아직 끔찍한 일이 발생하지도 않았는데 미리 절망적인 생각을 떠올려서는 안 돼. 엘리스는 현명하고 지혜로운 사람이니까 불상사가 생기지 않도록 일을 잘 마무리할 수 있을 거야. 엘리스는 사람들의 마음을 잘 읽기도 하고, 불행한 사태가 벌어지지 않게 하려면 무엇을 해야 하는지 잘 알고 있으니까.

엘리스는 8분 뒤에 커다란 종이백을 두 개나 안고 나타났다.

"다양한 먹을거리와 코로나 맥주를 여섯 병 샀어요."

"맥주를 여섯 병이나 마실 수 있겠어요? 저는 운전을 해야 하고, 앰버는 임신을 한 데다 이제 겨우 열일곱 살인데요."

"열일곱 살이면 맥주를 못 마실 나이는 아니죠. 게다가 아이를 출산하지 않을 테니까 맥주 정도는 마셔도 괜찮을 거예요."

엘리스의 말을 듣고 나서 더 이상 반박하지 않았다. 다만 임신 5개월이 지났는데 임신 중절 수술을 해야 한다는 게 꺼림칙했다. 잘못된 선택이라는 생각이 들었지만 지금 엘리스에게 그런 말을 하는 건 옳지 않았다. 지금은 다른 일들이 더 중요했다.

고속도로를 5킬로미터쯤 더 달리다가 어두운 2차선 도로로 빠져나갔다. 구불구불한 사막 길이 이어졌다. 아직 초저녁인데 기온은 섭씨 35도를 상회했고, 공기는 매우 건조했고, 습기는 전혀 없었다. 사막 고원 특유의 날씨였다. 나직한 언덕에 몇 채의 집이 모여 있었다. 살짝 경사진 오르막길을 따라가다 보니 마침내 트레일러 하우스가 나타났다.

엘리스가 휴대폰으로 클라라에게 도착했다는 문자메시지를 보냈다. 트레일러 하우스에서 희미한 불빛이 새어나왔다. 양철 지붕에 크림색 금속으로 조립한 1970년대 스타일의 트레일러 하우스였다.

문이 열리더니 클라라가 나타났다. 나는 눈물이 나도록 반갑게 손을 흔들었고, 클라라는 그저 고개만 끄닥했다. 클라라의 뒤에 치어리더처럼 키가 큰 여자가 서있었다. 임신 5개월이라서인지 배가 불러오기 시작한 티가 확연히 드러나 있었고, 허리까지 내려올 만큼 긴 금발이 등 뒤에서 파도처럼 출렁거렸다.

클라라가 숨죽인 목소리로 말했다.

"안녕, 아빠."

클라라의 바로 뒤에 앰버가 바짝 붙어서 있었다. 앰버가 오른손에 들고 있는 권총을 클라라의 턱에 대고 있는 모습이 나를 불안하게 만들었다.

앰버가 물었다.

"먹을거리를 가져왔어요?"

엘리스가 말했다.

"네, 가져왔어요."

"할머니는 누구야?"

엘리스가 말했다.

"당신을 도와주러 왔어요."

"의사예요?"

"의사들과 같이 일해요. 엘리스라고 해요. 우리를 집 안으로 들여보내주면 내가 맛있는 저녁을 만들어줄게요."

앰버는 여전히 총을 클라라의 턱에 댄 채 우리에게 집 안으로 들어오라는 손짓을 보냈다.

앰버는 일인용 안락의자에 클라라를 앉혔다. 트레일러 하우스 안은 1970년대에 히피 남성이 쓰던 방의 모습을 그대로 유지하고 있었다.

내가 클라라 옆으로 다가가 손을 잡으려고 하자 앰버가 소리쳤다.

"제멋대로 움직이지 마!"

앰버가 내 얼굴에 총을 겨누었다.

엘리스가 침착하게 말했다.

"총을 겨눌 필요는 없어요."

"닥쳐!"

앰버가 야멸치게 쏘아붙였다.

"원한다면 입을 다물게요. 그리 힘든 일도 아닌데."

엘리스는 장을 보아온 물건들을 식탁 위에 정리해놓으며 앰버에게 물었다.

"배고파요?"

"입 닥치라고 했잖아!"

앰버는 공이를 뒤로 당기고 나서 클라라의 관자놀이에 총구를 댔다.

엘리스는 주방에서 침착하게 칼을 찾으며 말했다.

"내가 입을 다물지 않으면 총을 쏠 거예요?"

"당신들을 전부 총으로 쏠 거야."

엘리스는 칼로 양파를 자르면서 말했다.

"왜?"

"나를 엿 먹일지도 모르니까."

"마지막으로 언제 잠을 잤어요?"

"입 닥치라니까."

"그냥 대답해 봐요. 잠을 언제 잤죠?"

"이틀 전에."

"제정신이 아닌 이유를 알만하네요."

"한 번만 더 그런 소리를 지껄이면 이 여자를 쏴죽일 거야."

엘리스는 잠시 아무 말도 하지 않고 있다가 다시 입을 열었다.

"죽음을 무릅쓰고 당신을 도와준 사람인데 왜 죽이려고 하죠?"

엘리스의 목소리는 여전히 편안하고 부드러웠다. 마치 일상에서 평범한 대화를 나누는 듯했다. 앰버가 아무런 대꾸도 하지 않자 엘리스가 말을 이었다.

"클라라의 아빠도 왔는데 우리를 다 죽인다고요? 그다음에는 어쩌게요? 평생 감옥에서 썩는 게 소원이에요? 오랜 시간 가해자로부터 끔찍한 일을 당했으니 이세 반대로 가해자가 되어 다 되돌려주고 싶어요?"

앰버가 갑자기 권총을 엘리스 쪽으로 홱 돌렸다. 그 순간 클라라가 앰버의 얼굴을 세게 쳤다. 앰버가 뒤로 휘청하면서 방아쇠를 당겼다. 귀가 먹먹해질 정도로 총소리가 울려 퍼졌다.

앰버는 소파로 넘어지며 총을 휘둘렀다. 나는 앰버 위로 뛰어올라 팔을 움직이지 못하도록 소파에 고정시켰다. 앰버가 다시 방아쇠를 당기려고 했지만 클라라가 위에 올라타 뺨을 연속으로 때리며 소리쳤다.

"위험을 무릅쓰고 널 구해주었는데 어떻게 이럴 수가 있지? 로스앤젤레스로 다시 보내줄까? 그 늑대 같은 놈에게 다시 돌아가고 싶어?"

앰버가 짐승처럼 울부짖기 시작했다. 클라라가 또다시 앰버의 뺨을 찰싹 찰싹 때렸다.

"총을 내려놔."

앰버는 또다시 울부짖었고, 클라라는 연속적으로 그녀를 때렸다. 앰버가 울부짖는 소리가 점점 더 커졌다. 나는 총을 쥐고 있는 앰버의 손목을 더욱 세게 잡았다. 앰버가 또다시 방아쇠를 당기려고 하면 손목을 부러뜨릴 작정이었다.

총이 발사됐을 때 조리대 뒤로 몸을 숨겼던 엘리스가 소파로 다가왔다. 클라라가 또다시 앰버의 뺨을 때리려고 팔을 쳐들었을 때 엘리스가 말렸다.

"이제 그만."

엘리스가 앰버에게 말했다.

"이 세상 모든 사람에게 화가 나고 분하죠? 충분히 그럴 만하다고 생각해요. 그렇지만 클라라 말이 맞아요. 도와주려는 사람들을 괴롭히면 안 되죠. 괴물 같은 그 남자와 똑같은 사람이 되고 싶어요? 다시 한번 말하지만 우리는 당신을 도우려고 왔어요. 우리를 믿고 따라야 해요. 당신을 도울 사람들은 우리밖에 없어요."

앰버가 눈을 감고, 총을 손에서 놓았다. 나는 재빨리 총을 집어 들었다. 내가 꽉 잡고 있던 손목을 놓아주자 앰버는 엘리스의 품에 안겨 서럽게 울었다.

클라라는 갑자기 긴장이 풀린 듯 소파로 풀썩 쓰러졌다. 완전히 넋이 나간 얼굴이었다. 나는 클라라를 일으켜 한참 동안 안아 주었다. 그런 다음 귀에 대고 속삭였다.

"너 때문에 아빠 수명이 10년은 줄어들었어."

클라라가 내 어깨에 얼굴을 묻고 눈물을 흘렸다. 클라라가 다 자란 이후 우는 모습을 처음 보았다.

클라라가 말했다.

"아빠, 잠시 밖으로 나갈까?"

엘리스는 아직도 훌쩍이는 앰버를 안고 있었다.

클라라가 엘리스에게 말했다.

"아빠랑 잠깐 나갔다가 와도 되죠?"

엘리스가 고개를 끄덕였다.

우리는 밖으로 나왔다. 나는 담배를 꺼내 클라라에게 건넸다.

"아빠, 글록을 나에게 줘."

"총이 글록인지는 어떻게 알았어?"

"내 총이니까."

"언제부터 총을 갖고 있었어?"

"쉼터에서 일하기 시작하면서 총을 갖고 다녔어. 여성들에게 폭력 행위를 하고도 오히려 죄를 인정하지 않고 날뛰는 남자들이 많아."

나는 잠시 망설이다가 총을 클라라에게 건넸다.

하나밖에 없는 딸에게 총을 주다니?

왠지 잘못된 일을 한 기분이었다. 클라라는 능숙하게 탄창을 비우고 나서 총을 세심히 살폈다.

"총 쏘는 법을 알아?"

"총을 소지하고 다니려면 의무적으로 배워야 해."

"허가받은 총이야?"

"당연하지."

"어쩌다가 총이 앰버 손에 들어갔어?"

"이틀 동안 잠을 한숨도 못 잤더니 정신이 없었어. 주방에 가방을 놓아두고 화장실에 들어갔다 나와 보니 앰버가 나에게 총을 겨누고 있더군. 내가 아무리 도와주러 온 사람이라고 설명해도 앰버는 여섯 시간 동안 나에게 총을 겨누고 있었어. 앰버는 광기에 휩싸여 계속 소리를 질러댔지. 나를 총으로 쏴죽이고, 아기도 쏴죽이고, 브랜트우드로 돌아가겠다는 거야. 켈러허가 애타게 바라던 아기의 시신을 그에게 집어던진 다음 휘발유를 뿌리고 불을 질러 짐승 같은 남자가 불에 타죽은 모습을 볼 거라고 했어."

"하나님 맙소사."

"디즈니 영화가 따로 없지? 오랫동안 갇혀 학대를 당하며 살았는데 미치지 않는 게 오히려 이상하지. 그렇지만 위험을 무릅쓰고 도와주러 온 나에게까지 빌어먹을 총을 쏜 건 정말 너무했어. 도저히 화를 참을 수 없어 뺨을 때려주었지만 그건 내가 잘못한 일이야. 여섯 시간 동안 나를 겨누고 있는 총구 앞에서 잔뜩 긴장해 있다 보니 화를 추스를 수 없었어."

"앰버가 임신 중절을 하겠다는 마음은 확고해?"

"그건 확실해."

"임신 5개월이 넘었다면서?"

"아빠는 그런 문제에 대해서는 빠져 있어."

"임신 5개월이 지나 임신 중절 수술을 하는 건 법적으로 허용되지 않잖아?"

"임신 5개월이 지났어도 앰버가 선택했으니까 상관없어. 앰버는 임신할 생각이 없었는데 강간을 당해 아이가 생겼어. 앰버는 애 아빠를 죽이고 싶도록 증오해."

"5개월이면 완전한 형태를 갖춘 아이야."

"아빠는 상관없는 일이니까 빠져있어."

"너 때문에 이제는 내 문제가 됐어."

클라라가 뾰로통한 얼굴로 나를 바라보았다. 사춘기 시절에 내가 방을 치우라고 잔소리를 할 때마다 짓던 표정이었다.

나는 손목시계를 보았다. 밤 9시 8분이었다. 잠시라도 누워 눈을 붙이고 싶다는 생각이 간절했다.

내가 물었다.

"이제부터 어떻게 할 계획이야?"

"엘리스 씨랑 상의해 봐야지."

"앰버는 조금이나마 마음이 진정됐을라나?"

클라라가 트레일러 하우스 문으로 다가가 안을 엿보고 나서
말했다.

"상황이 좋아."

앰버는 공처럼 둥글게 몸을 말고 침대에 누워 있었다. 입에
엄지손가락을 물고 있는 모습을 보니 안쓰러운 느낌이 들었다.
클라라가 침대로 다가가 앰버의 손을 잡았다. 앰버가 몸을 일
으켜 앉으며 클라라를 끌어안았다.

클라라가 말했다.

"아까 널 때린 건 미안해. 다만 네가 총을 잘못 쏠 경우 우리
들 가운데 누군가 죽을 수도 있었어. 우린 너에게 새로운 삶을
찾아주기 위해 애쓰고 있어. 우릴 믿어야 해."

"그놈이 틀림없이 나를 찾아낼 거야."

"여기 있으면 당분간은 안전해. 그놈이 널 절대로 못 찾게 할
거야. 우선 좀 쉬어. 음식을 먹기 전까지."

앰버는 다시 침대에 누우며 엄지손가락을 입에 물었다. 앰버
의 눈에는 두려움과 혼란이 가득 차 있었다. 엘리스가 주방에
서 프라이팬에 양파와 마늘, 다진 채소를 볶은 다음 칠리파우
더와 콩 통조림, 토마토 통조림을 넣었다.

엘리스가 말했다.

"냉장고에 맥주를 넣어두었어요. 꺼내서 마셔요. 저도 한 병 가져다주시고요."

나는 냉장고로 가서 코로나 세 병을 꺼내 엘리스와 클라라에게 각각 한 병씩 건넸다. 앰버는 금세 고른 숨소리를 내며 잠들어 있었다. 우린 건배도 하지 않고 맥주를 마셨다. 맥주가 시원해 마음에 들었다.

클라라는 푹 꺼진 안락의자에 앉아 맥주를 쭉 들이켜고 나서 이마를 짚고 크게 한숨을 쉬었다. 나는 안락의자 팔걸이에 걸터앉았다. 내 체중 때문에 의자가 기울어지지 않을까 걱정했는데 다행히 괜찮았다.

나는 클라라의 어깨에 가볍게 손을 얹고 말했다.

"이제 괜찮아."

엘리스가 프라이팬의 음식들을 저으며 말했다.

"앰버가 마음을 진정시켜 다행이에요. 자고 나면 기분이 훨씬 나아질 거예요. 그렇지만 예상 밖의 상황이 발생했어요."

클라라가 물었다.

"무슨 일 있어요?"

엘리스가 말했다.

"앰버가 아이를 낳겠답니다."

19

나는 트레일러 하우스에서 24킬로미터 떨어져 있는 모텔에 왔다. 엘리스가 인터넷으로 검색해 찾아낸 모텔이었다. 방값이 60달러 50센트였고, 엘리스가 냈다. 모텔치고는 방값이 제법 비싼 편이었다. 그나마 더블베드는 상태가 좋았고, 방의 에어컨도 잘 돌아갔다. 텔레비전도 있었다.

엘리스는 내가 챙겨온 코로나 맥주 두 병을 나에게 건넸다.

"난 트레일러 하우스로 돌아갈 테니까 여기서 푹 쉬세요."

아까 클라라는 앰버가 아이를 낳기로 했다는 말을 듣고 나서 황당하다는 반응을 보였다. 클라라가 화를 참지 못하고 앰버를 몰아세울까 봐 엘리스는 몹시 우려하는 눈치였다.

나는 트레일러 하우스를 벗어나자 그나마 마음이 홀가분했다. 총성, 고함과 울부짖음 그리고 클라라와 엘리스 사이에 피말리는 설전이 오갔다. 설전은 저녁을 먹기 직전에 시작되어 한동안 계속되었다. 아이를 낳기로 한 앰버의 변심이 설전의 원인이었다. 클라라는 도저히 이해할 수 없다는 듯 화를 참지 못했다. 엘리스가 음식을 내오느라 잠시 설전이 중단되었다. 앰버도 저녁을 먹기 위해 식탁 의자에 앉았다. 음식을 먹는 동안 클라라는 말을 자제했다. 저녁을 먹고 나서 앰버는 초콜릿케이크 두 조각과 허브티 한 잔을 마셨다. 식사를 마친 앰버는 클라라와 엘리스를 번갈아 껴안고 말했다.

"이제 마음이 놓여요. 제가 미치광이처럼 굴어서 죄송해요."

앰버는 허브티를 다 마시고 나서 다시 침대로 돌아가 잠들었다.

클라라가 엘리스에게 밖으로 나가자고 손짓했다. 나도 두 사람을 따라 밖으로 나왔다. 두 사람이 설전을 벌이는 동안 심판이 필요할 것 같았고, 클라라가 너무 흥분하면 내가 나서서 자제시킬 필요가 있다고 생각했다. 역시 내 걱정은 기우가 아니었다.

클라라가 밖으로 나오기 무섭게 씩씩대며 말했다.

"혹시 임신 중절 반대운동 단체에서 나온 스파이 아니세요?"

"너무 흥분하지 말고 차분하게 내 설명을 들어 봐요."

"무슨 설명이 필요하죠? 앰버는 지금껏 임신 중절 수술을 받겠다고 열 번도 넘게 말했어요. 그런데 엘리스 씨와 단둘이 있은 지 10분도 안 돼 갑자기 아이를 낳기로 마음을 바꾼 거예요. 누가 보더라도 이상한 일 아닌가요?"

클라라의 표정은 화를 내는 것 같기도 하고, 엘리스를 도발하는 것 같기도 했다. 그럼에도 엘리스는 전혀 격해지거나 흥분하지 않고 클라라를 마주보았다. 버릇없는 학생을 앞에 두고 바라보는 학교 선생님 같은 모습이었다.

"5년 넘게 임신 중절 수술을 원하는 여성들을 만났어요. 일주일에 적어도 세 명을 만나죠. 지금껏 130명 정도를 만난 셈이죠. 그렇지만 단 한 번도 임신 중절을 해서는 안 된다고 꼬드긴 적이 없어요. 지금 우리 앞에는 두 가지 난제가 있어요. 앰버는 열일곱 살이고, 법적으로 미성년자죠. 원칙적으로 캘리포니아 주에서 열일곱 살에 임신 중절 수술을 받으려면 부모의 허락을 받아야 해요. 더욱 중요한 문제가 있어요. 앰버는 임신 5개월이 아니라 6개월 10일이나 되었어요."

내가 클라라에게 말했다.

"내가 뭐랬어? 임신 5개월이 넘으면 임신 중절 수술은 무리야."

클라라가 말했다.

"아빠는 빠져 있으라니까."

엘리스가 말했다.

"브렌던 씨에게 왜 빠지라고 해요? 클라라 씨가 아빠를 이 일에 끌어들였고, 나를 데려오게 했잖아요. 우리는 몇 시간이나 차를 타고 클라라 씨를 도우러 왔어요."

"앰버는 저에게 분명히 말했어요. 강간으로 생긴 아이라 절대로 낳을 수 없다고요. 엘리스 씨가 앰버에게 무슨 말을 했는데 갑자기 결심을 바꾸게 되었죠?"

"분명히 말하지만 나는 25주 3일이나 지난 아이의 임신 중절 수술을 도울 수 없어요. 아마 임신 중절 수술을 해줄 의사도 없을 거예요."

클라라가 말했다.

"댁이 못하겠다면 다른 사람을 구하면 돼요."

"무면허 돌팔이 의사에게 임신 중절 수술을 맡기겠다는 거예요? 그거야말로 위험천만한 일이에요."

"나도 임신 중절 수술을 해줄 의사 정도는 구할 수 있어요. 캘리포니아 주에서 임신 23주와 28주 사이일 경우 임신 중절 수술이 허용되는 것으로 알고 있어요. 앰버는 이제 막 25주째에 접어들었을 뿐이에요."

"앰버는 미성년자라서 보호자의 허락이 필요하죠. 미성년자의 경우 임신 중절 수술이 가능한 시기는 23주로 되어 있어요. 나 역시 23주가 한계 지점이라고 생각해요. 앰버는 임신 중절 수술을 받으려면 불법적인 돌팔이 의사를 찾아가야 해요. 위생 상태도 불결하고, 의사의 실력을 보장할 수 없는 곳에서 임신 중절 수술을 받는 건 매우 위험해요. 게다가 범법 행위를 저지르는 거예요."

"다시 한번 말하지만 앰버는 처음 만났을 때 임신 중절을 간절히 원한다고 했어요."

"네, 그렇게 말했겠죠. 다만 오랫동안 성폭행 피해를 입은 열일곱 살짜리 여자 아이가 잔뜩 겁먹은 상태에서 한 말일 수도 있어요. 캘리포니아 주정부에서는 앰버가 미성년자이기 때문에 임신 중절 수술을 받으려면 분명 보호자의 허락을 받아오라고 할 거예요."

"임신 중절 수술은 의사가 해요. 캘리포니아 주정부는 왜 자꾸 들먹거려요?"

"법을 무시하면 임신 중절 반대운동 단체에 총을 쥐어주는 거나 다름없어요. 그들이 바라는 일을 해주는 것이죠. 임신 중절 문제에서 법은 대단히 중요해요. 미성년자는 부모의 허락 없이 임신 중절 수술을 받을 수 없다는 법을 반드시 지켜야 해요."

"앰버의 부모님은 돌아가셨어요. 임신 중절을 반대하는 켈러허가 앰버의 보호자로 되어 있어요. 그놈은 앰버의 배 속에 든 자기 자식을 낳게 하기 위해 무슨 짓이든 할 거예요."

"로스앤젤레스 경찰서 성범죄 전담반에 가서 다 털어놓으면 돼요. 애초에 쇼핑몰에서 클라라를 처음 만났을 때 그렇게 했어야 마땅해요."

"앰버는 쇼핑몰에서 나를 처음 만났을 때 말했어요. 열네 살 때부터 켈러허의 성 노예가 되었고, 감금된 상태에서 강간을 당해 생긴 아이를 낳고 싶지 않다고요. 그때 만약 내가 경찰서로 가자고 했으면 당연히 거부했을 거예요."

"그 당시 클라라 씨가 왜 그런 결정을 내렸는지 충분히 이해해요. 앰버를 안전한 장소로 데려가는 게 우선이었겠죠. 그렇지만 아무리 애써도 달라지지 않는 사실이 있어요. 앰버가 미성년자라는 거예요."

"빌어먹을! 왜 자꾸만 했던 말을 또 해요?"

"흥분하지 말고 내 말을 잘 들어봐요. 나 역시 클라라 씨의 선택을 존중해요. 앰버를 위해 기꺼이 위험을 감수하는 모습에 깊은 감명을 받기도 했어요. 다만 브렌턴 씨는 클라라 씨의 이 무모한 결정 때문에 걱정이 많아요."

클라라가 말했다.

"무모한 결정이 아니라 앰버에게는 반드시 필요한 일이에요."

내가 말했다.

"자꾸 위험한 고집을 부리다가 죽으면 어쩌려고 그래?"

클라라가 말했다.

"아빠, 걱정 마. 나는 고양이처럼 목숨이 아홉 개니까."

엘리스가 말했다.

"클라라 씨, 브렌턴 씨의 말을 농담으로 받아들여서는 안 돼요. 클라라 씨에게 무슨 일이 생기면 브렌턴 씨는 아마 살아갈 수 없을 거예요."

"아빠 대변인이라도 되세요? 아빠에게 대변인이 필요한지 미처 몰랐네."

내가 말했다.

"그럼 내가 직접 말할게. 지금 네가 상대하는 사람이 누군지 알아? 로스앤젤레스에서 가장 막강한 권력을 가진 인물이야.

그리 간단한 문제로 치부하고 넘어갈 문제가 아니야. 너에게 연락해 앰버를 만나게 해준 쇼핑몰 보안요원이 어떻게 됐는지 알아? 누군가에게 납치돼 아직 행방불명 상태야."

클라라는 몹시 초조한 표정으로 고개를 젓고 나서 말했다.

"임신 중절 수술이 끝나자마자 경찰서에 갈게. 켈러허가 감방에서 평생 썩게 만들 거야."

엘리스가 말했다.

"미성년자 여성에게 불법으로 임신 중절 수술을 받게 할 경우 클라라 씨도 체포 대상이에요. 게다가 임신 중절 수술을 받기 전에 경찰서에 신고할 수도 있었는데 하지 않았기 때문에 가중 처벌을 받게 될 거예요. 그렇게 되면 켈러허에게 유리한 여론 지형을 만들어주는 셈이 되겠죠. 아마도 임신 중절에 찬성하는 리버럴한 여성이 미성년자에게 불법 임신 중절을 종용했다고 주장할 거예요. 앰버가 아무리 자기 선택이었다고 주장해도, 켈러허가 악마 같은 위선자라는 사실이 밝혀져도, 매스컴에서는 클라라 씨에게 태아 살인자라는 굴레를 씌우겠죠. 켈러허가 얼마나 용의주도한지 내가 굳이 말하지 않아도 잘 알 거예요. 앰버의 태내 아이는 이제 10주만 있으면 태어나요. 그 정도로 자란 아이라면 살아야 해요. 그런 생명은 축복해주어야 마땅해요. 내가 앰버에게 말한 게 바로 그거예요. 이렇게 늦게 아이를 지우고 나서 그 우울한 기억을 안고 살아갈 수 있는지 물었어요. 그 말을 한 다음 앰버를 학대하고 강간한 남자에게 가할 수 있는 최고의 복수는 아이를 낳아 뭐든 다 해줄 수 있는 부모를 찾아내 입양을 시키는 거라고요. 앰버가 출산할 때까지 안전하고 편안하게 지낼 수 있는 집을 구하는 게 시급해요. 그다음은 아이를 무사히 출산할 수 있는 병원을 찾아주고, 좋은 가정에 입양할 수 있도록 알아봐주는 거예요. 앰버가 지난날 겪은 사연들을 경찰과 세상에 알리는 건 우리 단체에서 해결할 수 있도록 맡겨두는 게 좋겠어요."

내가 엘리스에게 말했다.

"오히려 당장 경찰서를 찾아가는 게 가장 합리적인 선택 아닐까요? 엘리스 씨였다면 처음부터 그렇게 했을 거라면서요?"

클라라가 말했다.

"당장 경찰서에 가면 켈러허가 훼방을 놓을 거야. 켈러허가 개입하게 되면 결과가 어떻게 될지 아무도 몰라. 로스앤젤레스 경찰도, 종교단체도, 언론도 죄다 켈러허 편이니까."

그런 다음 클라라는 엘리스에게 말했다.

"엘리스 씨, 지극히 이성적인 말씀 잘 들었습니다. 다만 팩트는 이제 전쟁이 시작되었다는 거예요. 우리가 상대할 적은 매우 위험한 남자죠. 원한다면 무슨 짓이든 해치우는 놈입니다. 법이나 규칙쯤은 가볍게 무시하는 놈이죠. 여성, 소수자, 이민자, 성소수자를 잔인하게 짓밟아버리는 개자식이니까요."

엘리스가 말했다.

"나 역시 켈러허를 모르지 않아요. 미국은 지금 암흑세계로 떨어지고 있어요. 미국인이라면 누구나 걱정이 많을 거예요. 미국을 어둡게 만드는 문제들에 대해서라면 밤 새워 토론해도 시간이 부족하겠죠. 다만 지금 우리는 가장 기본적인 문제를 해결해야 해요. 앰버를 안전한 곳으로 데려가 보호해야 하죠. 사람들 눈에 띄지 않는 곳이어야 해요. 그다음에는 클라라 씨를 위험하지 않게 보호해야 하죠. 더 좋은 생각이 있으면 말해 봐요."

클라라는 생각에 골몰한 채 주변을 서성거렸다. 클라라의 두려움을 느낄 수 있었다. 내가 안아주려고 하자 클라라가 나를 살짝 밀쳤다.

"아빠, 지금은 위로가 필요 없어! 내가 자초한 일이야. 내가 해결할 거야."

"엘리스 씨의 도움을 받아들이는 게 좋아."

클라라는 잠시 몸을 돌리고 있다가 나에게로 다가왔다. 내

셔츠 포켓에서 담뱃갑을 빼내더니 엘리스에게 같이 피우겠느냐고 몸짓으로 물었다.

엘리스가 고개를 끄덕였다. 클라라는 담배 두 개비를 물고 불을 붙이고 나서 엘리스에게 한 개비를 건넸다. 엘리스는 내 딸의 입을 다물게 하고, 다른 관점을 고려하게 만들 수 있는 유일한 사람이었다.

클라라가 담배 연기를 길게 빨아들이고 나서 말했다.

"앰버가 푹 자고 일어나면 얘기해 볼게요. 앰버에게 어느 쪽을 선택해야 한다고 강요하지는 않을게요. 다만 진심으로 아이를 낳고 싶은지 앰버에게 직접 듣고 싶어요. 앰버가 원하는 대로 해야죠. 그 절차를 마치고 나면 엘리스 씨에게 모든 걸 맡길게요. 그런 다음 저는 당분간 몸을 숨길 곳을 찾아봐야겠죠."

"우리 단체에서 몸을 숨길 곳을 알아봐줄 거예요. 제법 오랫동안 숨어 지내야 할 수도 있어요."

"설마 평생 숨어 살아야 한다는 뜻은 아니죠?"

내가 말했다.

"켈러허를 감방에 보내고 나면 숨어서 살지 않아도 되겠지."

클라라가 말했다.

"켈러허를 감방에 보내도 부하들을 시켜 해코지할 수도 있어."

나는 숨이 턱 막혔다. 클라라의 말이 전적으로 옳았기 때문이다.

엘리스가 말했다.

"클라라 씨는 내일 앰버가 일어나면 이야기를 들어 봐요. 클라라 씨만 괜찮다면 우리는 지금 차를 타고 나가 모텔을 찾아볼게요. 내 휴대폰도 가급적 이 트레일러 하우스에서 멀리 떨어진 곳에서 써야 해요. 휴대폰이 추적되고 있을지도 모르니까. 브렌던 씨, 당신 친구인 토더 신부가 나에 대해 안다고 했죠?"

"엘리스 씨에 대해 어느 정도 알고 있는 눈치이긴 했지만 설마 휴대폰까지 추적하지는 않겠죠."

클라라가 말했다.

"아빠, 토더 신부는 무슨 짓이든 할 놈이야. 켈러허의 돈에 놀아나는 꼭두각시일 뿐이니까."

내가 말했다.

"토더 신부가 켈러허와 친한 건 사실이야."

클라라와 포옹하고 나서 엘리스와 볼보를 타고 구불구불한 길을 내려갔다. 그다음에는 고속도로로 들어서 계속 달리다가 유카밸리라는 곳에 도착했다. 상점들과 모텔이 많은 동네였다.

처음 눈에 띄는 모텔로 들어갔다. 일단 방을 잡고 나서 편의

점을 찾아갔다. 내가 차를 세워두고 기다리는 동안 엘리스는 편의점에 들어가 전화 통화를 하고 나서 몇 가지 물건을 샀다. 나는 차에서 눈꺼풀이 자꾸만 내려앉으려고 하는 걸 겨우 참았다.

엘리스가 차로 돌아와 졸고 있는 나를 보더니 말했다.

"트레일러에 다녀와야 하는데 괜찮겠어요?"

"졸음을 참아 봐야죠."

내가 차를 운전하는 동안 엘리스는 핸드백에서 수첩을 꺼내 이름과 번호를 적었다.

"제 동료 주디 라이너에게 차분하게 설명해두었어요. 주디가 내가 말한 걸 준비해둘 거예요. 한 가지 명심해둘 게 있어요. 앰버를 우리 단체에서 구해줄 은신처에 무사히 데려다준 다음에는 최대한 빨리 켈러허를 경찰에 고발해야 해요. 시간이 지체되면 켈러허가 뭔가 꼬투리를 잡아 우리를 먼저 고발할 수도 있으니까. 우리 단체를 돕는 변호사들이 많아요. 은퇴한 판사도 몇 명 있어요. 켈러허를 고발할 소장을 써달라고 하면 기꺼이 협조해줄 거예요. 앰버가 무사히 출산을 마칠 때까지 우리 단체에서 보호해주기로 했어요. 클라라는 분명 반대하겠죠. 아마도 클라라는 자기 방식대로 일을 처리하고 싶어 할 거예요.

저는 48시간 안에 이 사건을 검사의 손에 넘기고 싶어요. 그러자면 서둘러야 해요. 켈러허는 결코 호락호락한 상대가 아니니까. 켈러허가 먼저 우리를 찾아내면 위험해질 수도 있어요."

"클라라도 놈들의 표적이 되었겠죠?"

"아마도. 그렇지만 충분히 보호할 수 있어요. 우리가 법의 도움을 받을 수만 있다면……."

"클라라 없이는 살 수 없어요."

"미리부터 최악의 상황을 걱정하지는 말아요."

나도 모르게 몸이 덜덜 떨릴 만큼 두려웠다. 운전대를 꽉 잡으며 터져 나오려는 눈물을 겨우 삼켰다.

클라라 없이는 못 살아. 나에게는 클라라뿐이야.

엘리스가 내 팔을 쓰다듬었다.

"너무 걱정하지 말아요. 다 잘될 테니까."

내가 운전하는 차가 도로변에 있는 현대적인 교회 건물 앞을 지나갔다. 교회 앞에 걸어둔 커다란 현수막이 보였다.

'우리와 함께하면 빛을 볼 수 있습니다!'

엘리스가 말했다.

"사람들은 누구나 빛을 찾아요. 그렇죠? 빛을 찾으면 인생의 해답을 얻을 수 있을 거라 믿나 봐요."

내가 말했다.

"인생에 대해 잘은 모르지만 한 가지는 분명하게 압니다. 우리의 인생에서 확실한 해답은 그 어디에서도 찾을 수 없다는 것."

"브렌던 씨나 저는 그렇게 생각하죠. 빛을 찾았다고 생각하는 사람들은 달라요. 우리와는 달리 확신을 갖고 있어요. 저는 그 사람들이 가지고 있는 확신이 두려워요."

"그 사람들의 확신이 엘리스 씨가 인생에서 찾고 있는 해답과는 달라서요?"

"그들이 찾은 해답은 일방적이죠. 우리는 이미 역사를 통해 배웠어요. 자기 자신이 무조건 옳다고 확신하는 사람들은 다른 사람들을 어둠 속으로 밀어 넣죠."

트레일러 앞에 도착할 때까지 우리는 아무 말도 하지 않았다. 나는 클라라와 앰버가 잘 있는지 궁금했지만 이미 불이 꺼져 있었다.

엘리스가 말했다.

"내일 아침까지 푹 주무세요."

내가 말했다.

"엘리스 씨는 여기서 잠이 올 것 같아요?"

"아뇨. 그래도 이 트레일러에 있으면 저 두 아이들을 살필 수 있으니까 조금이나마 마음이 놓이겠죠."

"저도 여기 같이 있을 걸 그랬어요."

"자, 이제 얼른 가세요."

나는 모텔로 돌아와 옷을 벗고 뜨거운 물로 한참 동안 샤워했다. 그런 다음 맥주 두 병을 마셨다. 심야 토크쇼를 보다가 침대에 누워 금세 잠들었다.

눈을 뜨자마자 침대 옆 디지털시계에 표시된 숫자를 보니 11:08이었다. 나는 허둥지둥 자리에서 일어났다.

밤새 트레일러에서 아무 일 없었겠지?

휴대폰으로 손을 뻗으며 생각했다.

클라라가 급한 일이 생겨 문자를 보냈을지도 몰라. 켈러허 일당이 내 휴대폰을 추적하고 있다고 해도 트레일러에서 멀리 떨어진 모텔에 있으니까 잠시 휴대폰을 사용해도 괜찮겠지? 어제부터 메시지를 전혀 확인하지 못했어.

휴대폰을 켰다.

땡 땡 땡 땡 땡.

다섯 개의 문자메시지가 들어와 있었다. 발신인은 그라지나 파울리코프스키였다. 막내 처제인데 평소 메시지를 주고받는 사이는 아니었다. 다섯 개의 메시지에 모두 '긴급'이라는 말이 들어 있었다.

마지막으로 온 문자메시지.

'형부, 어디 있어요? 긴급히 연락해줘요. 한밤중이라도 괜찮아요.'

즉각 통화 버튼을 눌렀다. 신호음이 울리자마자 처제가 전화를 받았다. 처제가 심하게 불안정한 목소리로 말했다.

"형부, 계속 문자 보내고 전화했는데 왜 이제야 연락해요?"

나는 질문에 대답하지 않고 물었다.

"처제, 무슨 일이야?"

"언니가 간밤에 심장마비를 일으켰어요. 오늘을 못 넘긴대요."

20

죄책감은 영혼을 갉아먹는다. 인생은 고난의 연속이고, 구원
은 그 어디에도 존재하지 않는다고 믿게 한다.

트레일러로 가는 동안 나는 내 자신에게 말했다.

네 잘못이 아니야.

처제가 말하길 아그네스카는 지난 며칠 동안 극심한 스트레
스에 시달렸다. 어젯밤 9시 반쯤 아그네스카는 처제에게 전화
해 가슴에서 심한 통증이 느껴진다고 했다. 처제는 즉시 아그
네스카에게 달려갔다. 처제가 우리 집에 도착했을 때 아그네스
카는 이미 주방 바닥에 쓰러져 있었다. 처제는 앰뷸런스를 불
러 응급실로 갔다. 아그네스카는 잠시 정신을 차렸을 때 처제

에게 말했다.

"애 아빠에게 내 말을 꼭 전해줘. 내가 너무 부족한 아내였다고. 나를 용서해 달라고. 나를 위해 기도해 달라고."

나는 처제에게 말했다.

"내가 집에 있어야 했어."

"형부가 사라진 게 언니에게는 감당하기 힘든 스트레스였나 봐요. 지난밤에는 어디에 있었어요?"

"법원으로부터 접근 금지 명령이 내려져 집에 들어갈 수 없었어. 그 얘긴 들었지?"

처제가 한참 동안 침묵하다가 말했다.

"네, 들었어요. 이유도 알아요."

"모텔에서 잤어. 휴대폰을 꺼둔 걸 깜박해 처제 전화를 받지 못했지."

"아무튼 지금이라도 빨리 와요. 오실 때 클라라도 데려와요. 제 엄마에게 마지막 작별 인사를 해야죠. 클라라는 지금 어디에 있어요?"

"클라라는 지금 일하는 중이야. 내가 연락할 수 있어."

"언제쯤 도착할 수 있어요?"

"몇 시간 걸릴 거야. 아그네스카가 그때까지 버틸 수 있을까?"

"모르겠어요. 간밤에 앰뷸런스를 불러 응급실에 갔는데 병원에서도 딱히 취할 수 있는 조치가 없대요. 형부에게 연락이 안 돼 어떻게 할까 혼자 고민하다가 오늘 아침에 다시 집으로 데려왔어요."

"언니는 어때? 통증이 심해?"

"통증을 느낄 수 있는 단계는 이미 지났나 봐요. 죽은 듯이 누워 있어요."

"아그네스카의 임종을 지킬 사람이 또 없을까?"

"프레스노에 사는 오빠가 여기로 오고 있는 중이에요. 형부도 최대한 빨리 오세요."

가슴에서 통증이 일었다. 전화를 끊고 나서 침대에 누웠다. 눈을 감고 기도문을 외었다. 다행히 통증이 어깨에서 멈췄다. 기도의 효과라는 말은 하지 않겠다. 내 안에 있는 어떤 힘이 당장 집으로 돌아가 아그네스카의 임종을 지키라고 명령하고 있었다.

억지로 힘을 내 샤워를 하고 나서 차를 몰았다. 트레일러에 도착해보니 12시 반이었다. 클라라에게 어떻게 소식을 전해야 할지 걱정이었다.

엘리스가 문을 열고 밖으로 나왔다. 엘리스는 내 표정을 찬

찬히 살폈다.

"안 좋은 일이 있죠?"

나는 엘리스에게 아그네스카 이야기를 전했다. 엘리스의 얼굴이 하얗게 질렸다.

"얼마나 더 살 수 있대요?"

"오늘을 못 넘길 것 같다고 하네요."

"얼른 댁으로 가세요."

"그래야죠. 클라라에게 어떻게 말해야 할지 모르겠어요."

엘리스가 다가와 내 어깨에 손을 얹었다.

"정말이지 유감이에요."

나는 트레일러로 들어갔다. 엘리스가 바로 뒤따랐다.

앰버는 구석에서 텔레비전에서 나오는 만화영화를 보고 있었다. 클라라는 주방에서 채소를 다지고 있었다. 조리대에 권총이 놓여 있었다. 내가 들어서자 클라라는 고개를 들어 나를 보았다.

클라라가 물었다.

"아빠, 무슨 일 있어?"

내가 전하는 말을 듣던 클라라는 주방 칼을 내려놓고 고개를 떨어뜨렸다. 조리대 모서리를 꽉 잡고, 눈을 감은 클라라의 입에서 공기가 빠지듯 한마디 말이 흘러나왔다.

"엄마!"

나는 가까이 다가가 클라라를 안았다. 클라라가 내 어깨에 얼굴을 묻고 울었다.

클라라가 물었다.

"얼마나 더 살 수 있대?"

"이모 말로는 몇 시간 정도."

"앰버를 두고 갈 수 없어."

엘리스가 말했다.

"내가 앰버 옆에 있을 테니까 걱정하지 않아도 돼요. 일단 은신처로 옮기고 나서 우리 단체 사람들에게 연락할 거예요. 그 다음 절차가 정해지면 문자를 보낼게요. 다 잘될 테니까 걱정하지 말아요. 내일이면 앰버는 안전한 곳에 있게 될 거예요."

"앰버는 내가 책임져야 해요."

"이제 우리 모두의 책임이에요. 앰버는 안전하게 보호받을 수 있을 거예요. 클라라 씨는 아무 걱정 말고 어머니를 뵈러 가요."

엘리스가 클라라의 총을 집어 들었다.

클라라가 말했다.

"그 총을 이리 줘요."

엘리스가 말했다.

"다음번에 만날 때 줄게요."

"개수작 부리지 말고 어서 줘요."

"센 척하지 말아요. 그러다가 흥분해서 사춘기 아이처럼 감정 조절을 못하면서."

긴 정적이 흘렀다. 텔레비전을 보던 앰버가 분위기를 알아채고 일어서서 다가왔다.

"무슨 일 있어요?"

엘리스가 손에 권총을 들고 있는 걸 본 앰버의 눈이 휘둥그레졌다.

엘리스가 자초지종을 설명했다.

앰버가 클라라를 껴안았다.

"얼른 어머니를 만나러 가야죠."

클라라가 이리저리 서성거리기 시작했다. 쉽게 결정을 내리지 못해 스트레스를 받을 때마다 나오는 습관이었다.

"총을 돌려주면 갈게요."

엘리스가 말했다.

"총은 여기에 두고 가요."

"내 총이에요. 당장 돌려줘요."

"무슨 말을 해도 총을 돌려주지 않을 거예요. 위독한 어머니를 만나러 가는데 굳이 총을 가져갈 필요는 없잖아요. 브렌던 씨도 제 말에 동의하죠?"

나는 고개를 끄덕였다.

클라라가 말했다.

"그럼 나는 여기 남을래요."

앰버가 클라라를 보며 말했다.

"언니는 어머니를 만나러 가야 해요. 엘리스 씨는 믿을 수 있는 분이니까 내 걱정은 하지 말아요. 엄마가 열세 살 때 돌아가셨어요. 좋은 엄마는 아니었지만 그나마 살아 있었다면 내가 이렇게 되지는 않았을 거예요. 어머니가 언니에게 화를 많이 내고 사사건건 반대했다고 했죠? 그렇지만 어머니는 언니를 어느 누구보다 사랑했을 거예요. 사실은 나도 잘 몰랐는데 엄마가 돌아가시고 나서 알았어요. 세상의 모든 어머니는 자식을 사랑한다는 걸."

앰버는 말을 마치고 나서 클라라의 어깨에 손을 얹었다. 클라라의 눈에 눈물이 그렁그렁했다.

클라라가 말했다.

"우리 엄마는 나를 사랑한 적이 없어."

내가 말했다.

"앰버 말이 맞아. 자식을 사랑하지 않는 엄마는 없어. 네 엄마는 너를 사랑했어. 다만 자기 방식대로 사랑했을 뿐이야. 어떻게 사랑해야 하는지 방법을 몰랐던 거야."

나는 아그네스카에 대해 이야기할 때마다 자꾸만 과거형으로 말하고 있었다.

한 시간 뒤, 고속도로를 달리는 차 안에서 클라라가 나에게 말했다.

"초등학교 1학년 때 우유를 따르다가 엎지른 적이 있어. 엄마가 화가 나서 나를 때리며 말했어. '너 대신 카롤이 살았어야 해.'라고. 나를 사랑하지만 정이 안 간다나?"

"그때는 네 엄마가 카롤을 잃은 슬픔에서 벗어나지 못했을 때야."

"엄마를 두둔하는 거야?"

"아니, 그냥 그 당시 네 엄마의 심리 상태가 그랬다는 거야."

"많은 시간이 흘렀지만 엄마는 그런 심리 상태에서 벗어나지 못했어. 아무런 의욕도 없이 살다가 〈앤젤스 어시스트〉 일을 시작하면서 그나마 다시 생의 활기를 찾았지. 엄마에게 생의 활력을 준 일이 하필이면 임신 중절 여성들을 괴롭히는 짓이라니?"

"네 엄마의 임종을 보러 가는 길에 할 얘기는 아닌 것 같구나. 몇 시간 뒤면 영원히 떠날 사람이야. 우리가 집에 도착하기 전에 이미 떠나 있을지도 몰라. 이제는 네 엄마를 용서하자."

"아빠랑 내가 다른 점이야. 아빠는 누군가 나쁜 짓을 해도 참아. 하긴 내가 나쁜 짓을 해도 그래왔어."

나는 그 말에 미소를 지었다.

"사실은 이 사건이 잘 마무리 되고 나면 네 엄마와 헤어질 생각이었어."

"그럴 만하지. 엄마는 오래전부터 아빠를 가족으로 여기지 않았어."

나는 클라라가 한 말을 잠시 되뇌었다.

클라라는 부모를 다 관찰하고 있었구나.

"너는 아직 모르는 게 있어. 부부 사이의 비밀. 특히 자기 부모 사이를 이해하기 쉽지 않아. 그러니까 다 안다고 생각하지 마. 부모의 속사정을 넘겨짚으려고 하면 안 돼. 당사자들조차 알 수 없는 일에 휘말렸던 적이 많으니까."

클라라는 한참 동안 차창 밖을 내다보았다.

마침내 클라라가 말했다.

"엄마가 정을 주지 않는다는 사실을 알면서 자라는 건 무척이나 괴로운 일이야."

"네 말이 무슨 뜻인지 알아. 네 할아버지, 그러니까 내 아버지는 굉장히 까다로운 분이었어. 나는 아버지에게 늘 부족한 아들이었지. 언제나 아버지의 기대치를 채우지 못했으니까. 그래서인지 나는 늘 내 자신을 부족한 사람으로 여기며 살아왔어."

"아빠는 절대로 부족하지 않아. 엘리스 씨도 아빠가 부족한 사람이라고 생각하지 않을 거야."

나는 클라라의 말에 또다시 빙그레 웃을 수밖에 없었다.

"클라라, 넌 지금 매우 심각한 위험에 처해 있어. 켈러허는 돈으로 뭐든 살 수 있는 놈이야."

"엘리스 씨가 그러는데 나도 한동안 앰버랑 같이 숨어 있어도 된다고 했어. 내 걱정은 하지 마. 잘 해결될 거야."

로스앤젤레스 경계에서 길이 막히기 시작했다. 나는 휴대폰을 켜고 GPS를 확인했다. 막히지 않는 도로가 없었다. GPS에 떠있는 도착 예정 시간은 7시 13분이었다.

"네 이모에게 도착 예정 시간을 문자로 알려주는 게 좋겠어."

클라라가 말했다.

"내가 문자를 보낼게."

나는 핸들을 꽉 잡았지만 복잡한 심사를 추스를 수 없었다. 나는 지금 내 옆에 앉아 있는 딸을 낳아준 여성과 영원한 이별을 고하러 가는 중이었다. 비탄과 분노의 감정이 교차하는 가운데 내 기분이 비할 데 없이 안타깝고 착잡했다. 아그네스카를 처음 만났을 때에는 사랑이라고 믿고 싶었는데 얼마 지나지 않아 사랑이 아니라는 걸 깨달았다. 차라리 그런 깨달음이 있었을 때 헤어졌어야 했다. 우리는 부부 사이였지만 긴 세월을 서로 데면데면하며 겉돌다 보니 이제는 서글픔만 남아 있었다. 차라리 문을 박차고 나갔어야 하는데 집 안에 머물렀다. 껍질만 부부였음에도 끝내 이별을 택하지 않고 덧없는 세월만 흘려보냈다. 이제 생각해보면 비겁하고 소심한 선택이었다.

무엇 때문에? 체면 때문에? 성당과 주변 사람들에게 무책임한 사람으로 비치기 싫어서? 타인의 기대에 맞춰 살지 않을 수 없어서?

그런 선택을 한 결과 이제는?

땡.

처제가 보낸 문자메시지가 들어왔다. 클라라는 내가 들을 수 있게 소리 내어 읽었다.

"빨리 와요. 시간이 없어요."

사고 차량이 있어 차들이 꼼짝도 하지 않았다. 나는 10번 고속도로 대신 일반도로를 이용해 노스 할리우드까지 갔다. 예상 시간보다 20분 더 걸렸다. 집에 도착해보니 밤 8시였다.

"너무 늦은 건 아닌지 모르겠다."

내 말이 미처 끝나기도 전에 클라라가 말했다.

"아빠, 왜 셔터가 다 내려와 있어?"

내가 말했다.

"그럴 일이 있었어."

집 앞에 처제가 타고 다니는 흰색 스바루가 세워져 있었다.

클라라와 나는 서로 얼굴을 마주보았다.

내가 말했다.

"마음을 단단히 먹어."

"어떻게든 되겠지."

차에서 내려 현관으로 걸어가 벨을 눌렀다. 아그네스카가 자물쇠를 바꾸는 바람에 내게는 열쇠가 없었다. 안에서 아무런 소리도 흘러나오지 않았다. 잠시 기다렸다가 다시 벨을 눌렀다. 역시 아무런 인기척이 없었다. 나는 클라라와 우려스러운 눈빛을 주고받았다. 현관문 손잡이를 돌렸다. 잠겨 있지 않았다. 나는 클라라와 함께 안으로 들어갔다. 현관은 어두웠고,

주방에서 흘러나오는 형광등 불빛이 전부였다.

내가 소리쳤다.

"처제, 어디 있어?"

클라라도 소리쳤다.

"이모, 어디 있어요?"

뒤에서 여자 목소리가 들렸다. 익숙한 목소리.

"일이 다 마무리된 뒤에 올 거야."

테레사였다.

등 뒤에서 누군가 나를 붙잡았다. 팔이 등 뒤로 꺾이고, 입 안으로 총구가 들어왔다. 테레사는 클라라의 목을 한쪽 팔로 조이면서 다른 손에 들고 있는 총을 클라라의 머리에 대고 있었다.

나를 붙잡고 있는 남자가 기분 나쁜 목소리로 말했다.

"누굴 먼저 죽여줄까?"

21

"리키, 내가 분명히 말했죠? 총은 안 됩니다. 폭력 행위는 용납할 수 없어요."

주방에서 토더 신부의 목소리가 들려왔다.

나를 뒤에서 붙잡고 내 입에 총구를 집어넣은 남자가 토더 신부를 향해 씩씩대며 말했다.

"회장님은 나에게 그런 말을 한 적이 없어요."

리키가 내 입에서 총구를 빼지 않고 몸을 돌려 나를 마주보았다. 검은 슈트와 흰 셔츠에 타이 차림으로 몸집이 비대한 남자였다. 클라라는 테레사의 팔에서 벗어나려고 몸부림치고 있었다. 클라라가 내게로 몸을 돌리려고 했다. 테레사가 총 손잡이로 클라라의 오른쪽 관자놀이를 가격했다. 클라라가 비명을 질렀다.

내가 소리쳤다.

"그만두시 못해!"

이번에는 나를 잡고 있는 남자가 주먹으로 내 머리를 내리쳤다. 머리를 바닥에 찧은 것처럼 충격이 심했다.

리키가 말했다.

"앞으로 아가리를 함부로 놀리면 머리를 부숴버릴 테니까 조심해. 당장 그것들이 있는 곳으로 앞장서."

"그것들이라니요?"

테레사가 코웃음을 치고 나서 으르렁거렸다.

"어디서 개수작이야? 네 딸년 대가리에 총알이 박히는 걸 보고 싶어?"

나는 토더 신부에게 말했다.

"토더 신부, 아그네스카를 만나게 해줘."

토더 신부가 우리 쪽으로 다가오며 말했다.

"아그네스카는 여기 없어."

나는 침울한 목소리로 말했다.

"우리가 너무 늦게 온 거야?"

토더 신부가 내 눈을 똑바로 바라보며 말했다.

"아그네스카는 다른 곳에 있어."

"무슨 뜻이야?"

"내가 다른 곳에 가있으라고 했어. 일이 다 마무리될 때까지."

나도 모르게 목소리가 높아졌다.

"위독한 게 아니었어?"

"아그네스카는 건강해. 널 집으로 불러들이려고 이야기를 꾸몄어. 아그네스카가 동생을 시켜 너에게 대신 전화하게 했지."

클라라가 소리쳤다.

"비열한 새끼!"

테레사가 총으로 클라라의 머리를 때렸다. 클라라가 아파서 비명을 지르자 토더 신부가 끼어들어 테레사의 귀에 대고 뭐라 속삭였다.

리키가 토더 신부를 향해 소리쳤다.

"신부님은 빠져 있어요!"

토더 신부가 리키를 보며 말했다.

"아직 아기의 안전을 확보하지 못했어요. 켈러허 씨가 나에게 가급적 폭력을 사용하지 말고 일을 조용히 진행해달라고 부탁했다는 걸 명심하세요."

리키가 말했다.

"점잖은 말로 해서 일이 될 것 같아요?"

토더 신부가 말했다.

"켈러허 씨의 품에 아이를 안겨드리려면 점잖게 행동하는 게 좋아요."

그런 다음 토더 신부가 나를 보며 말했다.

"브렌던, 이제 너만 협조해주면 문제될 게 없어. 너를 속인 건 정말 미안해. 네가 우리를 도와주면 그 여자아이는 우리가 책임지고 잘 보살필게. 우리 일에 협조해주면 적절한 보상이 따를 거야."

내가 말했다.

"지금 내 머리에 총구를 들이대고 있는 놈은 켈러허의 경호원이지? 테레사와 경호원은 앰버를 데려오면 큰돈을 받기로 했을 테고."

토더 신부가 말했다.

"그래, 역시 눈치가 빠르네. 네 눈에는 내가 형편없는 놈으로 보이지? 네가 보호해주고 있는 그 여자아이는 켈러허 씨의 경호원과 관계를 갖고 아이를 임신했어. 켈러허 씨는 그 사실을 알고 몹시 화가 났지. 켈러허 씨가 원하는 건 임신한 여자를 데려와 아이를 무사히 낳게 하는 거야. 켈러허 씨가 아이를 자기 자식으로 키우겠다고 했어."

클라라가 소리쳤다.

"당신이 말하는 켈러허는 미성년자를 납치 감금하고 강간해 임신을 시킨 망나니야."

테레사가 소리쳤다.

"입 닥치지 못해!"

클라라가 고래고래 소리를 질렀다.

"입 닥치지 않으면 어쩌게? 어디 자신 있으면 나를 쏴보시지."

토더 신부가 소리쳤다.

"이제 그만! 다들 진정해요!"

내가 말했다.

"이 빌어먹을 상황을 꾸민 놈이 바로 너지? 넌 늘 돈에 환장해 있었으니까."

"섭섭하게 왜 그래? 너도 인생을 다시 시작하는 데 필요한 돈을 쥐게 되면 그런 헛소리는 하지 않을 거야."

클라라가 소리쳤다.

"유다 같은 놈!"

테레사가 말했다.

"가만있지 못해! 정말 죽고 싶어?"

테레사가 총으로 다시 클라라의 머리를 내리치며 말을 이었다.

"고분고분하게 말을 잘 들으면 앰버의 안전을 보장할게. 자, 이제 두 사람 다 휴대폰을 나에게 넘겨."

클라라가 말했다.

"어디 한번 가져가 보시지."

테레사가 공이를 뒤로 젖혔다.

"그렇잖아도 항상 널 죽이고 싶었어. 넌 늘 네 엄마를 무시하고 페미니즘에 혹해 개소리를 늘어놓았지. 게다가 태아를 죽이는 살인마들 편에 가담했어. 넌 내 손에 죽어 마땅해!"

테레사의 손가락이 방아쇠에서 떨고 있었다.

나는 낭떠러지로 떨어지듯이 머리가 아득해지는 느낌이었다.

토더 신부가 말했다.

"테레사 자매님, 그러지 말아요. 클라라는 순순히 휴대폰을 넘길 겁니다."

토더 신부가 손을 내밀었다. 클라라는 겁에 질린 얼굴로 주머니에서 휴대폰을 꺼내 토더 신부의 손에 올려놓았다.

토더 신부는 이제 나에게로 와서 손을 내밀었다. 나도 휴대폰을 넘겼다.

토더 신부가 테레사에게 고갯짓을 했다. 테레사가 총구를 아래로 내렸다.

토더 신부가 말했다.

"갈 길이 멀어요."

리키가 토더 신부에게 말했다.

"주소를 받아요."

토더 신부가 리키에게 말했다.

"브렌던이 알려 줄 겁니다."

그런 다음 토더 신부가 나에게 말했다.

"차 두 대로 나눠 타고 갈 거야."

알고 보니 그들은 클라라에게 운전을 시키고 조수석에서 감시할 계획인 듯했다. 테레사가 클라라의 옆구리에 총구를 대고 차를 세워둔 곳으로 밀었다. 리키는 나를 밀었다. 리키는 어깨에 검정색 가방을 메고 있었다. 토더 신부는 혹시 누군가 보고 있지는 않은지 주위를 살피고 나서 차 키로 문을 열었다. 클라라가 운전석에 앉았다. 테레사는 계속 클라라를 총으로 겨누고 있었다.

토더 신부가 테레사에게 차 키를 넘겼다. 테레사가 계속 총을 겨누며 조수석 쪽으로 돌아가 차에 올랐다.

토더 신부가 나를 보며 말했다.

"우리 차는 리키가 운전할 테니까 휴대폰에 목적지의 주소를 입력해줘. 켈러허 씨가 이 문제를 나에게 일임했어. 켈러허 씨에게 내 방식대로 이 문제를 해결하겠다고 말해 두었으니까 테레사에게는 주소를 알려 주지 않아도 돼. 테레사는 흥분하면 앞뒤 분간을 못하니까. 테레사에게 주소를 알려주면 우리보다 먼저 가서 무슨 짓을 저지를지도 몰라."

내가 말했다.

"테레사가 얼마나 위험한지 알면서 왜 데려왔어?"

"그럴만한 사정이 있었어. 나중에 다 설명할게. 우리가 앞장서고 테레사가 탄 차를 뒤따라오게 하면 돼. 거기까지 얼마나 걸리나?"

"세 시간 정도 거릴 거야."

토더 신부가 손목시계를 보며 말했다.

"밤 12시쯤 도착하겠네. 테레사와 얘기 좀 하고 올게."

토더 신부가 하얀색 캠리로 가서 조수석 창문을 두드렸다. 테레사가 창문을 내렸다. 두 사람이 몇 마디 주고받더니 테레사가 다시 창문을 올렸다.

토더 신부가 리키에게 볼보에 타라고 손짓했다. 리키가 총구로 내 등을 쿡 찔렀다. 나는 몸을 돌리기 전에 클라라에게 손짓을 보냈다. 클라라는 전에 없이 잔뜩 겁에 질려 얼굴이 창백해져 있었다.

우리는 볼보를 향해 걸어갔다.

리키가 말했다.

"차 키를 줘."

차 키를 꺼내 리키에게 건넸다. 리키와 토더 신부가 재빨리 대화를 주고받았다. 리키가 뒷문을 열고 나에게 들어가라고 고갯짓을 했다. 내가 뒷자리에 타자 리키가 자기 휴대폰을 나에게 내밀었다.

"주소를 입력해. 만약 엉뚱한 주소를 입력했다가는 죽을 줄 알아."

토더 신부가 말했다.

"내 친구는 우리를 실망시키지 않을 겁니다. 그렇지, 브렌던?"

나는 고개를 끄덕이고 나서 리키의 휴대폰에 주소를 입력했다. 리키가 GPS를 확인하고 나서 토더 신부에게 말했다.

"러시아워라 세 시간 가까이 걸리겠네요."

토더 신부가 말했다.

"어서 출발합시다."

토더 신부가 내 옆에 앉았다. 리키는 트렁크를 열고 여행 가방을 집어넣고 나서 운전석에 앉았다. 리키가 몸을 돌리더니 총구를 나에게 들이대며 말했다.

"만약 개수작을 부리면 골로 보내줄게."

토더 신부가 못마땅한 얼굴로 말했다.

"당장 총을 치워요. 앞으로 세 시간 동안 내 친구가 길 안내를 잘 해줄 거예요. 폭력을 쓰지 않고도 충분히 잘할 수 있어요."

리키가 못마땅한 표정을 지었지만 아무 말도 하지 않고 GPS를 보며 운전을 시작했다. 리키가 진입로를 빠져나가면서 라이트를 깜박였다. 볼보가 앞으로 나온 다음 나는 고개를 돌려 뒤차를 보았다. 클라라가 운전석에 앉아있었다. 나는 클라라에게 엄지손가락을 들어 보였다. 클라라는 고개를 끄덕였다. 테레사는 여전히 클라라에게 권총을 겨누고 있었다.

리키가 라디오를 켰다. 클래식 음악이 차 안을 가득 채웠다. 리키가 얼른 다른 버튼을 누르자 헤비메탈 음악이 귀가 터지도록 쾅쾅 울려대기 시작했다.

리키가 말했다.

"음악은 내 마음대로 고를게요."

토더 신부가 말했다.

"좋을 대로 하세요."

나는 불만이라는 듯 토더 신부를 째려보았다. 토더 신부가 조용히 하라는 뜻으로 검지를 입술에 댔다.

우리는 한참 동안 아무 말도 하지 않았다. 헤비메탈 소리가 얼마나 시끄러운지 대화가 아예 불가능했다.

내가 토더 신부에게 말했다.

"볼륨을 줄이라고 해."

토더 신부가 말했다.

"리키가 우리 얘기를 못 듣게 하는 편이 나을 수도 있어."

그런 다음 리키에게 볼륨을 더 높이라고 말했다. 리키는 말을 못 들었는지 앞만 바라보고 있었다.

토더 신부가 나를 보며 고개를 끄덕여보였다.

"이제 우리끼리 말해도 리키는 못 알아 듣겠네."

"무슨 말을 하려고?"

"내가 정말 밉지? 내 얘기를 들으면 너도 이해할 거야."

"무슨 얘길 하고 싶은데?"

"우린 오랜 친구야. 앰버라는 아이가 사라졌을 때 켈러허 씨가 나를 찾아왔어. 환경이 열악한 청소년 쉼터에 있던 아이를 데려다가 살 집을 마련해주고 물심양면으로 조금도 부족하지 않도록 보살펴 주었다는 거야. 그러다가 2년이 지나고 나서 그 여자아이와 켈러허 씨의 경호원이 그렇고 그런 사이가 되었대. 게다가 이제 열일곱 살밖에 안 된 아이가 덜컥 아이를 가진 거야. 그 아이는 임신 중절 수술을 원하나 봐. 너도 알다시피 켈러허 씨는 임신 중절 반대운동 단체를 지원하고 있으니까 당연히 받아들일 수 없겠지."

"그 이야기를 진심으로 믿어?"

토더 신부는 잠시 리키의 눈치를 살폈다. 리키는 헤비메탈 노래를 따라 부르느라 정신이 없었다. 토더 신부는 리키가 우리의 대화를 들을 수 없다는 걸 확인하고 나서 나를 보며 말했다.

"진실은 늘 가변적이야."

"돈 많은 놈의 더러운 개 노릇을 할 때는 당연히 그렇겠지. 한 가지만 물어보자. 그놈이 돈을 얼마나 주겠다고 하든?"

"다른 사람이 얼마나 받기로 했는지는 알 필요 없어. 그 대신 이번 일이 잘 마무리되면 켈러허 씨가 네 몫으로 20만 달러를 주기로 했어. 그 정도면 새로운 인생을 준비하는 데 큰 도움이 될 거야."

"난 받지 않을래."

"안 받으면 너만 손해야."

"넌 이십 배쯤 받겠네?"

"그건 알 필요 없어."

"넌 나뿐만 아니라 내 딸까지 거짓말로 속이고 이 일에 끌어들였어. 너, 사제 맞아?"

"클라라는 내가 끌어들인 게 아니라 자진해서 뛰어든 거야. 네 딸이 앰버를 구하겠다면서 끼어들었잖아."

"넌 이제 보니 입맛대로 이야기를 만들어내는 재주가 있네. 켈러허가 열네 살짜리 아이를 납치 감금하고 섹스 노예로 만든 게 진실이야. 계속 모른다고 우길 셈이야?"

"가슴에 손을 얹고 맹세하지만 나는 모르는 얘기야. 켈러허 씨가 집에 몇 번 초대해서 가서 만난 적은 있지만 그 얘긴 정말 몰라. 앰버가 실종되고 나서 켈러허 씨가 나에게 그 아이를 찾아 달라고 부탁했어. 내가 앰버의 행방을 추적하면서 알게 된 바로는 클라라가 쇼핑몰에서 그 아이를 데려갔다는 사실이야."

"네가 그 사실을 알게 된 건 켈러허 일당이 쇼핑몰 보안요원을 납치해 추궁한 결과겠지. 너도 쇼핑몰 보안요원이 행방불명된 건 알고 있지?"

"금시초문이야. 가슴에 손을 얹고 맹세할 수 있어. 켈러허 씨가 나에게 앰버를 찾아달라고 부탁할 때 이미 그는 클라라가 이번 일에 연관되어 있다는 걸 알고 있었어. 클라라가 자네와 아그녜스카의 딸이라는 것도. 아그녜스카가 〈앤젤스 어시스트〉에서 직원으로 일하는 테레사와 절친한 사이라는 것도. 자네랑 내가 친구 사이라는 것도."

"켈러허는 부하들을 시켜 전부 쏴죽이고 앰버를 데려가는 대신 클라라의 아빠 친구와 엄마 친구를 동원해 피 한 방울 흘리지 않고 일을 깨끗이 정리하고 싶어 한다는 뜻이네."

"켈러허 씨가 리키를 데려가라고 했어. 클라라가 순순히 앰버를 내놓지 않을 수도 있고, 앰버가 가지 않겠다고 할 수도 있으니까 어느 정도 완력이 필요하다고 생각했겠지. 리키는 그다지 똑똑하지도 않고 성격이 제멋대로인 친구야. 그렇지만 함부로 총을 쏘아대지는 않을 거야. 켈러허 씨가 가급적 폭력을 사용하지 말고 조용히 일처리를 하라고 했으니까."

"네가 앰버를 데려간 뒤에 클라라와 내가 입을 꾹 다물고 있을 거라고 생각해? 미성년자에게 그토록 끔찍한 죄를 저지른 놈을 그냥 내버려둘 수는 없어. 분명 앰버가 처음은 아닐 거야."

토더 신부가 다시 리키의 눈치를 살피더니 우리의 대화가 헤비메탈 음악 소리에 묻혀 들리지 않는다는 걸 재차 확인하고 나서 말했다.

"클라라에게도 적당한 보상을 해줄게. 그 대신 침묵을 지켜야겠지. 너와 클라라가 침묵을 지키지 않을 경우 불행한 일이 벌어질 수도 있어."

나는 토더 신부를 노려보았다. 가장 오랜 친구의 입에서 그런 협박의 말을 들을 줄은 미처 몰랐다.

"돈을 먹고 입을 닥치거나 대가리에 총알이 박히거나 둘 중 하나를 선택하라는 뜻이야? 켈러허가 전처와 애인을 죽이고 사고사로 처리했듯이 클라라와 나를 죽이고 사고로 처리하면 그만이겠네?"

"켈러허 씨의 전처와 애인은 진짜 사고로 죽었어. 이미 공식적으로 확인된 사실이야."

"미국은 참 좋은 나라야. 돈이면 뭐든 다 덮을 수 있으니까. 너도 진실을 다 알고 있으면서 모르는 척하지 마. 정말 켈러허가 저지른 만행들을 몰라서 그래?"

토더 신부는 시트에 몸을 묻고 한참 동안 아무 말도 하지 않았다.

"나는 켈러허 씨의 고해성사 담당 신부야. 고해성사의 비밀을 지켜야 할 의무가 있어. 다만 한 가지는 분명하게 알아둬. 나는 너와 클라라를 협박할 생각이 없어. 단지 이번 일에서 안전하게 벗어날 수 있는 방법을 알려주려는 것뿐이야. 침묵을 돈으로 매수하길 원하느냐고? 그래, 부인하지 않아. 아예 침묵을 거부하거나 침묵하기로 해놓고 나중에 약속을 깰 경우 나는 어떤 일이 벌어질지 장담할 수 없어. 그때부터 벌어지는 일은 내 영역이 아니니까. 네가 내 친구라서 이렇게라도 부탁하는 거야."

"넌 이제 내 친구가 아니야."

"넌 클라라와 함께 우리 일에 협조하고 돈을 챙겨 떠나는 게 최선이야. 그다음 일은 켈러허 씨에게 맡겨둬. 앰버는 안전할 테니까 걱정하지 마. 그 아이의 안전은 내가 보장해. 아이가 태어나면 켈러허 씨가 입양할 거야. 그 모든 절차가 마무리 되면 켈러허 씨는 앰버가 새 인생을 살 수 있도록 아낌없이 지원해주기로 했어. 앰버는 아직 어리니까 얼마든지 새로운 인생을 시작할 수 있어. 앰버를 위해서도 최선의 선택이 될 거야."

"이제 네 말은 다 개소리로 들려. 네 말대로 되지 않으리라는 걸 너 자신도 잘 알 거야. 넌 그놈에게 받을 돈이 중요할 뿐 다른 건 어떻게 되든지 상관없겠지. 켈러허에게 수백만 달러를 받을 텐데 그 많은 돈을 다 어디에 쓰려고?"

토더 신부가 잠시 침묵을 지키다가 말했다.

"나는 수십 년 동안 내 교구와 성당을 위해 모든 걸 바쳤어.

이제 예순을 바라보는 나이야. 여태껏 많은 희생을 치렀으니 적당한 보상을 받을 자격이 있다고 생각해."

"성서의 가르침과 윤리에 어긋나더라도?"

"내가 깜박 잊고 있었네. 넌 내가 아는 한 가장 윤리적인 사람이지. 법과 윤리를 잘 지키는 사람."

"넌 늘 나에게 법과 윤리를 지켜야 한다고 말했어. 진작 이혼했어야 하는데 네가 반대하는 바람에 참고 살았지. 그렇지만 나는 이미 오래전에 결혼 생활을 포기했어. 아그네스카에게 소홀했던 건 내 잘못이야. 아그네스카도 내게 무심했지. 결국 이렇게 되었는데 잘잘못을 가려봐야 뭐하겠어. 넌 나와는 달리 항상 옳고 그른 걸 가리려고 하지. 그제만 해도 내가 그 여성을 태우고 다닌다고 비난했어."

토더 신부가 말했다.

"이 볼보도 그 여자 차인가?"

"쓰레기 같은 놈."

"넌 20만 달러를 벌 수 있어. 내가 책임지고 그 돈을 받아줄게. 켈러허 씨의 관점에서 보자면 네가 돈을 받아야 침묵이 지켜질 테니까 반드시 줄 거야."

나는 고개를 돌려 밖을 내다보았다.

토더 신부가 말을 이었다.

"넌 그 돈으로 뭘 할지 생각해 봐. 아그네스카를 떠나고 싶지? 그 돈이 있으면 떠날 수 있을 거야. 돈을 받으면 차를 끌고 멀리 떠나. 10만 달러만 있으면 어디서나 괜찮은 집을 살 수 있어. 나머지 돈은 새로운 일을 찾을 때까지 여유 자금으로 쓸 수 있어. 이제 아그네스카를 증오할 텐데 홀가분하게 떠나."

"아그네스카를 증오하지 않아. 단지 불쌍하게 보일 뿐이야. 지난 수십 년 동안 나에게 아그네스카와 헤어지면 안 된다고 말한 사람이 바로 너였어."

"이제 탈옥 카드를 줄게. 돈이 생기면 인생을 바꿀 수 있어."

"세상만사가 그리 간단한 것처럼 말하지 마. 켈러허가 앰버를 찾고 나면 나머지 사람들을 전부 죽일지도 몰라. 켈러허는 그런 짓을 하고도 남을 놈이야."

"켈러허 씨가 리키를 보낸 건 클라라가 앰버를 순순히 내놓지 않을 경우에 대비해서야. 리키가 힘을 써야 하는 일이 없길 바라. 내 비서가 내 전화를 기다리고 있어. 내가 만약 내일 아침 7시까지 연락하지 않으면 경찰에 곧장 신고하라고 일러두었어. 켈러허 씨도 그 사실을 알아. 테레사는 왜 데려왔을 것 같아? 테레사가 앰버를 맡을 거야. 테레사가 임신 기간 동안 안전한 곳에서 앰버를 돌보다가 출산일이 다가오면 병원으로 데려갈 거야. 그 모든 일들을 켈러허 씨와 협의해 결정했어."

나는 우리도 앰버가 출산할 때까지 도울 계획이라고 말하려다가 그만두었다.

토더 신부가 말을 이었다.

"앰버를 우리에게 보내고 나서 너의 계좌 정보를 줘. 아마도 켈러허 씨의 법률 팀에서 기밀 엄수 서약서에 서명하라는 연락을 할 거야. 그냥 형식적인 절차일 뿐이니까 무조건 시키는 대로 하면 돼. 켈러허 씨는 이 일을 최대한 신속하고 조용하게 마무리하고 싶어 해. 일이 끝나고 나면 며칠 안으로 자네 계좌에 돈이 입금될 거야."

"너는 돈을 받겠지만 나는 아니야. 그게 바로 너와 나의 차이야. 난 돈만 밝히는 너와는 달라."

"그깟 욕은 얼마든지 해도 좋아. 켈러허 씨는 무슨 일이든 간단히 해결할 수 있는 사람이야. 괜히 엉뚱한 생각을 했다가는 낭패를 보게 될 거야."

"우리 이제 다시는 보지 말자. 너랑은 완전히 끝이야."

"태아를 살해하는 단체에서 일하는 여자랑 같이 다니더니 많이 대담해졌네. 용기 있는 모습을 보니까 좋아."

나는 그 말을 신랄한 욕설로 받았다.

"좆까고 있네."

우리는 한동안 침묵을 지키며 앉아 있었다. 토더 신부가 리키에게 음악 소리를 줄여달라고 했다. 리키는 내키지 않아 하면서도 토더 신부의 말을 들어 주었다. 음악 소리가 잦아들자 토더 신부는 꾸벅꾸벅 졸기 시작했다. 나는 고개를 뒤로 돌려 클라라가 운전하는 차가 잘 따라오는지 확인했다. 클라라는 앞 차를 놓치지 않고 잘 따라오고 있었다.

나는 마음속으로 생각했다.

토더 신부가 상황을 잘 파악하고 있는 것이라면 좋겠어. 앰버가 차라리 토더 신부 일행을 순순히 따라가는 게 좋을 수도 있어. 아니야, 앰버는 켈러허의 경호원을 보자마자 겁에 질려 무슨 짓을 저지를지 몰라. 내가 먼저 트레일러에 들어가야 해. 엘리스를 밖으로 불러내 대략 상황을 설명하고 토더 신부의 계획을 따라야 한다고 납득시켜야 해. 그다음에는 엘리스가 트레일러로 들어가 앰버가 흥분하지 않고 상황을 받아들이도록 잘 설명해야겠지.

앰버는 어떻게 반응할까? 분명 받아들이기 쉽지 않을 거야.

리키는 운전에만 열중해 있었다. 가끔 멍청하고 악의에 찬

눈으로 나를 흘깃 쳐다보기도 했다. 이 자동차 안에서 누가 가장 힘이 센지 나에게 확인하려는 의도 같았다. 토더 신부는 한 시간쯤 졸다가 깨어나 눈을 비볐다.

토더 신부가 나에게 물었다.

"내가 얼마나 졸았지?"

"잠깐."

"이제 얼마나 남았어?"

"한 시간쯤."

"뒤차는 잘 따라오고 있어?"

나는 뒤를 돌아보았다. 차가 움직이기 시작한 뒤로 벌써 마흔 번쯤 돌아본 듯했다. 어둠 속이라 잘 보이지는 않겠지만 나는 클라라에게 손을 흔들었다.

"잘 따라오고 있어."

"현장에 도착하면 내가 먼저 앰버랑 이야기해볼게."

"너는 앰버를 생판 모르잖아. 앰버가 깜짝 놀라 히스테릭해질 거야. 그러느니 내가 먼저 들어가서 차분하게 설명할게."

토더 신부가 잠시 생각에 잠겼다가 말했다.

"그럼 네가 먼저 들어가. 시간은 2분 줄게. 더 이상은 안 돼."

차는 계속 앞을 향해 달리고 있었다. 나는 습관적으로 몇 분

마다 한 번씩 뒤를 돌아보았다. 클라라가 운전하는 차가 바로 뒤에서 따라오고 있었다.

엘리스에게 어떻게 설명하지? 우리가 함정에 빠졌다고? 앰버를 넘겨주기로 했다고? 납치 감금되어 성폭행을 당했던 미성년자를 다시 가해자에게 돌려보내자고?

엘리스와 앰버가 얼마나 놀랄지 눈에 선했다.

토더 신부는 앰버의 안전을 보장하겠다고 했지만 엘리스는 그 말을 곧이곧대로 받아들일 수 있을까? 엘리스를 이 일에 끌어들이지 말았어야 해.

토더가 나에게 물었다.

"졸리면 잠시나마 눈을 붙여."

"딸의 옆구리에 총구를 겨누고 있는 사람이 있는데 잠을 자라고?"

토더 신부가 억지 미소를 짓고 나서 물었다.

"혹시 넌 신부가 되고 싶었던 적이 없어?"

"무슨 소리야?"

"내가 보기에는 네가 딱 성직자 체질이야. 넌 법, 규칙, 양심 그런 걸 중시하잖아."

"신앙심은 없어."

"정말?"

"열세 살 때 교구 신부가 복사를 성추행하는 사건이 벌어졌어. 그때 큰 충격을 받았지. 그날 이후 성당에는 계속 나갔지만 신앙심을 가져본 적이 없어."

"신앙심은 그냥 아무 생각 없이 휩쓸려야 하는 거야. 사랑과 비슷해."

"사랑을 해봤어?"

"그건 묻지 마."

"말 못 할 게 뭐 있어?"

"한 번."

"실제로 연애를 했어?"

"그 사람은 나에게 고백성사를 했어."

"그래서 비밀을 지켜야 한다고?"

"친구야, 괴로우니까 그 얘긴 그만해."

"친구라고 부르지 마. 나는 너 같은 친구는 없으니까."

"넌 내 친구야. 그래, 내가 널 속였으니 맘껏 미워해도 돼. 나중에 여유가 생기고 새 인생을 살게 되면 내가 정말 고마웠다는 생각이 들 거야."

"그깟 더러운 돈을 받는다고 내 인생이 즐거울 수 있을까?"

대화는 거기서 끊겼다. 그러다가 전날 묵은 모텔을 지나갈 때 내가 말했다.

"이제 15분 남았어."

"테레사에게 문자를 보낼게."

"트레일러에 도착했을 때 누구든 제발 먼저 안으로 들어가면 안 된다고 해. 반드시 내가 먼저 들어가야 해."

"아까도 말했지만 주어진 시간은 2분이야. 2분 뒤에는 우리도 뒤따라 들어갈 거야."

토더 신부는 리키에게 이제 음악을 끄라고 했다. 무려 세 시간 동안 쿵쾅거리던 헤비메탈 소리가 사라지고 갑자기 고요가 찾아들었다.

토더 신부는 리키에게 일단 트레일러 앞에 도착하면 어떻게 행동해야 하는지 설명했다. 토더 신부의 말을 들은 리키가 인상을 찌푸렸다.

리키가 말했다.

"뒷문으로 도망치면 어쩌려고요?"

내가 말했다.

"트레일러에는 뒷문이 없고, 사막 지역이라 도망치기에 적당하지 않아요."

리키가 토더 신부에게 말했다.

"그래도 저놈을 먼저 들여보내는 건 마음에 안 들어요."

"마음에 안 들지 몰라도 가장 좋은 방법이야."

땡.

토더 신부의 휴대폰에 문자메시지가 들어왔다.

토더 신부가 나에게 말했다.

"테레사는 내 계획에 찬성한대."

"그 여자가 내 딸에게 겨누고 있는 총이나 치우라고 해."

"잠시 후면 다 끝날 테니까 조금만 참아."

남은 8분은 침묵 속에서 흘러갔다. 비로소 트레일러로 이어지는 비포장도로로 접어들었다. 차가 덜컹거려 모두들 몸을 숙였다. 트레일러가 가까워지면서 문틈으로 흘러나오는 빛이 보였다.

내가 탄 차와 클라라가 운전하는 차가 나란히 세워졌다. 사람들이 모두 차에서 내렸다.

클라라가 나에게 다가오려고 하자 테레사가 등에 총구를 들이대며 제지했다.

"넌 내가 움직이라고 허락할 때만 움직여."

토더 신부는 테레사에게 조용히 하라는 뜻으로 검지를 입술에 댔다.

나는 당장 테레사의 목을 조르고 싶었지만 총구가 내 딸을 겨누고 있어 어쩔 수 없었다. 클라라의 얼굴에 분노가 가득했다. 리키 역시 흥분 상태로 안절부절못하며 당장 트레일러 안으로 뛰어들려고 했다.

토더 신부가 리키의 어깨에 손을 얹으며 말했다.

"진정하고 잠시만 기다려요."

그런 다음 토더 신부는 나에게 트레일러로 들어가보라고 손짓했다.

갑자기 안에서 큰 소리가 들려왔다. 엘리스의 목소리였다.

"안 돼, 앰버! 안 돼!"

문이 열렸다. 앰버가 총을 들고 서 있었다. 총이 발사됐다. 총알이 테레사의 바로 앞에서 흙먼지를 피워 올렸다. 테레사가 곧바로 응사했다. 총알이 앰버의 배에 박혔다. 엘리스가 앰버를 밀쳐 바닥에 엎드리게 했다. 이성을 잃은 테레사가 엘리스의 가슴과 목을 향해 연이어 총알을 발사했다.

내 입에서 괴성이 튀어나왔다.

"안 돼!"

나는 엘리스가 흙바닥에 쓰러지기 직전 가까스로 팔로 부축했다. 클라라의 비명이 들려왔다.

"미치광이 살인마년이 일을 망쳤어."

리키는 이성을 잃고 테레사에게 달려가 머리에 총을 예닐곱 발이나 연속으로 쏘았다.

나는 엘리스를 안고 손바닥으로 피를 막았다. 엘리스는 내 얼굴을 쓰다듬으려고 했지만 손을 들어 올리지 못했다.

엘리스의 눈을 들여다보았다. 지금 벌어지고 있는 상황을 믿을 수 없다는 듯 황망한 눈빛이었다.

엘리스의 입에서 한마디 말이 힘겹게 흘러나왔다.

"왜?"

엘리스는 더 이상 움직이지 않았다.

나는 엘리스의 상처에서 솟구치는 피를 막으려고 애쓰며 계속 중얼거렸다.

"이렇게 죽을 수는 없어. 이렇게 죽어서는 안 돼."

클라라의 목소리가 들려왔다.

"아빠, 어서 911에 전화해!"

바닥에 앉아 앰버의 상처를 손으로 막고 있는 클라라가 보였다. 리키가 우리 옆에 꿇어앉아 휴대폰을 꺼내며 앰버에게 말했다.

"병원에 가서 치료를 받으면 무사할 거야. 아이도 살릴 수 있어."

그때 총성이 울렸고, 리키의 머리통이 터졌다.

나는 고개를 들었다.

토더 신부가 권총을 쥔 테레사의 손을 잡고 있었다. 마치 테레사가 쏜 것처럼 총을 들어 리키를 쏜 게 분명했다. 토더 신부는 볼보로 비틀거리며 걸어가 차에 등을 기댔다.

클라라가 트레일러 안으로 달려가 담요를 가져왔다. 담요로 앰버의 상처를 감싸며 토더 신부에게 소리쳤다.

"젠장. 이리 와요, 빨리."

토더 신부는 고개를 숙이고 주먹으로 차를 때리고 있었다. 그러다가 갑자기 해야 할 일이 떠오른 듯 주먹질을 멈췄다. 토더 신부가 테레사의 시체 쪽으로 비틀거리며 걸어가더니 주머니에서 손수건을 꺼내 총을 샅샅이 닦았다. 그런 다음 나에게 다가와 손수건으로 감싼 총을 내밀며 말했다.

"나를 쏴."

내가 큰 소리로 물었다.

"뭐라고?"

"나를 쏘라고."

클라라가 말했다.

"빨리 병원에 가야 해요. 앰버가 위험해요."

토더 신부가 물었다.

"여기서 가장 가까운 병원이 어디지?"

클라라가 말했다.

"내가 그걸 어떻게 알아요?"

내가 말했다.

"큰길을 지나다가 병원을 봤어. 여기서 15킬로미터 거리인 조슈아트리 근처였을 거야. 당장 911을 불러야 해."

토더 신부가 말했다.

"그 전에 리키가 권총을 쥐고 있는 손을 잡고 나를 쏴줘. 그 다음에 넌 딸과 함께 여길 빠져나가."

클라라가 말했다.

"앰버는? 앰버는 그냥 죽게 두고요? 그럴 수는 없어요."

"내가 손으로 지혈하고 있을게. 병원이 15킬로미터 거리에 있으니까 앰뷸런스가 금세 도착할 거야. 틀림없이 앰버를 살릴 수 있어."

클라라가 말했다.

"앰버를 두고는 한 발짝도 움직이지 않을 거예요."

토더 신부가 재킷 주머니에서 휴대폰 두 개를 꺼냈다. 클라라와 내 휴대폰이었다.

토더 신부가 말했다.

"두 사람은 당장 여길 떠나야 해. 내가 그럴싸한 스토리를 만들어 두었으니까 안심하고 떠나. 두 사람은 여기에 아예 없었던 것으로 할게. 내가 총을 맞아야 하는 이유야. 두 사람은 여기서 빠져 나가. 리키가 가져온 여행 가방도 가져가. 자, 이제 내 어깨를 쏴."

클라라가 말했다.

"내가 그 말대로 할 것 같아요? 난 그렇게 못해요!"

내가 말했다.

"나는 그렇게 할래. 911에 전화해."

"아빠!"

토더 신부가 911에 전화를 걸어 다급한 목소리로 말했다.

"투엔티나인팜스 캐러밴필드 32에서 총격이 벌어졌어요. 현재 세 사람이 죽고, 두 사람이 크게 다쳤습니다. 다친 사람 중에는 임산부도 있어요. 10분 안에 도착하지 않으면 다 죽어요. 네, 빨리 오세요."

토더 신부가 전화를 끊고 나에게 소리쳤다.

"앰뷸런스가 곧 도착할 거야. 그 전에 어서 내 어깨를 쏴."

나는 리키의 시체로 걸어가 토더 신부의 손수건으로 손가락이 드러나지 않게 내 손을 확실하게 감쌌다. 리키는 죽어서도 손으로 권총을 쥐고 있었다. 나는 리키의 손을 위로 들었다. 토더 신부가 어깨를 앞으로 조금 내밀었다. 얼굴이 두려움으로 일그러져 있었다.

나는 손수건으로 감싼 내 손가락을 총을 쥐고 있는 리키의 손가락 위에 겹쳤다. 그런 다음 토더 신부에게 더 가까이 다가오라고 손짓했다. 토더 신부가 바로 앞까지 다가왔다. 나는 방아쇠를 당겼다. 난생처음 총을 쏴보았다. 총을 쏘는 순간 반동이 커 뒤로 넘어졌다. 토더 신부가 울부짖으며 옆으로 쓰러지더니 몸을 버둥거리며 앰버가 있는 곳까지 기어갔다.

앰버는 반쯤 정신을 잃은 가운데 계속 알아들을 수 없는 말을 중얼거리고 있었다. 토더 신부가 담요로 앰버의 상처를 감싸며 우리에게 소리쳤다.

"얼른 떠나."

나는 차로 달려갔다. 클라라가 나를 따라오다가 뒤돌아서서 앰버에게로 달려갔다.

클라라가 앰버의 귀에 대고 뭐라 속삭이고 나서 앰버가 들고 있던 권총을 챙겨 들고 차로 달려왔다.

토더 신부가 소리쳤다.

"앰버가 쏜 총알이 테레사가 쓰러진 곳 가까이에 있을 거야. 경찰이 그 총알을 발견하게 되면 네 총이라는 게 들통 나."

클라라와 나는 테레사가 쓰러진 곳으로 달려갔다. 가끔 인생에는 행운의 카드가 날아들 때가 있는 법이었다. 나는 테레사의 시체 옆을 더듬다가 작은 금속 물체를 찾아냈다. 틀림없이 총알이었다.

"찾았어."

나는 총알을 손수건에 감싼 다음 바지 주머니에 집어넣고 나서 클라라와 함께 차에 올라 시동을 걸고 어두운 밤길을 달려 나갔다.

22

사막 길을 시속 65킬로미터로 달렸다. 내 몸은 피로 뒤덮여 있었다. 클라라의 몸도 피투성이였다. 내 옆에 앉은 클라라는 이성을 잃지 않으려고 애쓰고 있었다. 엘리스가 내 품에서 죽어 가던 모습을 죽을 때까지 잊을 수 없으리라는 생각이 들었다.

엘리스는 자신이 총알을 맞을 수도 있는 위험을 무릅쓰고 앰버를 밀쳐 생명을 구했다. 이 미친 세상에서 엘리스는 보기 드문 심성 두 가지를 나에게 보여 주었다. 친절과 인간 존중.

엘리스를 생각하자 슬픔이 밀려와 정신이 혼미해졌다. 앞으로도 엘리스를 생각할 때마다 고통을 추스르기 힘들 것이다.

엘리스를 사막에 버려두고 오다니?

그야말로 몹쓸 짓을 했다는 죄책감이 일었다.

경찰과 911 응급대원이 도착할 때까지 그 자리를 지켰어야 할까?

머리가 터질 듯이 아팠다. 클라라도 계속 미친 듯이 흐느끼고 있었다. 나도 잠시 차를 세우고 딸과 함께 펑펑 울고 싶었다. 그러나 경찰과 앰뷸런스가 도착하기 전에 이 빌어먹을 사막에서 빠져나가야만 했다. 클라라와 나는 아무런 죄가 없다 하더라도 우리가 이 사건을 처음부터 끝까지 목도했다는 사실을 켈러허가 알게 될 경우 무사하기 힘들 것이다.

사막 길을 벗어나 2차선 포장도로로 들어섰다. 그나마 한결 마음이 놓였다. 고속도로 방향으로 차를 꺾었다. 반대편에서 사이렌 소리가 다가오기 시작했다. 경찰차 두 대와 앰뷸런스 두 대가 지나쳐갔다. 클라라가 손에 쥐고 있던 총을 얼른 사물함에 넣었다.

"앰뷸런스가 곧 현장에 도착하겠네."

"앰버는 살 수 있을까?"

"틀림없이 살 거야."

"아이는 이미 죽었어."

"테레사 짓이야."

"우리가 막았어야 했는데 갑자기 벌어진 일이라 방법이 없었어."

"그래, 우리도 어쩔 수 없는 일이었어."

"그래도 막았어야 해!"

나는 말을 돌렸다.

"연료가 다 떨어졌어. 앞으로 48킬로미터밖에 못 가."

대시보드의 시계를 보았다.

1:12.

"일단 주유소를 찾아야 해. 우린 지금 피투성이라 무인 주유기가 있는 곳이어야 하겠지."

"토더 신부 때문에 엘리스 씨도 죽고, 앰버의 아기도 죽었어. 앰버도 죽을지 몰라."

"앰버는 살 수 있다니까."

"아빠가 어떻게 알아?"

"총을 한 발 맞았을 뿐이야. 그 정도로 죽지는 않아."

15킬로미터를 더 달려 고속도로로 진입하기 직전 작은 주유소를 발견했다. 무인 주유기에서 셀프로 기름을 넣을 수 있는 곳이었다. 나는 20달러짜리 지폐를 주유기에 넣었다. 기름을 넣으며 클라라에게 리키가 가져온 검정 가방을 트렁크에서 꺼내보라고 했다.

클라라는 검정 가방을 열어 보고 나서 소리쳤다.

"이런 세상에! 가방이 지폐로 가득 차 있어."

"켈러허가 토더 신부에게 준 선금일 거야. 토더 신부가 하는 말을 들었어. 리키가 돈을 챙겨왔다고. 아니면 테레사에게 줄 돈이었을 수도 있고. 토더 신부가 나에게도 돈을 주겠다고 했지만 나는 안 받겠다고 했어."

"피 묻은 돈이야. 한동안 이 나라를 떠나있으려면 돈이 필요하지만 이 돈은 쓰고 싶지 않아."

나는 클라라의 말이 옳다는 걸 알고 있었다. 다만 클라라는 물론이려니와 나에게도 돈이 별로 없었다. 내 퇴직금에서 남은 돈이 겨우 1만5천 달러쯤 되었다. 우버 수입으로는 생활비가 부족할 때마다 퇴직금에서 빼내 쓰고 있었다.

클라라가 말했다.

"나는 여권을 챙겨 나왔어. 어디 가서 잠을 좀 자고 나서 새 옷을 갈아입고 국제공항으로 가는 거야. 미국을 떠야지."

"어디로 갈지 생각해봤어?"

"목적지는 내일 정할래. 아빠도 같이 가는 거야."

"나는 여권이 없어."

"진작 여권을 만들어 두었어야지."

클라라는 아직 큰 충격에서 벗어나지 못했지만 이성을 되찾고 탈출 계획을 세우고 있었다. 나는 최대한 빨리 클라라를 미국에서 탈출 시켜야겠다고 마음먹었다.

내가 말했다.

"내 휴대폰은 계속 꺼두는 게 좋겠어."

"내 휴대폰도. 일단 고속도로에서 빠져나가야 해. 이 차에 내비게이션이 있나?"

클라라가 계기판 중앙에 있는 내비게이션을 켜고 터치스크린을 여기저기 누르며 고속도로를 우회하는 길을 찾기 시작했다.

"켈러하나 경찰이 이 차를 추적하고 있다면 고속도로 같은 큰길은 오히려 위험해. 지금은 로스앤젤레스보다는 샌프란시스코로 가는 게 좋겠어. 출국할 때 샌프란시스코 국제공항을 이용하면 되니까."

"그럼 샌프란시스코로 가자. 잠을 너무 못 잤어. 너도 그렇지?"

"한숨도 못 잤어."

"차를 세우고 잠을 좀 자야 할까 봐."

"갓길에 차를 세우고 있으면 경찰이 다가와 신분증을 보여 달라고 할 거야. 우린 둘 다 피투성이라서 안 돼."

"그나마 넌 나보다 덜하네."

클라라는 티셔츠에만 피가 묻어 있었다.

"일단 옷을 가릴 수 있는 방법을 찾아봐야겠어. 모텔도 방 앞에 차를 곧장 댈 수 있는 곳이면 좋겠지."

"아빠, 차를 잠깐 세워 봐."

"왜?"

"오른쪽에 폐차장이 있어. 저기에 총을 버릴래."

폐차장 입구에 차를 세웠다. 문이 체인으로 감겨 있고, 주위 는 철망 울타리로 둘러싸여 있었다. 전등 하나 없었지만 다행 히 달빛이 밝았다.

클라라가 주변을 샅샅이 둘러보며 말했다.

"보안카메라가 없어서 다행이야. 가시철조망도 없고. 하긴 고물 차들을 누가 훔치러 오겠어."

"고물 차를 훔치는 사람도 놀랄 정도로 많아."

"울타리를 넘어갔다가 올게."

"빨리 움직여야 해."

클라라는 3.5미터 높이의 울타리를 넘어갔다. 3.5미터 높이 에서 떨어지면 심하게 다칠 수도 있다는 내 걱정을 무색하게 할 만큼 너무 쉽게 타 넘었다.

클라라는 거대한 압축기 아래에 깔리기를 기다리며 늘어서있는 자동차들 쪽으로 갔다. 클라라가 아주 오래되고 녹슨 올스모빌의 조수석 아래에 권총을 넣는 모습이 보였다.

클라라는 다시 울타리를 능숙하게 타 넘었다.

"언제 울타리를 타 봤어? 정말 잘하네."

"폐차하기 전에 누군가 차를 확인할 수도 있으니까 조수석 아래에 숨겨두었어. 탄창을 분리했으니까 압축기에 눌릴 때 총이 발사되지는 않을 거야. 이제 내 글록과도 이별이네. 아빠, 차 트렁크를 확인해 봐야겠어."

"트렁크는 왜?"

"좋은 게 있을지도 몰라."

나는 차에서 내렸다. 발이 땅에 닿자마자 경련이 일었다. 그렇게 심한 경련은 처음이었다. 온몸이 떨렸고, 왼쪽 팔로 통증이 번졌다. 나는 쓰러지지 않기 위해 자동차 손잡이를 꽉 잡았다.

클라라는 이런 내 모습을 보지 못했다. 차 뒤에서 트렁크 안을 살피던 클라라가 녹색 물체를 꺼내 들어 보였다.

"트렁크에 윈드브레이커가 있어."

한 시간 뒤, 우리는 작은 마을로 들어섰다. 모텔 6[*] 간판이

* 미국의 저렴한 체인점 모텔

보였다.

내가 말했다.

"저 모텔이 좋겠어."

"알았어. 내가 처리할 테니까 우선 차를 세워."

모텔에서 500미터쯤 떨어진 곳이었다. 밖은 칠흑같이 어둡고 더웠다. 대시보드 온도계를 보니 섭씨 29.4도였다.

클라라가 차에서 내려 윈드브레이커를 입었다.

클라라에게 물었다.

"기온이 30도 가까운 밤에 윈드브레이커를 껴입고 있으면 오히려 프런트 직원이 이상하게 생각하지 않을까?"

"새벽 3시가 다된 시간이야. 프런트 직원은 귀찮아서 별로 신경 쓰지 않을 거야. 아빠, 운전면허증을 나에게 줘봐."

나는 지갑에서 운전면허증을 꺼내 클라라에게 건넸다. 다시 차를 몰고 가서 모텔 주차장에 세웠다.

클라라가 윈드브레이커 지퍼를 올리며 말했다.

"여기서 잠시 기다려."

클라라는 프런트로 갔다가 몇 분 뒤에 키 두 개를 들고 나타났다.

"나란히 붙은 방이야. 프런트 직원이 그러는데 여기서 15분

거리에 월마트가 있대. 아빠, 허리 사이즈랑 셔츠 사이즈가 어떻게 돼?"

"허리는 42인치, 셔츠는 XX라지."

"아빠, 살 좀 빼야겠어."

"그래, 그런 얘기는 다음에 하자."

"알았어."

"내 지갑에 현금이 60달러쯤 있어."

"나도 얼마간 돈이 있어. 일단 옷값이랑 방값은 내가 낼게. 나머지는 차차 생각하고."

클라라가 열쇠 하나를 나에게 건네면서 말을 이었다.

"내 방은 17호야. 나에게 전화할 일 있으면 7번을 누른 다음 방 번호를 누르면 된대. 바로 옆방이니까 필요하면 언제라도 불러. 체크아웃은 12시래. 나는 10시에 일어나 월마트에 갔다가 커피랑 옷을 사서 11시 전에 돌아올게. 차 키를 줘."

방에 들어가자마자 옷을 벗어 탁자 밑에 던졌다. 샤워 물줄기 아래에 서자 별안간 걷잡을 수 없이 눈물이 쏟아졌다. 상실감과 공포가 교차했다. 엘리스는 임신 중절 반대운동에 앞장서온 테레사가 쏜 총을 맞고 그 자리에서 숨졌다.

욕실에서 나와 침대로 올라갔다. 불을 껐지만 잠이 오지 않았다.

클라라도 잠을 못 이루고 있겠지?

방에 미니바가 있었다. 미니어처 잭 다니엘스 두 병과 맥주 두 병을 마셨더니 효과가 있었다. 나는 곧 깊이 잠들었다.

전화벨 소리가 들려와 전화기로 손을 뻗었다.

"아빠, 11시 15분이야. 12시가 되기 전에 출발해야 돼. 아빠 방문 앞에 쇼핑백 두 개를 놓아두고 나서 노크를 할게. 하나는 옷이고, 하나는 커피랑 빵이야. 쇼핑백을 들여놓고 《CNN》 뉴스를 봐. 어젯밤 충격 현장이 온통 뉴스로 도배되고 있어."

나는 잠에 취해 있다가 번쩍 정신이 들었다. 잠시 후 노크 소리가 났다. 문을 열고 쇼핑백을 안으로 들여놓은 다음 텔레비전을 켰다. 《CNN》에서 어제 그 현장은 나오지 않았다.

30분 내에 속보가 다시 나오겠지?

클라라가 사온 옷을 꺼냈다. 면바지, 티셔츠, 후드 재킷, 속옷과 양말, 칫솔, 치약, 데오도란트도 들어있었다. 커피와 빵은 아직 따뜻했다.

텔레비전 볼륨을 높여 두고 샤워를 시작했다.

"캘리포니아 동부에서 충격적인 총격 사건이 벌어졌습니다."

텔레비전에서 그 말이 들리자마자 샤워를 멈추고 나와 텔레비전을 보았다. 《CNN》 기자가 트레일러 앞에 서있었고, 폴리스라인이 사방에 둘러쳐져 있었다. 기자가 모래 바닥에 남은 핏자국을 가리키며 말했다.

"어젯밤 발생한 총격으로 3명이 사망하고, 2명이 부상을 입었습니다. 사건 경위는 아직 알려지지 않고 있습니다. 총상을 입은 사람 가운데 한 명은 가톨릭 신부입니다. 다른 한 명은 임산부로 현재 근처 병원에 입원해 있습니다. 임산부는 생명에 지장이 없지만 태아는 사망한 것으로 알려졌습니다. 신부도 현재 회복 중에 있습니다. 상세한 내용은 아직 알려지지 않고 있습니다."

나는 클라라가 사다준 옷을 입고 거울을 보았다. 검은 옷을 입은 뚱뚱한 남자가 눈에 들어왔다. 눈 밑에 짙은 다크 서클이 잡혀 있었다. 2분 뒤에 노크 소리가 났다.

"아빠, 얼른 출발하자. 피 묻은 옷은 이 쇼핑백에 넣어."

클라라가 내민 월마트 비닐 쇼핑백에 핏자국이 남아 있는 옷이 들어 있었다.

"단서를 남기면 안 돼."

내가 어제 입었던 옷가지를 쇼핑백에 넣었다. 그사이 머릿속에서 떠오르는 생각을 지울 수 없었다.

'엘리스의 피가 묻어있는 옷이야. 나는 지금 엘리스의 마지막

흔적을 버리고 있어.'

문득 생각났다.

총알도 버려야 해.

쇼핑백에 손수건으로 싼 총알을 넣었다.

클라라가 자동차로 걸어가면서 물었다.

"《CNN》뉴스 봤어?"

"봤는데 아직 별 얘기 없던데?"

"토더 신부가 스토리를 짜내고 있는 중이겠지. 우리에게 죄를 뒤집어씌우지 않기만 바랄 뿐이야."

"현장에 남아 있는 총에 우리 지문은 묻어 있지 않아."

"내가 앰버가 들고 있던 총을 가져온 이유야. 내 이름으로 등록된 총이니까."

"내 딸은 역시 똑똑하네."

"다치지 않으려면 정신을 집중해서 똑똑하게 행동해야지."

"앞으로 이런 위험한 일은 다시는 하지 말자."

"아빠, 내가 이대로 물러설 것 같아?"

"넌 유럽에 가서 당분간 조용히 지내다가 와. 우리는 아직 안전을 보장받지 못했어. 네 말대로 토더 신부가 어떤 스토리를 만들어낼지 우리는 알 수 없기도 해."

"아빠, 나랑 내기할래? 나는 그놈이 우리에게 몽땅 죄를 뒤집어씌울 거라고 생각해."

"경찰이 총격 사건과 우리를 연결시킬 증거는 없어. 물론 토더 신부가 무슨 스토리를 쓸지 모르긴 해. 그놈은 기회주의자니까. 토더 신부도 켈러허를 만나 납득이 가능한 설명을 하려면 골치 아플 거야. 지금 이 시간에도 거짓말을 지어내느라 골머리를 앓고 있겠지. 벌써 다 꾸며냈을 수도 있고. 나름 머리가 잘 돌아가는 놈이니까."

여섯 시간 동안 운전했다. 그사이 주유소에서 연료를 넣고 화장실에 가느라 두 번 쉬었고, 식사를 하려고 차를 한 번 세웠다. 외딴곳에 있는 싸구려 모텔을 찾아냈다. 로비에 공용 컴퓨터가 있었다. 각자 방으로 들어가기 전에 클라라는 인터넷으로 여행 사이트를 검색했고, 샌프란시스코에서 암스테르담으로 가는 직항 편을 찾아냈다. 이튿날 오후에 출발하는 비행기로 막판 세일이어서 가격도 저렴했다.

"왜 하필 암스테르담이야?"

"사람들이 그러는데 거긴 나름 멋진 곳이고, 영어로 의사소통이 가능하대."

"티켓 값은 내일 결제해. 신용카드가 추적될 수 있으니까 출발 몇 시간 전에 결제하는 게 나을 거야."

그런 대화를 나누는 사이에 슬픔이 북받쳤다.

내일이면 내 딸이 지구 반대편으로 떠난다니?

우리는 각자 모텔방으로 갔다. 나는 침대에 누웠다. 슬픔을 억누를 수 없었다. 그때 전화벨이 울렸다. 클라라였다.

"아빠, 《CNN》을 켜봐."

《CNN》에 토더 신부가 나왔다. 병원복 차림에 붕대를 감은 왼팔이 시선을 끌었다. 잠을 못 잤는지 얼굴이 퉁퉁 부어 있었고, 목소리는 무겁고 침통했다.

나는 그 목소리가 가식이라는 걸 금세 알아챘다.

토더 신부가 기자들에게 말했다.

"경찰을 만났을 때 이미 진술했지만 엘리스 플루턴 씨는 UCLA 교수 출신으로 은퇴 이후 배우자나 연인의 폭력으로부터 도망친 여성들을 돕는 여성 운동가였습니다. 3년 전, 열네 살 때부터 리처드 그루트라는 남성과 관계를 맺어 오다가 임신한 여성이 있습니다. 리처드 그루트 씨는 패트릭 켈러허 씨의 경호원 신분이었습니다. 그 여성은 아직 미성년자라서 이름을 밝힐 수 없다는 점 널리 양해바랍니다. 지난주에 그 여성이 엘리스 씨가 일하는 단체에 연락해 가정 폭력 피해를 호소했습니다. 엘리스 씨는 그 여성을 만나 가정 폭력으로부터 책임지고 보호해 주기로 약속했습니다. 그 와중에 리처드 그루트 씨가 도망친 여성을 추적하고 있다는 정보를 입수하고 사막에 있는 은신처에 숨게 되었습니다. 리처드 그루트 씨는 제 교구 신도인 테레사 씨에게 연락했습니다. 참고로 테레사 씨는 제가 설립한 자선단체 〈앤젤스 어시스트〉에서 일하는 직원입니다. 임신 중절 반대운동에 열정적이었던 테레사 씨는 평소 엘리스 씨의 활동에 심한 유감을 품고 있었습니다. 엘리스 씨가 로스앤젤레스 지역에서 임신 중절을 원하는 여성들을 돕는 인물로 널리 알려져 있었으니까요. 저는 윤리적으로나 종교적으로 임신 중절 반대 원칙을 따릅니다. 다만 어떠한 폭력에도 반대하는 원칙 또한 존중합니다. 안타깝게도 테레사 씨는 임신 중절 반대운동을 하는 활동가들 가운데 폭력을 옹호하는 입장에 서 있었습니다. 테레사 씨는 엘리스 씨의 휴대폰을 추적해 그 여성이 숨어 있는 은신처를 찾아냈습니다. 테레사 씨는 저에게 전화해 리처드 그루트 씨가 곧 태어날 아이와 아이 엄마를 필사적으로 찾고 있다는 사실을 알려 주었습니다. 그때 저는 목회자로서 이 일에 관여하지 않을 수 없었습니다. 저는 테레사 씨에게 엘리스 씨가 피해 여성을 보호하고 있는 곳까지 동행하겠다고 했습니다. 우리가 현장에 도착하고 나서 엘리스 씨와 테레사 씨 사이에 심한 언쟁이 벌어졌습니다. 엘리스 씨가 테레사 씨를 테러리스트라고 비난하면서 최초의 총격이 벌어지게 되었습니다. 격분한 테레사 씨가 권총을 꺼내들고 엘리스 씨를 쏘았습니다. 두 번째로 쏜 총이 오발되어 엘리스 씨의 옆에 있던 임신부 여성이 총을 맞게 되었고, 태아가 사망하기에 이르렀습니다. 그러자 이번에는 리처드 그루트 씨가 이성을 잃었습니다. 저는 리처드 그루트 씨를 말리려고 나서다가 그가 쏜 총을 맞게 되었습니다. 리처드 그루트 씨가 총구를 겨누자 테레사 씨는 그를 향해 총을 쏘았습니다. 리처드 그루트 씨는 쓰러진 가운데에서도 테레사 씨에게 여러 발 총을 쏘아 두 사람 다 사망하기에 이르렀습니다. 다시는 떠올리기 힘들 만큼 끔찍한 사건이었습니다. 임신한 여성은 6개월 된 태아를 잃었습니다. 이제 임신 중절 반대운동가들은 폭력과 극단주의에 대해 다시 한번 심각하게 생각해봐야 할 때입니다. 저는 평생 동안 아이를 잃고 슬퍼할 그 여성을 위해 기도하겠습니다."

《CNN》 기자는 캘리포니아 주 경찰이 총격 사건을 계속 수사하고 있다고 말한 다음 패트릭 켈러허 회장의 대변인이 성명을 발표한다는 사실을 알려 주었다.

기자의 말이 끝나자마자 클라라가 문을 두드렸다. 나는 얼른 문을 열었다.

클라라가 숨죽인 목소리로 말했다.

"토더 신부는 연기를 정말 잘해. 오스카 상 감이야."

나는 얼른 클라라를 방 안으로 들어오게 했다.

"그나마 토더 신부가 우리를 사건에서 완전히 빼준 건 다행이야. 토더 신부 덕분에 감방에 갈 걱정을 덜게 되었어."

"그 빌어먹을 놈은 총에 맞으면서 앰버를 구했다고 칭송을 받겠지. 그놈은 우리가 현장을 빠져나가자마자 즉시 켈러허에게 전화해 제 마음대로 각색한 스토리를 설명했을 거야. 켈러허는 그 즉시 변호사들을 불러 모아 대책 협의를 했을 테고, 알리바이를 짜내느라 분주했겠지. 대책 회의 결과 죽은 경호원에게 몽땅 다 뒤집어씌우기로 결론을 내렸을 거야. 세상 사람들은 죽은 아기의 아빠가 리카라고 철석같이 믿겠지. 앰버가 나에게 확실하게 말했어. 켈러허가 아이 아빠라고. 다른 사람은 자기 몸을 건드린 적이 없다고. 켈러허가 병실에 있는 앰버에게 미리 손을 썼을 거야. 조용히 입을 다물어주는 대가로 돈을 주기로 했겠지. 모르긴 해도 경찰도 뇌물을 챙겼을 거야. 이제 그 이야기는 켈러허와 변호사들이 지어낸 얘기대로 처리되겠지. 경찰도 하루빨리 사건을 종결해야 홀가분할 테니까. 켈러허는 아무런 의심을 받지 않고 이 사건에서 빠질 수 있게 된 거야. 언제나 승자는 돈 많은 악당들이야. 미국 만세네.”

나는 클라라의 말에 뭐라고 대꾸해야 할지 알 수 없었다. 반박하기 힘든 사실이었기 때문이다. 내가 할 수 있는 말은 하나뿐이었다.

“그나마 이런 식으로 처리돼야 네가 켈러허 일당으로부터 안전해질 수 있어.”

“경찰은 아직 앰버를 도와주다가 실종된 쇼핑몰 보안요원을 찾아내지 못했어. 나라고 안심할 수 있을 것 같아? 어림없어, 아빠.”

하루 종일 운전을 했다. 마침내 해안 가까이 왔을 때 쇼핑센터에 들렀다. 클라라는 컴퓨터를 쓸 수 있는 스테이플스* 지점으로 갔다. 20분 뒤, 그날 오후 6시 45분에 출발하는 비행기 표를 출력해서 나왔다.

비행기 푯값이 얼마인지 묻자 클라라가 말했다.

“돈 걱정은 하지 마. 지난주에 월급을 받아 2천 달러쯤 있어. 비행기 표랑 유럽에 가서 한 달 정도 지낼 수 있는 돈은 돼.”

“내가 낙오자가 된 기분이야.”

---
* 미국의 사무용품 체인점

"돈이 없어서?"

"내 딸을 도와줄 수 없어서."

"왜 그런 말을 해? 나에게 아빠는 언제나 최고야. 그걸 잊지 마."

"그래도 아빠는 돈이 너무 없잖아."

"차 트렁크에 돈 가방이 있잖아."

"그 돈에는 손을 대지 않는 게 좋아."

"그래서 아빠가 최고라는 거야."

몇 분 뒤, 나는 이제 사건도 종결되었으니 공항까지 가는 동안 고속도로를 타는 게 어떤지 물었다. 클라라도 그러자고 했다. 클라라는 조수석에 앉아 한 시간가량 잠을 잤다.

나는 샌프란시스코 국제공항까지 20분쯤 남았을 때 클라라를 깨웠다. 라디오에서 오후 2시 뉴스가 흘러나오고 있었다.

"다음은 조슈아트리 국립공원 인근 투엔타나인팜스 사막 지역에서 벌어진 총격 사건에 대한 뉴스입니다."

엘리스와 UCLA대학교에서 함께 일했던 동료 교수의 인터뷰가 흘러나왔다.

"엘리스는 윤리관이 투철하고 불의를 보면 참지 못하는 사람으로 유명했습니다. 이 타락한 사회에서 사람은 반드시 신념에 따라 행동해야 한다고 믿는 사람이었습니다. 엘리스는 성폭력 피해자인 미성년자를 돕다가 목숨을 잃게 되었습니다. 너무나 비통하고 참담한 일이 아닐 수 없습니다."

이어서 캘리포니아 주 경찰 대변인이 말했다.

"과격한 임신 중절 반대운동가인 테레사 씨가 엘리스 플루턴 교수를 살해했습니다. 테레사 씨는 엘리스 플루턴 교수가 보호하고 있던 여성까지 총으로 쏘았습니다. 이번 사건을 통해 사회 운동이 폭력적으로 변질될 때 얼마나 끔찍한 비극을 초래하게 되는지 잘 알게 되었습니다. 현장을 목격한 신부의 진술에 따르자면 엘리스 플루턴 교수는 성폭력 피해자이자 당시 배 속에 임신 6개월의 태아가 들어있던 10대 청소년 여성을 보호하려다가 총격을 당했습니다. 엘리스 플루턴 교수를 총으로 쏘아 사망에 이르게 한 여성이 임신한 청소년의 배를 쏘았다는 사실이 매우 충격적으로 받아들여집니다. 태아의 권리를 보호한다는 명목으로 활동하는 임신 중절 반대운동가가 실제로는 태아를 총으로 쏘아 사망에 이르게 한 이 비극적인 모순에 저는 더 이상 할 말을 잃게 됩니다."

뉴스는 켈러허의 홍보실장으로 소개된 패트리샤 밥슨이라는 여자의 성명 발표로 마무리되었다.

"여성과 태아의 권리를 위해 오랫동안 기여해온 켈러허 씨는 자신의 경호팀에서 수년 동안 일해 온 리처드 그루트 씨가 이번 사건에 연루된 사실에 몹시 당혹해하고 있습니다. 켈러허 씨는 충격 현장에서 다행스럽게 목숨을 건진 젊은 여성을 평생 불편함이 없도록 돌봐줄 것임을 밝혀두는 바입니다. 또한 켈러허 씨는 UCLA대학교에 엘리스 플루턴 교수의 이름으로 교육 기금을 전달하기로 했습니다."

뉴스가 끝나고 나서 나는 클라라에게 말했다.

"결국 네 말대로 됐네. 앰버는 입을 다무는 조건으로 큰돈을 받게 되었어. 엘리스를 숭고하게 죽어간 성인으로 만들었고."

"미국에 있는 진보 단체들이 앞으로 죄다 엘리스 씨를 성인으로 치켜세울지도 모르지."

"왜 그리 비꼬는 말투야? 설마 네가 순교자가 되지 않은 걸 유감으로 여기는 건 아니지?"

"순교자라? 정말 멋있는 말이네."

"내 딸이 순교자가 되는 것보다는 이렇게 살아 있는 게 수만 배는 좋아."

"나도 당연히 살아있는 게 좋아."

"너도 매우 용감했는데 전부 엘리스의 업적으로 돌아가는 게 싫지?"

"아무튼 앰버의 목숨을 구한 사람은 엘리스 씨야."

"토더 신부가 우리를 제외시켜준 건 정말이지 다행이야. 켈러허가 이제 대놓고 선량한 인도주의자 행세를 하고 있는데 굳이 암스테르담까지 가야 할 필요가 있을까?"

"그래도 갈 거야. 아직은 조용히 숨어 지내는 게 좋을 것 같아. 게다가 미국은 내 조국이지만 여기에 남아 있으면 화가 나서 견디기 힘들 것 같아."

항공기가 이륙하기 두 시간 전에 공항에 도착했다. 보안 구역 입구까지 클라라를 배웅했다. 클라라가 헤어지기 직전에 나를 안았다.

"아빠가 나를 살렸어. 항상 내 편이 되어 주어서 고마워."

나는 입술을 깨물었지만 눈물이 차올랐다.

"유럽에 꼭 가야겠어? 안 가면 안 될까?"

"나도 아무것도 모르는 외국에 가는 게 겁나지만 확실하게 안전해질 때까지 숨어 지내는 게 좋겠어."

그 말에는 도저히 반박할 수 없었다.

아빠로서 내 딸이 처음으로 내 품을 떠난 걸 깨닫게 되었다. 클라라는 내 인생에서 유일하게 소중한 가치였다. 상황이 안 좋으면 아주 오랫동안 떨어져 지내야 할 수도 있었다.

클라라가 양손으로 눈물이 흘러내리는 내 얼굴을 감쌌다.

"그 어떤 슬픔도 아빠랑 떨어져 지내야 하는 슬픔에 비견할 수는 없을 거야."

"이 세상에서 쉬운 일은 없어. 암스테르담에 가서 힘들더라도 잘 견뎌내야 해."

"아빠랑 잠시나마 헤어지기가 정말이지 쉽지 않아. 나는 아직 어린애인가 봐. 아직도 아빠가 옆에 있어 주어야 하는 어린애. 그 어린애는 이제 비행기를 타야 해. 세 시간 뒤면 아빠 휴대폰을 켜도 될 거야. 그때면 나는 하늘 위를 날고 있을 테니까."

"그래 알았어."

"여권을 만들면 나를 보러 올 거지?"

"네가 원하면 곧장 날아갈게."

"아빠는 나에게 늘 과분한 사람이야."

클라라는 그 말과 함께 다시 한번 나를 세게 안았다.

"돌아올 수 있는 여건이 충족되면 곧장 다시 올 거지?"

"아빠도 나를 보러 올 수 있는 여건이 충족되면 곧장 와야 해."

클라라는 그 말을 끝으로 검색대 쪽으로 사라졌다. 나는 눈물을 보이지 않기 위해 돌아섰다. 눈물이 뺨을 타고 흘러내리고 있었지만 닦지도 않고 주차장으로 걸어갔다. 볼보 트렁크를 열고 검정색 가방을 바라보았다. 가방 지퍼를 열었다. 50달러짜리 지폐 묶음들이 눈에 들어왔다. 다시 지퍼를 닫았다. 밤이 되기 전에 로스앤젤레스에 도착하기로 마음먹고 차를 남쪽으로 돌렸다. 세 시간 뒤에 휴대폰을 켰다. 토더 신부가 보낸 문자메시지가 들어와 있었다.

'아직 투엔티나인팜스 병실에 있어. 다음 주 초에 퇴원해. 얘기 좀 하자.'

나는 토더 신부와 이야기하기 싫었다.

다른 메시지가 또 있었다. 엘리스의 변호사.

'급히 연락할 일이 있습니다.'

고속도로에 들어서서 남쪽으로 50킬로미터쯤 달리다가 휴게소에 차를 세웠다. 문자메시지에 찍힌 로펌으로 전화를 걸었다. 드와이트 심플턴 변호사가 전화를 받았다.

"지금 로스앤젤레스에 계십니까?"

"아닌데요."

"혹시 뉴스를 보셨습니까? 며칠 전 엘리스 플루턴 교수님이 총격을 받고 사망했습니다."

"네, 알고 있습니다. 저도 매우 충격이 큽니다."

"저희들도 너무 갑작스러운 소식에 큰 충격을 받고 망연자실해 있습니다. 엘리스 교수님의 부군께서 저희 로펌의 공동 설립자입니다. 부군이 돌아가신 이후에도 엘리스 교수님은 저희 로펌에 많은 도움을 주셨습니다. 이를테면 로펌의 고문 같은 분이셨지요. 언제 로스앤젤레스에 돌아오십니까?"

"오늘 밤 늦게요."

"로스앤젤레스에 오시는 대로 최대한 빨리 로펌에 들러 주실 수 있습니까?"

"무슨 일인데요?"

"직접 뵙고 말씀드리겠습니다."

"대단히 중요한 일입니까?"

"네, 그렇다고 볼 수 있지요."

"제가 이제부터 밤새 운전해야 하는데 무슨 일인지 알려 주시면 안 될까요? 몹시 궁금한 사항이 있으면 그걸 생각하느라 운전하는 데 방해가 될 수도 있으니까요."

수화기 너머로 길게 숨을 들이쉬는 소리가 들려왔다. 곧이어 심플런 변호사가 말했다.

"정 그러시다니 미리 말씀드리겠습니다. 엘리스 교수님이 선생님에게 로스앤젤레스에 있는 아파트를 유산으로 남기셨습니다."

23

나는 어리둥절하지 않을 수 없었다.

"엘리스 씨가 저에게 아파트를 유산으로 남기다니요? 도대체 무슨 말씀인지 모르겠습니다."

"UCLA대학교 근처 말콤 애비뉴에 엘리스 교수님 소유의 아파트가 있습니다. 대출을 전혀 끼고 있지 않은 아파트입니다. 엘리스 교수님은 그 아파트를 선생님 소유로 남기셨습니다. 한 달 관리비가 1천 달러인데, 2년분 관리비인 2만4천 달러도 함께 남기셨습니다."

엘리스는 내가 한 달에 1천 달러나 되는 관리비를 감당할 수 없으리라는 걸 잘 알고 있었다. 그 정도로 모든 일에 사려 깊은 사람이었다. 타인을 돕는 일에 사려 깊은 사람.

"저로서는 도무지 이해가 되지 않습니다. 딸이 있는 것으로 알고 있는데 왜 저에게 유산을 남기셨을까요?"

"엘리스 교수님이 왜 그런 결정을 내렸는지 저도 이유를 모릅니다. 저는 그저 법적으로 정해진 사실만을 말씀드릴 뿐입니다. 엘리스 교수님의 아파트는 이제 선생님 소유가 되었습니다. 저희 사무실로 오실 수 있나요? 음, 내일 오전 12시쯤 어떻습니까?"

"네, 그 시간에 찾아뵙겠습니다."

통화를 마치고 다시 차를 몰기 시작했다. 임신 중절 병원 앞에서 시위대의 습격을 받은 다음 날, 차를 타고 가다가 엘리스가 변호사들과 상의할 일이 있다면서 잠깐 로펌 건물에 들렀던 기억이 났다.

엘리스는 눈앞에 밀어닥친 위험을 예감했을까? 엘리스는 왜 나에게 아파트를 남겼을까?

본 적도 없는 엘리스의 딸에게 미안한 마음이 들었다. 엘리스와 딸 사이에 갈등이 있었다는 걸 알고 있었다. 엘리스가 말하길 딸이 돈 많은 금융계 거물과 동거하고 있다고 했다.

엘리스의 마음에 너무나 감사했지만 나는 이토록 과분한 선물을 받을 자격이 없다고 생각했다.

심플런 변호사에게 말해야지. 아파트를 엘리스의 딸에게 주겠다고. 아파트뿐 아니라 그 어떤 유산도 받지 않겠다고.

《NPR》 방송은 물론이고 다른 뉴스 채널도 듣지 않았다. 아직도 계속 나를 사로잡고 있는 그 사건에 대해 더 이상 듣고 싶지 않았다. 나는 계속 내 자신을 타일렀다.

앞에 놓인 도로만 보고 달리는 거야. 남은 거리를 계속 줄여나가는 거야.

머릿속에서 자꾸만 내 품에 쓰러져 있던 엘리스의 모습이 떠올랐다. 엘리스가 나직이 내뱉은 마지막 말 '왜?'와 얼굴에 깃들어 있던 기묘한 표정이 사라지지 않고 계속 떠올랐다. 심장이 멎기 직전, 혹은 멎는 그 순간에 엘리스의 얼굴에는 마치 '이게 끝이군.' 하고 깨닫는 것 같은 표정이 깃들어 있었다. 너무도 갑작스럽게 찾아온, 너무나 뜻밖이었던, 너무나 잔인했던 죽음이었다. 지금은 모두들 엘리스의 죽음을 훌륭한 일을 하다가 영웅적으로 죽어갔다고 말하지만 나는 알고 있었다. 엘리스가 총알이 발사되는 곳으로 몸을 던진 건 찰나적인 본능이었음을. 엘리스는 그저 앰버를 구하려고 했을 뿐이었음을.

로스앤젤레스로 가는 동안 밤 8시경 또 다른 문자메시지가 하나 더 들어왔다. 내가 정말 두려워하던 아그네스카의 메시지.

'토더 신부님이 나에게 동생 집에 며칠 가 있으라고 했어. 테레사 얘기는 들었어. 토더 신부님이 그러던데 당신은 그 사건이 벌어질 때 클라라랑 여행 중이었다며? 당신이 옛날에 잠깐 살았던 세쿼이아 국립공원을 클라라에게 보여주러 갔다고. 당신이나 클라라가 그 현장에 없었다는 말을 듣고 정말이지 가슴을 쓸어내렸어. 당신이 운전해 주던 그 여자에게 불행한 일이 생긴 건 정말 안타까워. 그 여자가 구한 불쌍한 10대 여자아이는 더욱 안됐고. 태아에게 벌어진 그 일 때문에 사람들이 테레사를 비난하겠지? 그렇지만 당신과 친했던 그 여자가 애초에 청소년 임산부를 제대로 된 곳에 보냈다면 이런 불행한 사태는 발생하지 않았을 거야. 테레사는 사람을 죽였으니 이제 지옥에 가겠지? 테레사가 안됐어. 그래, 당신은 내가 꼴 보기 싫겠지만 의논해야 할 일들이 있어. 클라라는 이런 끔찍한 일도 있었으니까 이제 태아 살인자들을 돕는 일을 그만둬야 할 거야.'

전기에 감전된 듯 분노가 치밀었다. 101번 고속도로에서 산타바바라에 있는 셸 주유소를 막 지나온 때였다.

나는 문자메시지 창을 닫았다. 아그네스카는 끝까지 자기 합리화를 포기하지 않았다. 나는 그 순간 결심했다. 최대한 빨리 이혼 수속을 마치기로.

클라라에게도 제 엄마가 보낸 문자메시지를 보여줄 생각이었다. 토더 신부는 내 아내이자 클라라의 엄마인 아그네스카에게도 사실을 숨겼다. 그렇다면 켈러허에게도 우리가 현장에 있었다는 이야기를 하지 않을 가능성이 컸다.

한편 이 문자메시지를 클라라에게 보여 주면 제 엄마가 태어나지도 못한 아기를 죽이고 죄 없는 여자까지 죽인 다음 자기들은 신의 뜻에 따랐을 뿐이니까 용서받을 수 있다고 생각하는 현실 부정의 단계에까지 들어선 사실을 알고 크게 놀랄 듯했다.

나는 클라라가 암스테르담에 도착해 지낼 곳을 찾아냈다는 연락이 오면 문자메시지를 보내기로 마음먹었다. 지금 클라라가 제 엄마의 문자메시지를 읽으면 분노가 심해 잠을 이루지 못할 수도 있으니까.

클라라는 지금 몹시 피곤한 상태인 만큼 잠을 자야 했다.

로스앤젤레스 경계를 지나는 기분이 묘했다. 나는 스스로에게 말했다.

여기에 오래도록 머물지 말자. 최대한 빨리 이사하자. 101번 고속도로를 빠져나왔다. 밤 11시 30분인데도 고속도로는 막혔다. 로스앤젤레스는 언제나 도로가 막히는 도시였다. 돈, 약속, 소망, 실패, 절망이 함께하는 곳. 선택받은 소수가 되지 못하는 기분을 느껴야 하는 곳. 우리의 삶은 이 도시에서 막혀 있었다. 시속 1센티미터로 기어가는 삶으로.

마침내 우리 집이 있는 좁은 길로 들어섰다. 셔터가 내려진 집 앞에 차를 세웠다. 토더 신부가 보낸 문자메시지가 있었다.

'새 열쇠는 현관 왼쪽 화분 밑에 있어.'

나는 비로소 다시 집으로 돌아왔다. 반길 사람 아무도 없는 집으로.

차에서 내려 트렁크를 열었다. 피 묻은 옷가지가 든 쇼핑백을 꺼낸 다음 돈이 가득 든 검정색 여행 가방을 꺼냈다. 현관 앞에서 화분을 들어 올리고 손으로 더듬어 열쇠를 찾아냈다. 현관문 안으로 들어간 다음 셔터를 내리고 안에서 잠갔다. 켈러허의 부하들이 나를 찾고 있을지도 모르는 만큼 절대로 방심하면 안 되니까.

불을 켰다. 철제 셔터를 내렸으니 바깥에서 안이 보일 리 없었다. 거실을 지나 침실로 갔다. 지난 15년 동안 외롭게 밤을 보낸 슬픈 침실. 나는 이 집이 싫었다. 이 집이 상징하는 모든 게 싫었다.

오늘 하루만 더 이 집에서 자야지. 딱 하루만.

며칠 동안 받은 충격과 아침부터 계속했던 운전 탓에 샤워를 마치자마자 침대에 쓰러지듯 누웠다.

새벽 5시에 잠에서 깨 무거운 몸을 이끌고 샤워기 아래에 섰다. 커피를 만들고, 담배를 두 개비나 피웠다.

땡.

7시에 토더 신부가 보낸 문자메시지가 들어왔다.

'오늘 퇴원해. 저녁 7시쯤 들를 테니까 저녁 같이 먹자.'

잠깐 동안 생각했다. 토더 신부와 해결할 일이 아직 한 가지 남아 있었다.

'그래, 7시에 봐. 저녁은 안 먹어.'

앞으로 토더 신부와 식탁을 두고 마주앉을 일은 없을 것이다.

눈이 빠지도록 기다리던 문자메시지가 왔다. 클라라가 암스테르담에 무사히 도착했다는 소식이었다.

'공항 관광 안내소에서 유스호스텔을 소개받았어. 중심가에서 그리 멀지 않은 곳이고, 1박에 15유로를 내면 돼. 유스호스텔 바로 옆에 지하철역이 있어. 중앙역까지 10분도 안 걸려. 교통이 아주 편리해. 내일은 아파트를 알아보려고 해. 아직 충격에서 벗어나지 못해서인지 피곤해. 아빠가 너무 보고 싶어.'

나는 곧장 답신을 보냈다.

'네 문자를 받고 나서 비로소 안심했어. 밤이든 낮이든 여건이 되면 언제든 전화해. 자주 소식 전해줄 거지? 기다릴게. 그건 그렇고 네 엄마에게서 온 문자를 전해줄게. 아마 깊이 심호흡을 하고 나서 읽어야 할 거야. 읽는 도중에 화가 나 휴대폰을 던져버릴 수도 있으니까. 나는 그냥 네 엄마가 안됐다는 생각이 들어. 어쨌든 네 엄마를 너무 비난하지 않았으면 해. 그냥 그러려니 했으면 좋겠어. 네 엄마가 정상이 아닌 사람이 된 지는 이미 오래되었잖아. 너무 마음 상해하지 말고 그냥 진실이 그렇다는 정도만 알아둬. 아빠는 언제나 네 편이야. 잊지 마.'

한 벌뿐인 정장을 꺼냈다. 유행에서 20년쯤 뒤떨어진 갈색 스트라이프 슈트. 살이 많이 쪘지만 몸에 겨우 맞을 듯했다. 흰 셔츠를 입고 검정 넥타이를 매고 나서 겨우 맞는 재킷에 힘들게 몸을 끼워 넣었다. 엘리스의 볼보를 타고 가기 머쓱했지만 어쩔 수 없었다. GPS에 목적지를 입력했다. 미드월셔에 있는 〈플루턴, 그린봄, 매킨타이어 앤드 밀카비크 로펌〉.

로펌의 안내원은 상냥하고 정중한 남자였다. 로펌 회의실로 나를 안내하면서 커피를 마실지 아니면 생수를 마실지 물었다. 회의실에는 사진 액자가 많이 걸려 있었다. 버니 샌더스기 어떤 남자와 함께 찍은 사진도 걸려 있었다.

뒤에서 목소리가 들려왔다.

"등에 업은 권력이 전혀 없는 두 명의 저항군 노장을 찍은 사진이죠."

몸을 돌려보니 자그마한 체구의 80대 남자가 서있었다. 트위드 재킷, 청색 버튼다운셔츠, 면바지 차림에 동그란 금테안경을 쓰고 있었다. 은퇴한 교수 분위기가 났다.

"브렌던 씨죠? 저는 스탠리 그린봄 변호사입니다. 엘리스의 남편인 윌버와 이 로펌을 처음 시작한 사람입니다. 윌버가 죽고 나서도 엘리스와 가깝게 지내왔습니다. 이 로펌에 있는 변호사들 모두가 큰 충격을 받았습니다. 아니, 충격이라는 말로는 부족할 겁니다."

나는 그린봄 변호사와 눈을 마주치지 못하며 그 말에 동조했다.

"네, 정말이지 끔찍한 일이었습니다."

그때 수수한 검정색 슈트를 입은 40대 초반의 흑인 남자가 회의실로 들어섰다.

"브렌던 씨죠? 만나서 반갑습니다. 저는 드와이트 심플런 변호사이고, 이쪽은 저를 돕고 있는 제니퍼 쿠퍼 변호사입니다."

쿠퍼 변호사는 20대 후반이었고, 역시 검정색 정장 차림에 검은 뿔테 안경을 쓰고 있었다.

쿠퍼 변호사가 인사했다.

"반갑습니다."

우리는 회의실 테이블에 다 함께 앉았다. 커피, 생수, 쿠키가 나왔다.

그린봄 변호사가 말했다.

"심플런 변호사에게 들었는데 집 상속 얘기에 크게 놀라셨다고요?"

"저는 그 아파트를 받을 수 없습니다."

그린봄 변호사가 물었다.

"왜 그러시는지 이유를 물어봐도 될까요?"

"저에게는 너무나 과분한 유산입니다. 엘리스 씨에게는 유산을 물려줄 딸도 있고요."

심플런 변호사가 말했다.

"엘리스 교수님의 딸 앨리슨에게는 이미 알렸습니다. 앨리슨도 아파트는 브렌던 씨에게 가고, 나머지 재산은 고인이 몸담았던 〈우먼스 초이스〉 그룹에 가는 걸 알고 있고, 아무런 이의를 제기하지 않았습니다."

내가 말했다.

"솔직히 상식적으로 이해가 안 됩니다. 저는 그 아파트를 받을 자격이 안 되니까요."

"딸은 어머니가 유언장에 기록해놓은 사실을 거스르지 않겠다고 했습니다. 뉴욕에 있는 앨리슨의 담당 변호사에게도 유언장을 보냈고, 딸에게서 어머니의 유지를 받들겠다는 서명도 받아두었습니다. 앨리슨은 유언장 검인을 빨리 매듭지어 달라고 오히려 저희를 독촉하고 있습니다. 그런 이유로 선생님께 이렇게 급히 연락드린 겁니다. 딸의 부탁이었습니다."

내가 묻기도 전에 그린봄 변호사가 굳은 표정으로 말했다.

"엘리스 교수님은 신념이 강한 분이었습니다. 이제 그 아파트는 브렌던 씨 소유입니다."

쿠퍼 변호사가 서류를 꺼냈다.

"아파트의 시세는 88만 달러입니다. 2년분 관리비 2만4천 달러도 유산에 포함되어 있는데 그 아파트에 살지 않아도 그 돈은 브렌던 씨에게 돌아갈 겁니다. 볼보 자동차도 유산에 포함되어 있고요."

내가 말했다.

"저는 그 아파트에서 살지 않을 겁니다."

심플런 변호사가 말했다.

"브렌던 씨에게는 선택의 자유가 있습니다. 아파트 판매가를 80만 달러로 잡고 거기서 세금과 중개 수수료를 제하면 브렌던 씨께서 받을 금액은 65만 달러입니다."

나는 탁자만 내려다보았다.

"너무 과분합니다."

그린봄 변호사가 말했다.

"엘리스는 그렇게 생각하지 않았습니다. 오프 더 레코드를 전제로 말씀드리자면 엘리스와 태아 그리고 다른 두 사람을 죽음으로 몰아넣은 그 비극적 사건에 대해 토더 신부가 설명한 내용에 이의를 제기하는 건 아니지만…… 그 신부의 이름이 뭐죠?"

"토더 키에치코프 신부입니다."

그린봄 변호사가 물었다.

"브렌던 씨도 그 신부의 성당에 나가십니까?"

"오래된 친구이긴 하지만 그 성당에는 가지 않습니다. 이제는 토더 신부를 친구로 생각하지도 않아요. 제 아내는 아직 그 성당에 열심히 나가고 있습니다."

"브렌던 씨의 부인과 총격 사건으로 사망한 친구가 속해 있던 〈앤젤스 어시스트〉라는 임신 중절 반대운동 단체와 토더 신부가 밀접하게 연관되어있다는 걸 알고 있습니다. 토더 신부는 충격 사건을 나름의 방식대로 각색해 설명하기로 마음먹었겠죠. 토더 신부의 설명 덕분에 엘리스는 패트릭 켈러허 밑에서 일하는 경호원에게 성폭행을 당하고 임신한 여성을 구한 영웅이 되었죠. 다만 우리는 잘 알고 있습니다. 엘리스는 절대로 무모한 일에 뛰어들 사람이 아닙니다. 우리는 테레사가 앰버와 엘리스를 쏘았고, 그다음에 경호원이 테레사를 쏘았다는 경찰의 탄도 분석 결과를 주목하고 있습니다. 토더 신부가 그 괴물 같은 경호원으로부터 앰버를 빼낸 사람이 엘리스라고 진술한 배경을 우리도 충분히 이해합니다. 한편으로는 고맙게 생각하고 있습니다. 충격 사건에 연관된 용기 있는 사람들을 보호하려는 의도로 파악하고 있으니까요."

그린봄 변호사는 그 말을 하면서 나를 똑바로 바라보았다. 그다음 이어진 말을 통해 그린봄 변호사가 충격 사건의 진실을 얼마나 알고 있는지 가늠할 수 있었다.

"브렌던 씨에게도 따님이 있죠?"

"네, 있습니다. 이름이 클라라입니다."

"엘리스로부터 들었던 기억이 납니다."

나는 잠시 멈칫했다가 고개를 끄덕였다. 그린봄 변호사를 비롯해 이 자리에 있는 모든 변호사들에게 '비밀을 지켜 주셔서 고맙습니다.'라고 말하는 것과 같은 의미의 고갯짓이었다.

그린봄 변호사가 말했다.

"클라라는 지금 어디에 있는지 물어봐도 될까요?"

"암스테르담으로 떠났고, 당분간 돌아오지 않고 거기에 정착해 살 겁니다."

"지금은 암스테르담이 미국보다 훨씬 안전하고 정상적이긴 하죠. 암스테르담에 우리와 협력 관계에 있는 로펌이 있습니다. 브렌던 씨가 원하신다면 딸이 암스테르담에 정착하는 데 도움을 줄 수 있을 겁니다."

"그렇게 해주신다면 정말 감사하겠습니다."

클라라에게 아직 물어보지는 않았지만 암스테르담에 정착하기까지 로펌의 도움을 받을 수 있다면 큰 도움이 될 듯했다.

"그럼 제가 암스테르담의 로펌에 클라라에 대해 이야기해 놓겠습니다."

나는 계속 탁자만 내려다보고 있었다. 몹시 궁금한 사실이 한 가지 있었지만 쉽게 말이 나오지 않았다. 내가 자라면서 배운 것과 상반되는 질문이었다. 쉽지 않은 질문이었지만 반드시 물어보아야 했다.

"사실은 제가 이혼을 원합니다. 제 이혼 소송을 맡아줄 수 있겠습니까?"

심플런 변호사가 말했다.

"쿠퍼 변호사가 가정 법률 전문입니다."

"이혼 소송을 빠르고 간결하게 끝내고 싶습니다."

쿠퍼 변호사가 말했다.

"이 자리가 마무리된 다음 저에게 왜 이혼하려는 건지 자세한 이야기를 들려 주십시오. 당장 착수할 수 있습니다."

"고맙습니다."

그다음 나는 궁금한 걸 한 가지 더 물었다.

"혹시 앰버가 어떤 상황에 처해 있는지 알고 있습니까?"

그린봄 변호사가 말했다.

"현재 경찰의 보호를 받고 있습니다. 충격을 받은 영향으로 자궁 절제수술을 받았고, 팜스프링스로 이송되었다고 하더군요."

"세상에!"

"매스컴에 보도되었듯 패트릭 켈러허가 앰버의 장래를 책임지겠죠. 그의 경호원이 앰버를 임신시켰으니까요. 혹시 앰버가 아이 아빠가 누군지 말하지 않던가요?"

그린봄 변호사는 내 입에서 대답이 나오기를 기다리고 있었다. 나는 그 질문에 쉽게 답변할 수 없어 탁자만 내려다보고 있었다.

"앰버가 침묵의 대가로 켈러허 씨로부터 아무것도 받지 않았다면 달리 할 얘기가 있었을 겁니다."

"앰버가 침묵을 대가로 뭔가를 받았다는 자체만으로도 이미 할 얘기가 많았다는 뜻이 되겠군요."

· · ·

토더 신부가 7시 정각에 우리 집에 왔다. 오른팔이 팔걸이 보호대에 걸려 있었고, 어깨에 두껍게 감긴 붕대 탓에 입고 있는 알로하셔츠가 앞으로 툭 튀어나와 있었다. 토더 신부는 몹시 지치고 불안해 보였다.

"시간을 정확하게 맞춰서 왔네?"

"널 기다리게 하지 않으려고."

"만나자고 했을 때 내가 응한 이유는 딱 하나야."

나는 뒤에 놓아둔 여행 가방을 들어 토더 신부의 발치에 던졌다. 50달러짜리 지폐 다발로 가득 찬 리키의 가방.

"확인해보면 알겠지만 나는 일절 손대지 않았어. 그 잘난 켈러허에게 돌려줘. 내가 고맙다고 하더라고 전해. 그놈이 나를 죽이려고 마음먹었다면 이걸로 해결되지는 않겠지."

"클라라는 어디에 있나?"

"멀리 숨었어."

"숨다니, 왜?"

"우리를 너무 순진하게 보지 마."

"너와 클라라에게는 아무 일 없을 거야. 켈러허 씨는 오히려 너랑 클라라가 비밀을 지켜준 것에 대해 고마워하고 있어. 앞으로도 비밀만 잘 지켜주면 문제없어."

"역으로 비밀이 지켜지지 않으면 우릴 죽이겠네?"

"이제 그럴 일은 없어."

"켈러허는 우리가 그 자리에 있었던 걸 알고 있나?"

"아니, 언론에 보도된 대로만 알고 있어."

"거짓말."

"내가 복잡한 이야기를 간단명료하게 정리해놓았지. 일을 복잡하게 만들 필요가 없으니까."

"넌 지금 내 질문에 거짓으로 대답하고 있어."

"그 사건은 이제 종결됐으니까 더 이상 왈가왈부할 필요 없어."

"넌 항상 자기 위주로 편리하게 생각하지. 아무튼 큰돈을 벌게 되었나?"

토더 신부가 아래를 내려다보며 말했다.

"평소처럼 교구에서 지내다가 때를 봐서 일찍 은퇴하려고."

"당장 사라지면 사람들이 의심 어린 눈으로 볼 테니까 타이밍을 조절하겠다는 뜻이야?"

"네 마음대로 생각해."

"너의 탐욕 때문에 세 사람과 태아가 죽었어."

"그렇게 말하면 억울하지."

"넌 악마와 거래를 트고 돈을 받았어. 아그네스카가 죽어 간다고 쇼를 벌여 클라라와 나를 함정에 빠트렸지. 경호원 리키, 미치광이 테레사를 현장으로 데려간 장본인이 바로 너야. 하나님의 종이라는 사제가 그따위 파렴치한 짓을 한 거야. 이제 두둑하게 돈을 챙겨서 은퇴하겠다고? 그 가방을 챙겨서 내 눈앞에서 당장 꺼져."

"가방에 든 돈은 네 몫이야. 앞으로 더 받게 될 거야. 내가 약속했잖아. 20만 달러를 주겠다고."

토더 신부의 얼굴에 침을 뱉자 그는 깜짝 놀라며 움찔했다. 나에게 주먹을 날리고 싶은 표정이었지만 이내 단념하는 눈치였다. 내 얼굴에서 살기를 느꼈기 때문일지도 모른다. 여차하면 그를 곤죽이 되도록 패줄 생각이었다.

토더 신부는 얼굴의 침을 닦지도 않고 밖으로 나갔다. 나는 뒤따라가며 돈 가방을 차도에 던져 버렸다. UPS트럭이 달려오고 있었다. 토더 신부가 쏜살같이 달려가 가방을 낚아챘다. 하마터면 트럭에 치일 뻔했다. 트럭 기사가 손가락 욕을 날리며 소리쳤다.

"눈깔을 제대로 뜨고 다녀!"

토더 신부는 보도에서 가방을 꽉 잡고 있었다. 차에 치일 뻔했던 자식을 구한 아빠 같은 모습이었다.

나는 앞으로 토더 신부를 볼 일이 없을 거라고 생각하며 문을 쾅 닫았다. 어둠 속으로 사라지는 토더 신부의 등에 대고 마지막으로 한마디 했다.

"넌 살인자야."

• • •

열흘 뒤에 엘리스의 장례식이 열렸다. 성공회교 집안에서 태어나 영세를 받은 엘리스의 장례식은 성공회 절차에 따라 진행되었다. 장례식 장소인 대학교 예배당은 추모객들로 꽉 들어찼다.

　주교가 장례식 행사를 집전하고, 신부 두 명이 보좌했다. 성공회 합창단이 천상의 목소리로 장송곡을 불렀다. 엘리스는 소나무 관에 말없이 누워 있었다. 아무런 장식도 없는 관. 어쩌면 엘리스는 유언장에 관을 장식하지 말라고 적었을지도 모른다. 그냥 기본적인 관을 쓰라고. 기도와 성서 낭독에 이어 두 사람이 엘리스의 삶과 업적에 대해 추모사를 했다.

　그린봄 변호사는 엘리스의 진보적인 면, 사회 운동에 헌신한 삶, 윌버와 함께한 오랜 결혼 생활에 대해 이야기했다.

　"위대한 사랑이 언제나 그렇듯이 두 사람은 서로에 대해 커다란 의심이 들 때마다 더욱 큰 사랑과 신뢰를 찾아냈습니다. 언젠가 윌버가 말했습니다. 엘리스는 인생에 정해진 답은 없고, 수많은 질문이 있을 뿐이라고 생각했다고요. 윌버는 그런 엘리스의 생각에 공감했습니다. 야만과 증오로 가득한 이 세상에서 엘리스는 서로에게 최선을 다해야 한다고 믿었습니다. 엘리스의 생각은 사회 전반뿐 아니라 우리 개개인들에게 필요한 윤리적 의무입니다."

　추도사를 한 다른 한 사람은 엘리스의 딸 앨리슨이었다. 장례식이 시작되기 전 앨리슨은 장례식장 입구에서 조문객들에게 인사를 했다. 나는 앨리슨을 처음 보았다. 엄마를 닮아 키가 크고 날씬했고, 차림새나 행동에 기품이 있었다. 앨리슨의 옆에는 중년 남자가 앉아 있었다. 역시 키가 크고 단정한 신사였다. 다만 그 중년 남자는 장례식장에 오게 된 걸 껄끄러워하는 기색이 역력했다. 기도와 추도사가 이어지는 동안 중년 남자는 휴대폰으로 메시지를 보내느라 여념이 없었다.

앨리슨은 중년 남자에게 고인에 대한 예의를 지키라는 말을 전혀 하지 않았다. 그저 꼿꼿이 앉아 앞만 바라보고 있었다. 중년 남자는 앨리슨이 추도사를 하러 가기 위해 연단으로 걸음을 옮겨놓고 있을 때에야 휴대폰을 내려놓았다. 앨리슨은 손에 종이 한 장을 들고 있었다. 숨을 깊이 들이쉬고 나서 청중을 잠깐 둘러본 다음 앨리슨은 종이에 미리 적어온 추도사를 읽어나가기 시작했다.

"엄마와 저는 정치적으로 서로 다른 행성에 있었습니다. 정치 문제 혹은 사회 문제에 대해 격하게 의견 충돌이 있을 때조차 저는 늘 알고 있었습니다. 우리가 아무리 다투어도 저에 대한 엄마의 사랑은 조금도 약해지지 않으리라는 것을. 경제와 사회 문제를 바라보는 제 관점 때문에 엄마가 몹시 화가 났을 때조차 저에 대한 사랑을 조금도 의심하지 않았습니다. 제가 엄마에게 '끝까지 착한 척하는 사람', '이 나라에서 불행을 겪는 사람들을 모두 다 포용할 수 있다고 착각하는 사람'이라며 비아냥거릴 때조차도 엄마는 저를 향한 사랑을 거두지 않았습니다.

엄마가 돌아가셨다는 사실을 깨닫는 순간 가장 힘들었던 건 이제 우리가 서로 대화가 불가능하게 되었다는 것입니다. 엄마의 목소리를 다시는 들을 수 없다는 사실이 저를 슬프게 합니다. 엄마와 정치적인 문제로 치열하게 대립했던 일들, 엄마가 저를 투기꾼이라고 비난하는 바람에 화가 나 몇 주 동안 연락을 끊고 지냈던 일들을 생각해보면 제가 어리석기 그지없게 느껴집니다. 엄마는 저보다 훨씬 보람된 삶을 살았던 분입니다. 엄마는 다른 사람들을 자신을 대하듯 염려했습니다. 이제야 엄마에 대해 조금은 알 것 같습니다. 엄마는 착하고 용기 있는 분이었습니다. 누구나 더 나은 사람이 될 수 있다는 믿음을 끝까지 잃지 않는 분이었습니다. 엄마처럼 타인들을 돕기 위해 최선을 다한 사람들이 모이면 세상을 바꿀 수도 있다는 생각이 듭니다. 우리들 모두는 엄마처럼 더 친절해져야 할지도 모릅니다. 저는 엄마처럼 훌륭하고 강직한 성품을 지닌 분의 딸로 태어난 게 얼마나 큰 행운인지 모르고 자랐습니다. 몇 년 전, 아빠가 세상을 떠났을 때 엄마는 장례식장에서 에드나 세인트

빈센트 밀레이의 시를 낭송했습니다. 배우자의 장례식장에서 1920년대 그리니치 빌리지 비트 페미니스트의 시를 낭송한 건 그야말로 엄마다운 선택이었습니다. 며칠 전 찾아낸 그 시를 다시 읽는 것으로 추도사를 마치겠습니다."

"무덤의 어둠으로 깊이 깊이 깊이

서서히 내려간다, 아름다운 이들, 상냥한 이들, 다정한 이들;

조용히 내려간다, 똑똑한 이들, 재미있는 이들, 용감한 이들.

나는 안다. 그러나 인정하지 않는다. 체념하지 않는다."

앨리슨의 추도사가 진행되는 동안 여기저기에서 울음소리가 들려왔다. 앨리슨은 자리로 돌아가기 전 엄마가 누워있는 관에 손을 얹었다. 사람들의 시선이 쏠려 있는 걸 알고 있었기에 더욱 자신의 마음을 침착하게 추스르는 듯했다. 앨리슨은 고개를 숙이고 자리로 돌아갔다. 고개를 들었다면 휴대폰으로 메시지를 주고받느라 여념이 없는 남자를 보았을 것이다.

· · ·

한 시간 뒤 장례식이 모두 끝나고 각자 타고 온 차로 돌아가고 있었다. 나도 볼보로 가고 있을 때 누군가 내 팔을 잡았다.

앨리슨이 나에게 말했다.

"그린봄 변호사님에게 물어봤어요. 브렌던 씨가 어디에 계신지."

나는 악수를 청하며 말했다.

"뭐라 위로의 말씀을 드려야 할지 모르겠군요. 어머니는 너무나 훌륭한 분이셨습니다."

앨리슨의 눈에 눈물이 그렁그렁했다.

"아파트를 유산으로 물려받으셨다고요?"

"저에게는 지나치게 과분한 일입니다. 그린봄 변호사님께도 말씀드렸지만 따님께서 아파트를 원하신다면 내일이라도 당장 넘길 용의가 있습니다."

"엄마는 아파트를 저에게 줄 마음이 없었던 거예요. 엄마가 보기에 저는 물질적으로 전혀 부족하지 않았을 테니까요. 사실 저는 물질적으로 가진 게 많기도 합니다."

앨리슨의 남자는 휴대폰으로 누군가와 통화를 하느라 여념이 없었다. 앨리슨은 남자와 눈을 마주치려 애썼다. 남자는 손짓으로 중요한 전화라는 뜻을 전하고 나서 등을 돌렸다.

나도 모르게 갑자기 엉뚱한 말이 튀어나왔다.

"더 나은 대접을 받아야 해요. 자신을 버려두지 마세요."

앨리슨은 입을 떡 벌리더니 경멸하는 눈빛으로 나를 바라보았다.

"지나친 충고 아닌가요?"

"제가 선을 넘는 말을 했나요? 저는 당신 어머니의 하인이아니라 친구였습니다. 엘리스 씨를 진심으로 좋아하고 존경했습니다. 엘리스 씨는 따님 얘기를 정말 자주 들려 주었죠. 따님을 무척이나 사랑하는 분이셨습니다."

앨리슨이 고개를 숙이고 흐느끼기 시작했다. 내가 위로하려고 어깨에 손을 얹자 슬며시 몸을 빼냈다.

앨리슨이 혼잣말로 중얼거렸다.

"아마 평생 극복하지 못할 거예요."

앨리슨은 고개를 흔들어 진실과 슬픔의 순간을 떨쳐버린 뒤다시 본연의 가면을 썼다.

"아파트를 파신다고요? 그 돈을 잘 썼으면 좋겠어요."

"잘 쓸 겁니다."

● ● ●

며칠이 지나 나는 다시 로펌 회의실에 앉아 있었다. 양옆에 쿠퍼 변호사와 심플런 변호사가 자리를 함께 했다. 맞은편에는 수아레즈 변호사가 앉아 있었다. 수아레즈 변호사는 나도 성당에서 대면한 적이 있었다. 토터 신부의 측근이지만 오늘은 아그네스카의 변호사로 와있었다. 지난 며칠 동안 아그네스카에게 직접 만나서 얘기하자고 몇 번이나 의사를 타진했다. 이메일이나 문자메시지로 오랜 결혼 생활을 마무리하기보다는 서로 얼굴을 마주보며 이야기하고 싶었다.

아그네스카는 끝내 나를 만나려고 하지 않았다. 여러 번 문자메시지와 음성메시지를 보냈지만 아그네스카는 한 번도 답신하지 않았다. 일주일 동안 연락을 시도해보다가 포기하고 결국 쿠퍼 변호사에게 이혼 소송을 부탁했다.

"지금 부인께서 동생네 집에 가 계신다고 했죠? 그 집 주소를 주세요. 제가 송달리를 통해 문서를 전달할 테니까. 브렌던 씨가 이혼 소송을 제기했으니 서로 편리한 시간에 변호사를 대동하고 사무실로 나와 달라고 하겠습니다."

"만날 약속만 정하면 됩니다. 문서를 보내는 건 싫어요."

쿠퍼 변호사가 말했다.

"부인이 대화를 거부하는 이유는 이혼 얘기가 나올 걸 알고 있기 때문입니다. 이제 만나서 이야기할 단계는 지났습니다. 투엔티나인팜스에서 벌어진 사건들에 대해 부인께서 어떤 반응을 보였는지 말씀하셨잖아요. 임신 중절 반대운동을 같이 하던 테레사라는 분에게는 전혀 책임이 없다고 하셨다고요. 부인은 결혼생활이 끝났다는 사실을 받아들이지 않으려는 겁니다. 안타깝지만 송달리를 통해 문서를 전달하는 게 가장 효과적이고 유일한 방법입니다. 브렌던 씨께서 허락하신다면 면담 요청에 응하지 않을 경우 문서에 로스앤젤레스 고등법원에 이혼 소송을 신청하겠다는 말을 반드시 넣고 싶습니다. 허락하실 거죠?"

나는 말없이 고개를 끄덕였다.

쿠퍼 변호사의 말대로 문서는 금세 효과를 발휘했다. 로펌 회의실에서 마주 앉은 수아레즈 변호사는 의뢰인의 기분이 울적해 부득이 불참하게 되었다며 양해를 구했다.

쿠퍼 변호사는 우선 내 제안사항을 말했다.

"집은 아그네스카에게 넘기고, 위자료 20만 달러를 일시불로 지급하겠습니다."

쿠퍼 변호사는 협상의 여지가 없는 제안이라고 못을 박았다.

수아레즈 변호사는 능글맞게 웃고 나서 내가 큰돈을 상속받았다는 사실을 확인한 만큼 내 제안을 받아들일 수 없다고 했다. 내가 상속받은 돈이 얼마인지 액수를 정확하게 밝히고 나서 즉시 절반으로 나눠야 한다는 주장이었다.

수아레즈 변호사가 협박이나 다름없는 말을 하는 동안 쿠퍼 변호사는 연필을 만지작거리다가 말이 끝나자마자 갑자기 연필을 뚝 부러뜨려 두 동강을 냈다. 쿠퍼 변호사는 부러진 연필을 탁자 위에 탁 소리가 나도록 내려놓았다.

쿠퍼 변호사가 분노의 감정을 다스리는 듯 목소리를 낮게 깔아 말했다.

"어디서 감히 그런 말을 하십니까? 여기가 법정도 아니고 기록이 남지도 않으니까 한 번 더 말합니다. 어디서 감히 그따위 개소리를 합니까? 귀하의 의뢰인은 임신 중절 반대운동 단체의 일원입니다. 그 단체의 리더가 아직 태어나지도 않은 아이를 포함해 여러 사람을 죽였습니다. 우리는 귀하의 의뢰인에게 정신적인 문제가 있다는 걸 알고 있습니다. 제 의뢰인의 제안은 사실 지나치게 관대합니다. 귀하의 의뢰인은 담보 대출이 전혀 포함되지 않은 집을 받게 되었고, 20만 달러를 추가로 받게 되었습니다. 다시 한번 말하지만 제 의뢰인에게 돈을 더 요구할 생각은 하지 마세요. 두 가지만 확실하게 못을 박아 두겠습니다.

첫째, 방금 전 제안은 내일 오후 6시까지 유효합니다. 둘째, 저는 제 의뢰인을 위해서라면 가차 없이 행동할 수 있습니다. 내일 오후 6시까지 우리의 제안을 받아들이지 않을 경우 더 이상 협상은 없습니다. 우리는 귀하의 의뢰인이 위자료를 받을 자격이 없다는 사실을 법정에서 모두 밝힐 겁니다. 제가 지금 잠시 흥분해서 하는 말이 절대 아닙니다. 귀하의 의뢰인이 어떤 사람인지 알고 있다면 감히 돈을 더 뜯어낼 수작을 부리지 않을 겁니다. 귀하의 의뢰인은 〈앤젤스 어시스트〉라는 단체에서 일을 하고 있습니다. 가장 친한 친구였던 테레사는 다른 설명이 필요 없을 만큼 과격한 테러리스트였습니다. 테러리스트에게 위자료를 더 받게 해주려고요? 원하신다면 법정까지 기꺼이 가드리겠습니다. 좋을 대로 하세요."

수아레즈 변호사는 흠씬 두들겨 맞은 표정을 지을 뿐 아무 말도 하지 못했다. 그러다가 큰 실수를 저질렀다.

수아레즈 변호사가 심플런 변호사에게 말했다.

"우리가 단둘이서 이성적인 대화를 나눌 수 있을까요?"

"쿠퍼 변호사가 여성이라서 그럽니까? 여성이라서 이성적이지 않다는 뜻인가요? 쿠퍼 변호사, 상대 변호사가 무슨 제안을 했는지 다 들었죠? 이제부터 협상은 없습니다. 우리 제안을 받아들이지 않을 경우 쿠퍼 변호사 말대로 법정에서 귀하의 의뢰인이 어떤 사람인지 만천하에 민낯을 공개하겠습니다. 이제 우리가 할 얘기는 다 끝났고 문은 저쪽입니다. 안녕히 가세요."

수아레즈 변호사는 떨떠름한 표정으로 자리에서 일어나더니 쿠퍼 변호사에게 말했다.

"나쁜 뜻에서 한 말이 아닙니다."

"아뇨, 충분히 나쁜 의도가 있었어요."

수아레즈 변호사가 밖으로 나가고 나서 쿠퍼 변호사가 얼굴을 손으로 가리며 말했다.

"정말 통쾌했어요."

벽시계를 보니 12시 35분이었다. 수아레즈 변호사도 우리의 제안을 받아들일지 아니면 법정에 설지 18시간 안에 결정해야 한다는 사실을 알고 있었다.

오후 5시쯤 쿠퍼 변호사로부터 전화가 왔다.

"다 끝났어요. 내일 오후까지 기다릴 필요가 없게 되었어요. 상대 쪽에서 우리의 제안을 그대로 수용하겠답니다."

"법정에 갈 필요 없이 간단하게 해결돼 다행입니다. 마지막으로 한 가지만 더 부탁할게요. 수아레즈 변호사를 통해 제 아내에게 전해 달라고 하세요. 아내가 원할 경우 언제라도 대화를 나눌 용의가 있다고요."

아그네스카에게서는 끝내 연락이 없었고, 나도 딱히 개의치 않았다.

로펌에서는 암스테르담에 있는 로펌에 클라라를 소개해주었다. 암스테르담의 변호사는 클라라가 사회복지학과를 졸업하고 그 방면의 경력이 있다는 말을 듣고 난민 쉼터의 일자리를 구해주었다. 클라라는 영주권이 나올 때까지 필요한 취업 비자를 발급 받을 때에도 로펌의 도움을 받았다.

클라라와 나는 거의 매일 통화했다. 클라라는 룸메이트들과 함께 쓰는 아파트를 구했다. 나는 클라라에게 그동안 있었던 모든 이야기를 들려 주었다. 엘리스의 아파트를 상속받았고, 이혼에 합의했고, 아파트가 팔리면 20만 달러를 클라라 몫으로 신탁기금을 만들어줄 계획이라고.

클라라가 말했다.

"신탁기금은 필요 없어."

"엘리스 씨는 너에게도 유산이 돌아가길 바랄 거야. 그분은 너를 정말 높이 평가했지. 네가 정말 용감하다고 했어. 엘리스 씨 딸은 돈이 많아. 엘리스 씨는 네 엄마에게 살던 집을 주고 생활비 몫으로 20만 달러를 준 것에 대해서도 찬성했을 거야."

"엄마에게 많이 나눠 주었으니까 나머지는 아빠가 다 가져."

"아니, 그 정도는 너에게 나눠 줘야지."

"그렇게 다 주고 나면 아빠가 먹고살 돈이 없잖아?"

"나는 로스앤젤레스에서 영원히 벗어날 생각이야."

"여권은 나왔어?"

"4주 뒤에 나온대. 여권이 나오는 대로 널 만나러 갈게. 그때까지 여행이나 하면서 지내려고."

"가고 싶은 곳이 있어?"

"애리조나 주 플래그스태프."

"거긴 왜 가고 싶어?"

"미국에서 물가가 가장 싼 지역을 검색했더니 플래그스태프가 나오더군. 경치도 근사하고, 물가도 싸다면 내가 앞으로 살아갈 곳으로 고려해볼 수 있지 않을까?"

"물가를 따지지 말고 아빠가 살아가기에 가장 좋은 곳이 어딘지 찾아보는 게 바람직하지 않을까?"

"아니, 플래그스태프는 나랑 잘 맞을 것 같아."

． ． ．

플래그스태프는 해발 2천 미터 높이라 겨울이 오자 눈이 내렸다. 플래그스태프에서 처음 맞는 겨울은 온통 백색이었다. 플래그스태프에 눈보라가 몰아치던 날 나는 시내에 있는 예스러운 호텔에 들었다. 1950년대에 머물러 있는 호텔이었다. 방은 작고 구식이었지만 침대는 편안했고, 작은 주방도 딸려 있었다. 나는 호텔 프런트에서 흥정을 벌인 끝에 2주 동안 주차 포함 주당 400달러를 지불했다. 돈이 없지는 않았지만 허투루 쓰지 않을 생각이었다.

플래그스태프도 집값이 싸지는 않았다. 65제곱미터 아파트가 25만 달러에 거래됐다. 나는 한 달에 1천 달러 미만이 드는 집을 찾아볼 생각이었다. 침대와 소파, 안락의자를 갖춘 집, 반년 단위로 빌릴 수 있는 집이 필요했다. 어느 한곳에 정착해 살기는 싫었다. 언제라도 기분이 바뀌면 미련 없이 떠날 수 있는 삶을 원했다.

플래그스태프 시내는 유행에 뒤처지지 않았다. 오래된 서부 마을이 완전히 현대적인 모습으로 탈바꿈해 있었다. 세련된 상점, 술집, 모던한 커피 전문점, 서점, 록 공연장이 있었다.

여긴 클라라에게 어울리는 곳이야. 나에게는 어울리지 않아.

그러다가 다시 생각했다.

나라고 이런 데서 살지 말라는 법은 없잖아.

　호텔 몬테비스타에서는 잠을 푹 잘 수 있었다. 호텔의 예스러운 장식도 마음에 들었다. 멀리 언덕이 내다보이는 전망도 좋았다. 아침에 일어나 창문을 열었다가 밤새 눈이 15센티미터나 내린 걸 발견할 때도 있었다. 처음 플래그스태프에 도착했을 때만 해도 남부 캘리포니아와 피닉스의 열기에 맞는 옷차림이었다. 여기에 와서 다운재킷, 장갑, 부츠, 두꺼운 양말, 목도리, 털모자를 구입했다. 따뜻한 신발을 신고 다운재킷 버튼을 여미고 나서 플래그스태프 시내를 돌아다니기 시작했다. 눈이 쌓여 하얗게 변한 풍경에 감탄이 절로 나왔다. 눈이 많이 쌓여 호텔로 가는 길을 잃어버렸다. 눈이 쌓인 오래된 서부 도시는 거기가 거기 같았다.

　한 시간쯤 걷고 있을 때 또다시 눈이 내리기 시작했다. 나는 하늘을 올려다보았다. 구름이 어떻게 움직이고, 구름을 뚫고 나온 햇빛이 어떻게 사라지는지 바라보았다.

　바로 그 순간 엘리스가 떠올랐다.

　'빛을 찾았다고 생각하는 사람들은 달라요. 우리와는 달리 확신을 갖고 있어요. 저는 그 사람들이 가지고 있는 확신이 두려워요.'

엘리스는 빛을 찾은 사람들이 오히려 어둠을 따를 때가 많다고 했다. 엘리스는 어느 날 갑자기 찾아와 내 인생을 송두리째 바꾸었다. 나를 비롯한 많은 사람들에게 이 암담한 세상에서 품위와 절제, 나눔이 존재할 수 있다는 걸 보여준 엘리스. 미국에서 총기 규제가 절실히 필요하다는 사실을 보여준 엘리스. 이제 내가 생각할 수 있는 건 하나뿐이었다.

이 끔찍한 암흑의 세상에서 내가 볼 수 있었던 빛은 엘리스뿐이었을까?

나는 소용돌이치는 눈발 속에서 눈을 깜박였다. 눈물이 흐르고 있었다. 키 큰 나무 사이의 전신주에 올라갔던 오래전 그날 이후 처음으로 보는 눈이었다. 정말이지 눈은 경이로웠다. 지저분한 세상을 하얗게 표백하는 눈, 참된 순수가 느껴지는 눈.

눈이 세상의 소음을 모두 잠재웠다. 갑작스레 불어온 바람에 눈이 하늘로 흩날렸다.

앞으로 일 년 뒤 나는 플래그스태프 학교에서 전기기사로 일하며 퇴근해 지친 몸으로 바로 이 모퉁이에 서 있겠지? 처음 이곳에 왔을 때보다 살이 12킬로그램은 더 빠진 모습이겠지?

플래그스태프에 온 지 일주일이 지나고 나서 나는 전기기사 일자리를 구했다. 일주일에 사흘은 전기기사로 일했고, 저녁에는 노숙자를 위한 쉼터에서 식사를 나눠 주는 자원봉사를 했다.

일 년 뒤 겨울 오후에도 눈이 올 테고, 나는 휴대폰 알림 소리를 듣겠지? 클라라가 보낸 문자메시지.

나는 반년마다 암스테르담으로 클라라를 만나러 가겠지?

클라라는 난민 캠프에서 복지사 일을 계속하고 있었고, 네덜란드 말이 점점 더 능숙해지고 있었다. 남자를 만나 데이트도 하고 있었다. 상대는 록밴드 기타리스트로 이름은 피터였다. 이제 암스테르담에 클라라의 집이 있었지만 여전히 뿌리 깊은 로스앤젤레스 사람이었다.

눈 내리는 아침, 나는 클라라로부터 문자메시지를 받았다.

'아빠, 《LA 타임스》홈페이지를 열어봐. 얼른!!'

나는 클라라의 말대로 《LA 타임스》웹사이트를 열었다. 맨 위에 뜬 기사가 내 눈에 들어왔다.

속보! 토더 키에치코프 신부 총격 사망:

가톨릭 베벌리힐스 교단의 사제이자 유명 인사인 토더 키에치코프 신부가 오늘 아침 총격으로 사망했다. 총격 사건은 고인의 집 앞에서 발생했다. 고인은 당시 교구의 교인을 방문하려고 집을 나서던 길이었다. LA경찰청 강력계 마이클 모런 형사는 '살인 청부업자의 소행일 가능성이 높다. 현재 수사 중이어서 자세한 내용을 밝힐 수 없다.'고 말했다.

　기사를 읽으면서도 처음에는 실감이 나지 않았다. 그러다가 기사의 내용이 머릿속에 한자씩 뚜렷하게 들어오기 시작했다.

　나는 클라라에게 문자를 보냈다.

　'하나님 맙소사!'

　클라라가 곧장 답신을 보냈다.

　'아빠, 하나님은 왜 찾아? 하나님은 이 일에 상관도 없고, 간섭할 마음도 없어. 어쨌든 그 빌어먹을 '회장님' 짓인 게 틀림없어. 나도 아직 로스앤젤레스로 돌아가서는 안 되겠어. 아빠도 로스앤젤레스에는 절대로 가지 마. 토더 신부도 돈을 챙겼으면 곧장 몸을 숨겼어야 해.'

　나도 곧 답신을 보냈다.

　'그런 일이 있은 직후 곧장 사라지면 의심을 사게 될 거라고 생각했겠지. 그 사건에 대해서도 세상에 발표할 때 진실을 말하지 않고 켈러허 쪽에서 명령받은 대로 했을 테니 자기는 보험을 들어놓았다고 믿었을 거야.'

　클라라의 문자메시지.

'토더 신부는 잘못 생각한 거야. 켈러허는 마지막 카드를 숨기고 있었던 거지.'

그 마지막 카드는 앞으로 열두 달 안에 보이지 않아야 했다. 그러나 어느 누구도 자신의 앞날을 볼 수는 없다. 지금 여기, 고향도 아닌 곳에서 하늘에서 빙빙 맴도는 눈송이들을 바라보고 있는 내 모습이 서글프게 보일 뿐이었다. 그러다가 갑자기 차를 타고 달리고 싶은 충동에 휩싸였다. 왜 갑자기 목적지도 없이 달리고 싶은 충동이 일었을까? 이렇게 눈보라가 치는 날에 슬픔은 이상한 길로 사람을 이끌었다.

저 멀리 북쪽의 깊은 숲까지 이어진 이 길은 아직도 펑펑 내리는 눈에 덮여 하얗게 변한 초원을 향해 뻗어 있었다.

나도 모르게 눈물을 삼키며 액셀러레이터를 밟았다.

빙판에 차가 미끄러지면 죽을지도 모르지만 뭐 어때?

정신을 차리고 생각하니 내가 죽으면 클라라에게 평생 떨쳐버릴 수 없는 슬픔을 안기게 된다는 생각이 들었다. 내 딸에게 그런 슬픔을 안길 수는 없었다.

나는 서서히 차의 속도를 줄였다. 시속 145킬로미터에서 90킬로미터로 금세 속도가 줄어들지는 않았다. 울창한 숲 뒤에서 갑자기 고속도로 순찰차가 튀어나와 내 뒤를 따라왔다. 경찰차는 경광등을 번쩍이며 사이렌까지 울렸다.

나는 브레이크를 밟고 차를 세웠다. 시동도 끌까 하다가 추위에 엔진이 차갑게 식을 것 같아 기어만 주차 상태에 두었다.

사이드미러를 보니 경관이 다가오는 모습이 보였다. 퉁퉁한 몸집의 백인 경관이 차창을 두드렸다. 나는 버튼을 눌러 차창을 내렸다.

"면허증이랑 자동차 등록증을 보여 주세요."

나는 면허증과 자동차 등록증을 건넸다.

"로스앤젤레스에서 왔어요?"

나는 고개를 끄덕였다.

"멀리서 오셨네. 무슨 일로?"

"세상에서 잠깐 멀어지려고요."

"무기를 지참하고 있어요?"

무례한 질문에 화가 났다. 일부러 나를 불편하게 만들려고 의도한 질문 같았다. 나는 경관의 의도대로 마음이 편하지 않았다.

"무기는 없습니다."

"그럼 왜 과속했죠?"

"과속한 줄 몰랐습니다."

"도주하는 차 같던데?"

이 경관은 지금 자신이 나보다 우월하다는 걸 증명하고 싶어 하는 눈치였다.

나는 고개를 들어 경관의 눈을 똑바로 쳐다보았다.

"제가 빨리 달린 건 친구가 죽었기 때문입니다. 그래서 기분이 안 좋았습니다. 과속하고 있다는 걸 미처 생각하지 못했습니다."

"친구가 병으로 죽었어요?"

"그 친구는 지병이 있었습니다."

"친구가 죽었다고 해서 제한속도보다 30킬로미터나 더 빨리 달릴 권한이 생기는 건 아닙니다."

"실수였습니다."

"당연히 실수했지. 차가 좋네요."

나는 경관의 배지를 똑바로 보았다. 배지에 새겨진 번호를 머릿속에 저장했다. 내일 심플런 변호사나 쿠퍼 변호사에게 전화해 공식적으로 경찰에 이의를 제기할 생각이었다.

경관은 내 행동을 알아챈 듯이 말했다.

"고개 돌려."

나는 경관 번호를 외우고 있었다.

"로스앤젤레스에서 하는 일은?"

나는 앞을 똑바로 보며 말했다.

"독지가요."

"독지가라니?"

"돈 없는 사람들을 돕고 있습니다."

경관이 내 말에 대해 곰곰이 생각하는 눈치였다.

'이 사람 말대로 정말 돈 많은 사람이면 나는 망했다.'

경관이 말했다.

"잠깐만 기다리세요."

"네."

사이드 미러로 경관이 무슨 짓을 하는지 지켜보았다. 경관은 경찰차로 달려가 운전석에 앉았다. 휴대폰을 집어 들고 내 운전면허증과 자동차 등록증에 적힌 사항들을 누군가에게 불러 주고 있었다.

잠시 기다렸다가 답을 듣는 경관의 얼굴에 불안한 기색이 어렸다. 경찰에서 쫓겨날지도 모른다는 걱정이 점점 커진 듯했다.

경관은 차 안쪽으로 몸을 돌려 뒷자리를 뒤적거리기 시작했다. 그 순간 나는 내 휴대폰을 집어 들고 경관 배지에 있던 숫자를 입력한 뒤 얼른 조수석으로 던져놓았다. 내가 동작을 멈춘 직후 경관이 다시 앞쪽으로 몸을 돌려 앉았다. 경관의 손에는 콜라 캔이 들려 있었다. 경관은 내가 계속 앞만 보고 있는지 확인한 뒤 휴대폰으로 짧게 통화했다. 어느 누구와 통화했는지는 몰라도 경관은 잔뜩 표정이 굳은 상태로 전화를 끊었다. 경관은 운전석에 앉아 내 면허증과 자동차 등록증으로 자기 손을 톡톡 치며 생각에 잠겨 있었다. 이제 어떻게 처신해야 할지 생각하는 게 분명했다. 경관이 드디어 차에서 내려 다시 내가 있는 쪽으로 다가와 차창을 노크했다.

나는 창을 내렸다.

경관이 내 면허증과 자동차 등록증을 건넸다.

"다음에는 너무 빨리 운전하지 마십시오."

"알았습니다."

경관이 아주 한참 동안 나를 쳐다보았다.

"가도 좋습니다. 뭔가 숨기는 게 있는 것 같은데."

나는 핸들을 잡고 고개를 천천히 돌렸다. 겁먹은 기색이 역력한 경관의 눈이 시야에 들어왔다.

"숨기는 건 없습니다. 지금 저는 다른 사람들과 똑같아요. 그저 두려운 상태입니다."

〈끝〉

작가의 말

이 소설을 집필하기까지

　나는 소설가로서 평범함 속에서 비범함을 찾는 데에 계속 관심을 기울인다. 그래서 다른 사람들의 삶에서 소설의 소재를 많이 찾아낸다. 사람을 만나면 나도 모르게 가족, 과거, 현재의 일상에 대한 질문을 많이 던진다. 더 젊은 작가들에게 내가 자주 들려 주는 말이기도 한데, 사람들은 자기 이야기를 하길 좋아한다. 그러나 이야기를 들어 주려는 사람은 많지 않다. 사람들에게 질문을 던지기 시작하면 아주 많은 이야기를 건질 수 있다. 소설 같은 인생을 살지 않는 사람은 없다.

나는 3세대 뉴욕 사람이다. 뉴욕 사람은 로스앤젤레스를 반사적으로 싫어한다고 흔히 말한다. 그러나 나는 반대로 로스앤젤레스에 몹시 매료됐다. 내 딸이 칼아츠에 다닐 때 몇 년 동안(2015~2019년) 로스앤젤레스에서 시간을 많이 보냈다.

나에게 로스앤젤레스는 현대 미국 상황의 표본이다. 이리저리 뻗은 도시 풍경에서 거의 늘 볼 수 있는 교통정체는 성공에 대한 숭배를 선명한 실루엣으로 드러낸다. 나는 로스앤젤레스에 있는 동안 우버를 자주 이용했다. 대중교통 수단이 없고, 꽉 막힌 도로에서 직접 운전하는 괴로움을 피하고 싶었기 때문이다. 우버를 탔을 때에는 기사에게 질문을 많이 했다. 살아온 이야기들을 물어보았다. 임시직 경제의 파생 분야에서도 가장 스트레스가 많고 수입이 형편없는 우버 일을 하게 된 사연도 물어보았다.

로스앤젤레스 우버 기사들 중에는 배우 지망생이 많았다. 시나리오 작가 지망생도 더러 있었다. 그러나 한때 중간 관리자 혹은 더 높은 위치에 있다가 몇 년, 혹은 몇 십 년 뒤 회사의 사정으로 그 자리에서 밀려나고, 재취업의 가능성이 거의 없어 최후의 일거리로 찾은 사람들도 있었다. 웨스트우드에 있는 식당에서 리틀도쿄에 있는 재즈클럽까지 장거리를 이동해야 하는 어느 저녁이었다. 이전에 첨단 기술 제품 세일즈맨이었던 우버 기사가 우버에 대해서 속속들이 나에게 설명해 주었다. 나는 우버로 최저임금을 받으려면 하루 열두 시간을 일해야 한다는 걸 알게 되었다.

그 기사가 말했다.

"직장에서 정리해고 된 쉰일곱의 남자가 이 경제 체제에서 갈 곳이 어디 있겠어요?"

그 대화를 나누던 중에 내 머릿속에서 인물 하나가 만들어지기 시작했다.

이즈음에 친구와 이야기를 나누게 되었다. 친구는 광신도에 가까운 자기 이모 이야기를 들려 주었다. 그 이모는 아들과 며느리와 갓난아기인 손자를 교통사고로 한꺼번에 잃은 끔찍한 비극을 겪은 뒤 종교에 열중하게 됐고, 그러면서 임신 중절 반대운동에 맹렬하게 뛰어들었다. 나는 그 친구에게 이모와 통화하게 해달라고 했다. 두 시간 넘게 통화했다. 내가 많은 질문을 던졌지만 그 사람의 독단적인 신념은 절대로 흔들리지 않았다. 나는 그 사람의 확신과 이분법적 시각에 놀라며 그저 열심히 메모를 했다.

나도 가톨릭 신자인 아버지와 유대인 어머니의 산물이었고,

따라서 획일적인 죄의식을 배우며 자랐지만 나는 내 자신을 소개할 때 신을 믿지 않고 요한 세바스찬 바흐를 믿는다고 말하곤 한다. 이렇듯 신앙과 믿음은 나에게 흥미로운 주제다. 더구나 미국에서는 1980년대 중반부터 기독교 복음주의가 정치적 세력이 되어 정치와 종교의 분리 원칙을 잠식하는 단계까지 왔다. 그리고 임신 중절 수술이 첨예한 문제로 떠올랐다. 임신 중절 반대운동가와 대화를 나눈 지 몇 주 뒤, 나는 로스앤젤레스에서 딸과 저녁을 먹었다. 그 임신 중절 반대운동가 이야기를 꺼내자 내 딸은 자원 봉사로 '둘라' 일을 하는 연기 선생 이야기를 들려 주었다. 둘라는 임신 중절을 하는 여성에게 친구 혹은 보호자 혹은 단순한 지지자 역할을 하는 사람을 뜻한다. 둘라에게 도움을 청하는 여성은 임신 중절 수술을 받기 전후나 받는 동안 옆에 있어 줄 사람이 아무도 없는 경우가 많다. 나는 딸의 이야기를 듣자마자 호기심이 생겼다. 그래서 합법적인 임신 중절과 여성의 자기결정권을 지키는 일을 하는 친구의 도움을 받아 전문적인 둘라와 연락을 취했다. 긴 대화 끝에 나는 임신 중절 수술이 당사자에게 여러 면에서 얼마나 복잡한 경험인지 알게 되었다. 그 경험이 개인마다 크게 다르며, 간단한 답이 절대 존재할 수 없다는 사실도 깨달았다.

우버 기사, 임신 중절 반대운동가, 둘라. 이 사람들과 나눈 대화를 뼈대로 삼아 한 편의 소설이 떠오르기 시작했다. 이 사람들과 나눈 대화에서 세부적인 내용들을 많이 얻은 것은 사실이지만, 소설의 서사를 생각하기 시작할 때에는 이 바탕 자료가 된 개개인의 실제 삶과 전혀 연관이 없는 인물들과 사건을 구상해 나갔다.

더 상세히 설명하자면, 나는 '이슈'에 대한 소설을 쓰는 것은 항상 피해 왔다. 나는 독자가 내 소설 속 등장인물들의 삶에, 이 등장인물들이 맞서 싸워야 하는 개인적이고 사회적인 문제들에 인간적으로 빠져들기를 바란다. 그리고 당연히 나는 독자가 계속 내 소설에 흥미를 가지고 책을 손에서 놓지 않게 되기를 바란다.

그리하여 《빛을 두려워하는》은 규범을 따르며, 가족과 사회의 기대에 자신을 맞추며 살아오다가 60세에 가까워지는 나이에 회사의 구조조정으로 직장을 잃고 어떻게든 살아남으려고 애쓰는 중산층 미국인의 이야기가 되었다. 그러다가 이 인물은 우리 시대 주요한 문제의 위험하고 뜨거운 핵심부와 맞닥뜨리게 되고, 그 가족과 오랜 친구도 거기에 휘말려 있다. 이 소설의 화자 브렌던은 작가인 나와 공통점이 전혀 없지만, 나는 브렌던에게 묘한 애정을 느꼈다. 어쩌면 내 아버지 때문인지도 모른다. 브루클린 노동 계급 집안에서 태어나 상류 중산층까지 자수성가한 아버지는 57세에 직장을 잃은 뒤로 다시는 직장 생활을 하지 못했다.

《빛을 두려워하는》으로 열네 번째 소설을 써온 입장에서 (《오로르》 시리즈 두 권을 더하면 열여섯 번째다), 소설 쓰기의 흥미로운 면은 책상 앞에서 긴 날들, 긴 달들을 보내는 동안 이전에는 생각하지도 못했던 장소와 길을 지나가게 된다는 것이다. 지금 우리 사회에 내포된 커다란 분열과 분노를 반영하게 되리라고 머릿속으로는 대략 의식하고 있었지만 초고를 완성한 뒤에야 비로소 깨달은 바 이 소설의 중심은 중산층이 누리던 안정과 확실성이 모두 사라져버린 사회, 우리 모두가 소모품이 될 수 있는 사회에서 균형과 진정한 품위를 지키려 애쓰는 한 남자의 초상화였다. 그리고 일견 어울리지 않아 보이는 사람과 쌓는 우정을 통해 우리는 이 사악한 세상에서 정의를 꽃피울 가능성을 여는 창을 발견할 수 있다는 것도, 소설을 다 쓴 뒤에 내가 발견한 이 소설의 중심이었다.

더글라스 케네디

옮긴이의 말

 이 소설의 번역 작업을 하고 있던 2021년 9월에 미국 텍사스 주에서는 임신 중절 금지법이 시행되기 시작했다. 이 소설의 뜨거운 감자이자 중심 소재인 '임신 중절 문제'가 텍사스 주의 임신 중절 금지법 시행으로 미국 사회에 더욱 격렬한 논쟁이 촉발되었다. 아시다시피 미국은 51개 주로 이루어진 연방 국가이고, 주마다 법률이 다르다. 임신 중절 금지법은 텍사스 주 정부의 결정이고, 바이든 대통령 행정부는 대법원에 텍사스 주의 결정이 위헌인 만큼 법의 집행을 막아달라고 항소했다.

 이 소설의 배경이 되고 있는 로스앤젤레스는 캘리포니아 주에 속해 있다. 캘리포니아 주에서 임신 중절 수술은 합법이다.

이 소설에서 다루고 있듯이 기독교 원리주의자들은 임신 중절을 태아 살인이라 주장하며 미국 곳곳에서 임신 중절 반대운동을 펼치고 있다. 임신 중절 반대운동을 하는 사람들은 스스로 'Pro-Life'라 칭하는데 말 그대로 해석하면 '생명 옹호'라는 뜻이다. 임신 중절 반대를 그럴싸하게 포장한 이름이다. 임신 중절 반대운동을 하는 사람들은 여성의 자기결정권이나 원하지 않는 임신과 출산으로 고통 받는 현실에 대해서는 철저하게 외면하면서 오로지 태아의 생명이 얼마나 소중한지에 대해 이야기한다. 이 소설에서는 임신 중절을 두고 벌어지는 온갖 문제들을 현실감 넘치게 다루고 있다. 임신 중절 문제는 단순한 소설적 장치가 아니라 진지하게 성찰해볼 만한 주제라고 할 수 있다.

더글라스 케네디는 임신 중절 반대운동을 펼치는 사람들의 배경을 살펴보면서 인간은 어떤 경험과 계기를 통해 맹목적인 믿음과 신념에 빠져드는지, 왜 자신의 믿음을 지키기 위해 폭력적이고 배타적인 입장을 취하게 되는지 설득력 있게 다루고 있다. 광기어린 운동에 빠져드는 사람들 뒤에는 어김없이 그들을 이용해 부와 권력을 다지려는 배후 세력이 있게 마련이다. 이 소설에서는 돈과 권력을 가진 사람들이 어떤 방식으로 욕망과 목표를 달성하고 성공의 사다리 최상단에 오르려고 하는지, 성공을 위해 어떤 음모를 꾸미고 희생양을 양산하는지 설득력 있게 그리고 있다. 이 소설은 언제나 긴장감 넘치는 소설을 써온 더글라스 케네디 고유의 매력과 강렬한 사회적 메시지가 결합된 작품이라고 할 수 있다.

이 소설의 화자는 우버 기사이다. 50대 후반 나이에 잠시도 쉴 틈 없는 근무 조건, 최저 임금, 낙후된 복지 조건, 매일이 다시피 감정 노동에 시달려야 하는 우버 기사의 이야기가 펼쳐진다. 더글라스 케네디가 〈작가의 말〉에서 언급했듯이 로스앤젤레스는 뉴욕과 달리 대중교통이 발달하지 않아 자가 운전을 하지 않을 경우 이동이 용이하지 않다. 방사형으로 발달한 도시라 차가 없으면 우버 서비스를 이용하지 않을 수 없다. 그런 점에서 볼 때 로스앤젤레스가 이 소설의 지리적 배경이 된 건 자연스럽다.

우리나라 헌법재판소는 임신 중절 죄에 대해 헌법불일치 판정을 내렸지만 여전히 임신 중절 문제는 사회적인 합의를 이루지 못한 상황이라 심각한 갈등을 빚고 있다. 종교계와 일부 보수층에서는 여전히 임신 중절을 범죄로 규정하고 있다. 교조적인 종교 단체, 과학과 이성을 도외시하고 맹목적인 신앙에 매달리는 사람들은 사회적 약자와 소수자들에게 자신들의 주장과 신념을 강요하는 한편 정신적인 압박과 물리적인 폭력을 행사하고 있다. 기득권을 지키려는 일부 보수 세력이 임신 중절 반대운동을 하는 사람들에게 힘을 보태고 있는 실정 또한 이 소설에 나오는 미국의 상황과 크게 다르지 않다.

더글라스 케네디는 이 한 편의 사회파 스릴러 영화 같은 소설을 통해 주어진 여건대로 조용히 살아가던 사람도 우연한 만남으로 우정을 쌓고, 새롭게 만난 인물을 통해 부조리와 맞설 수 있는 용기를 얻듯이 우리도 누군가로부터 작은 빛이 될 용기, 타인으로부터 빛을 발견할 수 있는 마음을 잃지 말아야 한다고 역설한다.

조동섭